斯蒂芬·金作品系列

FLIGHT OR FRIGHT
恐飞故事集

EDITED BY
STEPHEN KING AND BEV VINCENT

〔美〕斯蒂芬·金 贝夫·文森特 等 著

谢一 译

人民文学出版社

著作权合同登记号　图字 01-2021-0220

FLIGHT OR FRIGHT
Edited by Stephen King and Bev Vincent

Copyright © 2018 by Stephen King and Bev Vincent
This edition arranged with The Lotts Agency Ltd.
through Andrew Nurnberg Associates International Limited.

图书在版编目(CIP)数据

恐飞故事集/(美)斯蒂芬·金,(美)贝夫·文森特等著;
谢一译. —北京:人民文学出版社,2021
(斯蒂芬·金作品系列)
ISBN 978-7-02-016834-7

Ⅰ.①恐… Ⅱ.①斯… ②贝… ③谢… Ⅲ.①短篇
小说—小说集—美国—现代 Ⅳ.①I712.45

中国版本图书馆CIP数据核字(2020)第273146号

| 责任编辑 | 朱卫净　陶媛媛 |
| 装帧设计 | 钱　珺 |

出版发行	人民文学出版社
社　　址	北京市朝内大街166号
邮政编码	100705

| 印　　制 | 上海盛通时代印刷有限公司 |
| 经　　销 | 全国新华书店等 |

字　　数	186千字
开　　本	890毫米×1240毫米　1/32
印　　张	8.25
版　　次	2021年12月北京第1版
印　　次	2021年12月第1次印刷

| 书　　号 | 978-7-02-016834-7 |
| 定　　价 | 55.00元 |

如有印装质量问题,请与本社图书销售中心调换。电话:010-65233595

本书中的人物和事件纯属虚构。
如与任何一位生者或死者有任何相似之处,纯属巧合。

目录

导读/斯蒂芬·金　001

货物/E.迈克尔·刘易斯　006
高处的恐惧/阿瑟·柯南·道尔　026
两万英尺高空的噩梦/理查德·马西森　043
飞行机器/安布罗斯·比尔斯　063
路西法!/埃德温·查尔斯·塔布　064
第五类/汤姆·比塞尔　077
两分四十五秒/丹·西蒙斯　105
小恶魔/科迪·古德费洛　113
空袭/约翰·瓦里　129
你们被放行了/乔·希尔　144
战鸟/大卫·J.舒　173
飞行机器/雷·布拉德伯里　193
飞机上的僵尸/贝夫·文森特　199
空中谋杀/彼得·特里梅恩　208
湍流专家/斯蒂芬·金　230
坠落/詹姆斯·迪基　246

后记：发自驾驶舱的重要消息/贝夫·文森特　254

导读

在这个被现代化技术驱动的世界里,还会有人喜欢飞行吗?虽然很难相信,但我敢确定,一定会有。

飞行员们喜欢飞行,大多数孩子(不包括婴儿,气压的变化会让他们很难受)喜欢飞行,各类航空爱好者喜欢飞行。但对其他人来说,商业航班的体验感像一场直肠检查。如今的机场就像拥挤不堪的动物园,时刻挑战乘客的耐心和礼貌的极限。航班延误、航班取消、行李像沙包一样被乱扔。有时,那些急需换件衬衫或内衣的乘客迟迟等不到自己的行李随机到达。

如果搭乘早班航线,那就祝你好运了,这意味着你要在凌晨四点从床上爬起来才赶得及办理登机手续,感觉就像是在1954年从某个南美小国出境般手续复杂、心情紧张——你有带照片的证件吗?你的洗发水和护发素是装在小塑料瓶里的吗?你准备好脱下鞋子让电子产品接受X光检查了吗?你确定没有人帮你打包行李也没有人帮你拿行李吗?你准备好接受全身扫描了吗……也许还会搜查你的隐私部位,准备好了?很好,但你仍然有可能发现你的航班已经超卖、因机械故障或天气原因而延误、因电脑故障而取消。如果你的运气够好,拿到了候补航班机票,那简直值得去买一份即开式彩票。

克服了以上这些障碍,你就有机会进入这本故事集中的一位作者所说的"死亡咆哮"了。你可能会问:这会不会有点儿夸张或者是不是符合事实?的确如此,航线上的飞机很少"熄火"(尽管很多人看过那种吓人的视频，飞机引擎在三千英尺①的高空喷出火焰），而且飞行所导致的死亡事故很少（据有关统计数据，过马路——尤其是那种傻瓜式的看着手机过马路——致死的概率更高）。然而，我们的确是走进了一根充了氧的大管子，坐在数以吨计的爆炸性燃料的上面。

一旦你所处的金属与塑料制复合管被密封起来之后（就像一口棺材），离开跑道，落在后面的影子逐渐变小时，只有一件事是确定的，是无需统计也能确定的：你总会落下来，因为地心引力。唯一要问的是：落下来的原因是什么？落在了什么地方？落下来之后有没有成为碎片？当然，完好无损的降落是比较理想的。如果与地球母亲的相聚落点是在长达一英里②、铺设好的跑道上，那就没事（虽然最好能降落在目的地，但无论是铺设在哪里的跑道都可以接受）。如果不是，从统计数据来看，你的生存概率就会急遽下降。另外，从统计数据来看，即使是那些经常飞行的旅客，在三万英尺的高空遇到激烈的气流时也必须考虑降落点。

在这样的时刻，你将完全失去掌控。你什么事都做不了，只能再次检查安全带，听瓶瓶罐罐乒乒乓乓地互相撞击、头顶行李舱的门突然打开、婴儿放声大哭。这时，头顶的广播传来空姐的声音："机长请大家坐在座位上。"

当这根拥挤不堪的大管子翻滚、颠簸着发出"嘎吱嘎吱"的声响时，你将会意识到自己的身体是如此脆弱不堪，意识到一个无可辩驳的事实：你会掉下来。

在你为下一次空中之旅作好充分的思想准备之后，让我问一个

---

① 1英尺约合0.3米。
② 1英里约合1.6公里。

应景的问题：还有什么其他人类活动更能涵盖你手中这本悬疑故事集中所讲述的各种话题吗？女士们、先生们，我想没有了。这本书里什么都有：幽闭恐惧症、恐高症、意志丧失症……我们都知道生命是脆弱的，但只有当我们穿越厚厚的云层，穿过瓢泼大雨，降落在拉瓜迪亚时，才会更清晰地意识到这一点。

就我个人而言，和以往的经验相比，这本书的编辑是一位更好的飞行员。作为小说家，在过去的四十年里，我乘坐过很多次航班，直到1985年，我仍是一个极为害怕飞行的人。我知道飞行理论，也知道统计数据足以证明飞行是安全的，但这些对我都没用。一部分源于控制欲（现在也是如此）——当我开车的时候，我觉得很安全，因为我相信自己；但当我坐进飞机，就把自己交给了别人，交给了那些我从未见过的人。

对我来说，更糟糕的是，我一直在训练自己将想象力保持在一个比较敏锐的状态。当我坐在书桌前编织那些悬疑故事的时候，拥有这种想象力一点儿问题都没有；但当我被困在飞机上时，这种想象力就有问题了。飞机在跑道上等待起飞，随后迅速加速——如果开车达到这种速度，就和自杀没什么两样了。

想象是一把双刃剑。当我为了工作而不得不整天飞来飞去的时候，很容易被想象力伤害。我不由自主地去想象舷窗外引擎里的那些零件，这么多的零件是极有可能出问题的。引擎发出的声响会有细微的变化，面前塑料杯里百事可乐的表面会随着飞行姿态的改变而倾斜……这一切都令我不由自主地产生想象。

如果机长走出驾驶舱和乘客们聊天，我就会质疑副驾驶员的水平（当然，他不可能有机长的水平高，否则他就不会成为旁边座位上的那个人了）。也许飞机是在自动驾驶状态，但万一当机长和乘客讨论洋基队的获胜概率时，自动驾驶系统突然操纵飞机俯冲怎么办？如果行李舱的门闩松了怎么办？如果起落架冻结了怎么办？如果舷窗玻璃的质检员因满脑子想着家里那位亲爱的而放过了一块有缺陷的玻璃怎么办？如果一颗流星击中我们致使机舱开始减压怎么办？

对我而言，直到20世纪80年代中期，上述诸般恐惧感才逐渐消失。那是因为在前往缅因州的班戈时，我在纽约的法明岱尔机场遭遇了一次濒死体验。我觉得很多人都有自己的恐飞征兆，包括正在读这本书的读者。有些会担心前起落架垮塌，有些则担心飞机在结冰的跑道上滑行。一旦碰到这些事故，生死概率各占一半。

那是一个下午，接近傍晚时分，晴空万里，我包机乘上一架里尔35。这架飞机起飞时，就像把火箭绑在了乘客的屁股上。我曾多次乘坐这架里尔35，了解并信任这架飞机的飞行员，为什么不呢？坐在我左手边的那位参加过战争，完成了几十次战斗任务，战后也一直飞行，飞了成千上万个小时。我拿出小说和填字游戏书，期待着一次平稳的飞行，期待着与妻子、孩子及家里的狗团聚。

飞机爬升到六千英尺的时候，我还在想着是不是能说服家人当晚一起去看场电影。就在此时，飞机似乎撞上了一堵砖墙。一瞬间，我敢肯定一定在空中撞到了什么，飞机上的三个人——我和两名飞行员——都会死。飞机上小厨房的门猛地打开，里面的东西飞出来；空座上的坐垫飞向空中；机身不断倾斜……不断倾斜，然后完全翻覆了。我不是看到了翻覆，而是感受到了翻覆，因为我已经把眼睛都闭上了。往事并没有在我眼前闪回，根本没去考虑"我还有很多事没有做"，也没有感到要认命（或不认命）。只有一点可以肯定，我快死了。

然后机身恢复了正常。副驾驶员在驾驶舱里大喊："斯蒂芬！斯蒂芬！你在后面还好吧？"

我说"还好",看了看过道上的垃圾,有三明治、沙拉和草莓芝士蛋糕,看见黄色氧气面罩垂落下来。我问:发生了什么事?语气冷静得令人钦佩。两名飞行员表示不太清楚,他们怀疑大概是我们的飞机刚刚与德尔塔航空公司的一架波音747擦身而过,被卷入了尾气气流,像纸飞机一样被吹起来。后来他们的猜测被证实了。

由于亲身体验过飞机所能承受的创伤以及优秀飞行员(他们中的大多数)在关键时刻能有多冷静、多高效,在那之后的二十五年里,我对飞行的态度乐观许多。有飞行员告诉我:"保持训练,那么当六小时的无聊飞行遭遇十二秒的极度危险时,就会知道该怎么做了。"

在接下来的故事里,你会遇见波音727机舱内的小恶魔和云层之上有着透明翅膀的怪物,还会体验时间旅行和幽灵航班。重要的是,当糟糕至极的事真的在空中发生时,你将经历十二秒的极度险情。你将遭遇幽闭之中的恐惧,感受到软弱状态下的恐惧,也将体会到充满勇气的那一刻……如果你打算搭乘达美航空、美国航空、西南航空或其他航空公司的航班,你最好带一本约翰·格里森姆或诺拉·罗伯茨的书,而不是这本。即使你安全地待在了地面上,也要系好安全带。

因为这趟阅读的旅程会很颠簸。

斯蒂芬·金
2017年11月2日

货物

E. 迈克尔·刘易斯

我们的第一次航班将由迈克尔·刘易斯掌舵，他曾在普及桑大学进修创意写作，现居美国西北区。让他这次航班的装卸队长带你登上一架洛克希德C-141A运输星（和麦科德航空博物馆展出的那架闹鬼的飞机很像）。飞机将从巴拿马起飞，执行前往美国的运输任务。运输星是重型机，能短途运送重达三十多吨的货物，能运载士兵、卡车和吉普车，甚至能运载民兵系列洲际导弹。它也能运送比较轻的货物，比如棺材。有些故事可能会令你毛骨悚然，而这个故事则可能会沿着你的脊椎一寸寸地往上爬，而且将在你的脑子里萦绕许久。

欢迎登机。

1978年11月

我梦见了货物。成千上万个板条箱满满当当地塞在飞机的货舱里，这些箱子都是以未加工的松木制作的，上面的木刺能刺穿工作手套。在机舱内暗淡的红光下，能看见箱子上印着一些意义不明的数字和奇怪的字母缩写。这些货物应该是吉普车的轮胎，但有些足足有一间屋子那么大，有些却小得像火花塞。所有的货物都被那种类似束身衣用的带子绑在托架上。我本想把所有的货物都检查一遍，可实在太多，检查不过来。箱子移动时发出闷响，有时货物会倒在我身上。我想通知飞行员，但是双手够不到机舱电话。当飞机在空中翻转的时候，这堆货物就好像数千个尖锐的手指在掐我的身体；当飞机向下俯冲的时候，这堆货物似乎要把我的身体碾压得粉碎。机舱电话响个不停。从我耳朵附近的板条箱里传来了另一个声音，箱子里好像有什么东西在挣扎，像是湿漉漉的污秽之物，听着又像是有什么东西试图逃出来。但我完全不想看到那个东西。

现在，这声音听着像是文件夹在拍打我的床铺。我睁开双眼，是飞行员手拿文件夹站在我的面前。从他衣领上的汗渍看得出来，似乎是新来的。他似乎在揣测我会不会因为他的公事公办而把他的脑袋拧下来。"技术士官戴维斯，"他说，"他们要求你立刻前往机场维修区。"

我坐起来伸了个懒腰。他把文件夹递给我，上面夹着一张清单：一架被击落的HU-53，包括机上的机组人员、机械师和医疗人员，从……一个新的地方。

"蒂梅里机场？"

"在圭亚那，乔治城外。"我面无表情地听着，"以前是英国的殖民地，蒂梅里机场以前是阿特金森空军基地。"

"什么任务？"

"大规模医疗救援，从一个叫琼斯镇的地方撤离。"

美国人又有麻烦了。我加入空军以来，职业生涯的大部分时间都是在运送美国人撤离麻烦地区。我的意思是，运送美国人撤离麻烦地区虽然令人厌烦，但还是比运送吉普车轮胎之类的活儿叫人好受很多。我对他说"谢谢"，很快换上一身干净的飞行服。

我原本期待着在霍华德空军基地迎来巴拿马式感恩节——在华

氏85度[①]的气温下,坐在餐厅里享用烤火鸡和馅饼,通过部队电台收听橄榄球比赛,没有飞行任务,好好地喝两杯。从菲律宾进出的航班班次很多,无论是运送货物还是人员,都是自由、轻松的活儿。现在,分派给我的居然是这个。

作为装卸队长,对这种打扰已经习以为常。洛克希德C-141A运输星是美国空军所拥有的运力最高的运输机,能运送重达三十多吨的货物或两百名士兵。高耸的、向后倾斜的机翼足足有半个橄榄球场那么长,像蝙蝠的翅膀似的低垂在停机坪上。它有一个向上翘起的T型机尾,有花瓣状的货舱门,还有一条内置的货运坡道,在运送货物方面功能强大,简直无可匹敌。作为装卸队长,我的工作是既当空姐,又当搬运工,具体说来,就是尽可能安全地把货舱塞满。

飞机上,一切都作好了准备,我也做好了载重平衡表。那位飞行员找到我的时候,我正在诅咒巴拿马籍的地勤人员,因为他们在机身上留下了一道划痕。

"戴维斯士官!计划有变!"他的喊声盖过了叉车的轰鸣声,递给我另一张清单。

"增加了乘客?"

"新的乘客。把医务人员留在这里。"他告诉我关于这次任务变动的事项,但我没听明白。

"是什么人?"

我再次竖起耳朵听他说话。其实他说的话我听清楚了,但心里一沉,想听他重复一遍。真希望是我听错了。

"墓地登记员。"他叫道。

---

① 约合摄氏29.4度。

我刚才听到的就是这个。

蒂梅里机场是典型的第三世界国家机场。以规模而言，能停下波音747，但地面坑坑洼洼，半圆形棚屋已有锈迹。机场周围是一排低矮的树林，看上去好像一小时前刚修剪好。直升机在空中盘旋，美军挤满了停机坪。当时我就知道，情况一定糟透了。

走出飞机，柏油路上散发的热气快要把我的靴底融化了。一名美军地勤把衬衫系在腰间，赤裸着上身走过来，递给我一张清单。

"放轻松，"他说，"直升机一停，我们就给你装货。"他朝跑道方向晃了晃脑袋。

我朝闪闪发光的跑道望去，是棺材。一排排灰暗的铝制丧葬箱在热带地区的艳阳下闪闪发光。六年前，我在离开西贡的航班上见到过，那是我第一次担任装卸队长。我的五脏六腑好像在翻腾，可能因为没休息好，也可能因为我很多年没运送过尸体了。尽管如此，我还是使劲地咽了口唾沫，看了看目的地：多佛，特拉华州。

我得知即将出发的飞机上将有两位乘客的时候，地勤人员已经给我们准备好了一套新的座椅。

第一位乘客还是个孩子，看上去好像刚刚高中毕业。男孩的头发又黑又硬，身上穿着一件过于肥大的丛林迷彩服。衣服刚浆洗过，很干净，从军衔上看，是属于某位一等飞行员的。我对他说了声"欢迎登机"，上前扶他过舱门，但他躲开了，头几乎撞在低矮的入口上。我感觉如果空间再宽敞一点儿，他一定会往后跳，好躲开我。他身上有一股刺鼻的药用薄荷膏的味道。

在他身后，一位步伐利落、动作专业的空中护士在无人协助的情况下登上飞机。我不动声色地打量着她，认出了她是我早年经常往返于菲律宾的克拉克与岘港时曾经运送过的某批人中的一员。她是一位目光坚毅的银发中尉,曾不止一次地说过,随便一个高中辍学的笨蛋干我这份工作都比我干得好,令我印象深刻。她制服上的名字写着"彭布里"。她碰了碰孩子的后背,领他走向座位。我不知道她有没有认出我——就算认出来了,她也什么都没说。

"随便找个座位坐下来,"我对他们说,"我是技术士官戴维斯。不到半小时就起飞了,尽量安顿好自己。"

男孩突然停下来。"你没跟我说。"他对护士说。

运输星的机舱就像个锅炉房,所有的冷暖管道和压力管道都暴露在外面,而不是像客运飞机上那样隐藏起来。那些棺材沿着机舱两侧排成两排,中间留出通道。两排棺材各堆了四层,一共是一百六十副棺材。所有的棺材都以黄色的货运网固定住。关闭机舱时,阳光消失了,我们处于尴尬的阴暗环境中。

"这样回家最快,"她用不带感情的声音对他说,"你不是想回家吗?"

他愤怒的声音里充满恐惧:"我不想看到这些东西。我想坐朝前的座位。"

如果他向四周看一下,就会发现根本没有朝前的座位。

"没关系,"她说,又拉了拉他的胳膊,"他们也是回家。"

"我不想看到他们。"他说。她把他推到离那些小窗户中的一扇最近的座位上。彭布里看到他没系安全带,就弯下腰帮他系好。他紧紧地抓住扶手,像准备坐过山车。"我连想都不愿意去想他们。"

"我知道了。"我走过去关掉机舱内的照明。现在只有两盏红色灯照着这个长条形的金属容器。返回的时候,我给他带来了一只枕头。

在男孩宽大的迷彩服外套上，身份标签写着"赫尔南德斯"。他对我说了声"谢谢"，却没有放开扶手。

彭布里坐在他旁边的座位上。我把他们的座位固定好，再一次核对了清单。

起飞后，我用电炉煮了咖啡。彭布里护士没要，但赫尔南德斯喝了些。杯子在他的手中抖动。

"害怕飞行？"我问，即使对空军来说，这也并不罕见，"我有镇定药……"

"我不是怕坐飞机。"他咬着牙说。他一直看向我身后那些排列整齐的丧葬箱。

接下来是机组成员。同一架飞机，永远不会重复安排同一批机组成员。军事运输司令部一直对自身强大的调度能力引以为豪，他们能随时安排双方素未谋面的另一组人员来接替上一组人员，带领运输星飞向地球上的任何一个角落。每个成员都很清楚我要完成的任务，我也很清楚他们的职责是什么。

我前往驾驶舱，每个人都在各自的岗位上。副驾驶员坐在最靠近驾驶舱舱门的座位上，俯身看着仪表板，说道："四号已经熄火，现在油门开低点儿。"我发现他脸上的表情有点儿不快，发音是慢吞吞的阿肯色州口音，但我听不出来是阿肯色州的哪个地方。飞了七年运输星，我几乎和所有的机组都执飞过。当我把黑咖啡放在他的小桌板上时，他向我道谢。他的飞行服上写的名字是"哈德利"。

副驾驶员坐在通常留给"黑帽子"——任务监管，军事运输司令部的所有机组都厌恶的人员——的座位上。他要了两块面包，然后站起身，从领航员的圆形窗口看着窗外飞逝而过的蓝色景象。

"四号保持低油门,明白。"机长回答道,他是总部任命的飞行指挥官,和副驾驶员都是典型的飞行爱好者,两个人的同步率很高——咖啡都要加双份奶油,"我们正准备超越晴空湍流,但看上去不太容易。告诉乘客,接下来可能会有些颠簸。"

"是,长官。还有其他的吗?"

"谢谢,戴维斯队长,就这些。"

"是,长官。"

终于可以放松了。当我爬上床铺休息时,看到了彭布里在座位边上寻找着什么。

"我能帮你什么吗?"

"能再给我一条毯子吗?"

我从厨房和厕所之间的储物柜里拿出一条毯子,强忍着情绪问:"还有别的需要吗?"

"没有了,"她边说边从毯子上揪掉一条她所臆想的绒线,"我们以前一起飞过,你知道。"

"是吗?"

她扬起眉毛:"我可能应该道歉。"

"没必要,长官。"我说,躲躲闪闪地走开,打开冰箱,"我可以给你们准备航空餐,如果你……"

她把手搭在我的肩上,就像她搭在赫尔南德斯的身上那样,攫取了我的注意力:"你确实记得我。"

"是的,长官。"

"我在那几次撤离中对你很严厉。"

我但愿她别这么直接:"您说了应该说的话,长官,这使我成为一名更好的装卸队长。"

"你仍然……"

"长官,没必要。"为什么女人就是不明白道歉只会使事情变得更糟糕?

"很好。"她脸上的冷酷变成了诚意,我突然意识到她是想跟人说话。

"你的患者情况如何?"

"在休息。"彭布里尽量装作若无其事,但我知道她其实是欲言又止。

"他有什么问题?"

"他是第一批到达的,"她说,"也是第一批离开的。"

"琼斯镇? 形势这么差?"

我的思绪闪回之前执行的那些撤离任务。老样子,冷冰冰的,硬邦邦的。又闪回现实——"白宫接到电话五个小时后就命令我们从多佛起飞。这孩子是一名医疗记录员,服役才六个月,从没去过任何地方,这辈子连伤员都没见过。刚下飞机,他就在南美洲的丛林里一次性看到了一千具尸体。"

"一千具?"

"没有具体清点过,但差不多是这个数字。"[①]她用手背轻抚了一下脸颊,"那么多的孩子。"

"孩子?"

"整个家庭,所有人都喝了毒药。据说是某个邪教所为。有人告诉我,那些父母先杀掉了自己的孩子。我不知道是什么东西能让一个人如此对待自己的家人。"她摇了摇头,"我留在蒂梅里机场组织分诊工作。赫尔南德斯说,那种味道简直难以想象。他们不得

[①] 1978年11月18日,美国邪教组织头目吉姆·琼斯蛊惑、胁迫信徒在圭亚那的琼斯镇集体自杀,造成九百多人身亡,其中包括近三百名儿童。史称"琼斯镇惨案"。

不给尸体喷杀虫剂,以免被饥饿的硕鼠吃掉。他说,他们让他用刀划开尸体以释放体内气体。后来他把制服烧掉了。"这时,飞机开始摇晃,她不断地调整体位,试图保持平衡。

我竭力不去想象她说的这些话是什么意思,感觉有某种恶心的东西沿着我的后颈往下爬。我也竭力让自己的脸部表情不扭曲。"机长说,接下来可能会有点儿颠簸,您最好系好安全带。"我陪她回到座位上。赫尔南德斯张着嘴、伸开四肢坐在他的座位上,眼神四处张望,好像刚刚在酒吧里被痛揍了一顿——真糟糕。随后,我爬上床铺睡了。

每个装卸队长都会告诉你,在空中长时间飞行之后,你的耳朵将听不见引擎的轰鸣声,你会发现自己随时都能睡着——然而,一旦你听到任何一丁点儿不寻常的声音时,大脑就会自动调整并清醒过来。比如在从日本横田空军基地到美国埃尔门多夫空军基地的那次飞行中,因一辆吉普车没绑牢,撞上了装满即食食品的箱子,碎牛肉飞得到处都是。地勤人员八成听过我唠叨这件事。所以,当听到尖叫声的时候,我并没有被吓到。

我的头脑还没来得及运转,身体就从床铺上跳下来了。随后我看到了彭布里,她已经从座位上站起来,正站在赫尔南德斯的面前,一边躲避着他胡乱挥舞的手臂,一边镇静地说着话,声音压过了引擎的轰隆声。但他的嗓门更大:

"我听到他们的声音了!我听到他们的声音了!他们都在那里!所有的孩子!所有的孩子!"

我用双手紧紧地按住他:"冷静!"

他停下来,身体颤抖着,脸上露出羞愧的表情。他的眼神吸引了我。

"我听见他们在唱歌。"

"谁?"

"孩子!所有的孩子……"他无力地指了指暗处的棺材。

"你只是做了个噩梦。"彭布里的声音有点儿颤抖,"我一直和你在一起。你睡着了。你什么都没听到。"

"所有的孩子都死了,"他说,"所有的孩子。他们一无所知。他们怎么会知道自己喝下的是毒药?谁会给自己的孩子下毒?"

我松开他的胳膊,他看着我。

"你有孩子吗?"

"没有。"我说。

"我的女儿,"他说,"一岁半了。我的儿子也三个月了。对待他们必须小心翼翼,必须有足够的耐心。我的妻子很懂得带孩子,你知道吗?"我这才注意到他的前额和手背上都是汗。

"但我做得也不赖,我是说,虽然我并不确切地知道我到底在做什么,但我不会伤害他们。我抱着他们,给他们唱歌——如果有人打算伤害他们……"他抓住我按着他的手臂,"谁会给自己的孩子下毒?"

"不是你的错。"我对他说。

"他们不知道那是毒药。他们至今都不知道。"他把我拉近一些,对着我的耳朵说,"我听见他们在唱歌。"如果他的话没有令我浑身发抖,那我也太该死了。

"我去看看。"我一边说,一边从墙上取下手电筒,沿着中间的过道走过去。

查看噪声还有一个特别的理由。作为装卸队长,我知道异常的声音意味着出了问题。我听说过一个故事,曾经有一位机组人员听见货舱里有"喵喵"的猫叫声,装卸队长却找不到那只猫。他们以为等到卸货的时候,猫就会出现。后来发现,猫叫声是货物的固定装置因过度耗损而发出的声音。飞机落地时,固定装置已然变形,释放了三吨爆炸性物质,令那次降落变得非常有意思。奇怪的噪声意味着有麻烦,如果我不去查明原因,就太蠢了。

我一边走,一边检查所有的锁扣和货运网,弯腰整理、查看皮带是否出现移位、磨损或任何异常的迹象。我从一侧走到另一侧,连货舱门都检查了。什么都没有,一切都很正常,我一如既往地做到了最好。

我沿着过道走回来,站在他们面前。赫尔南德斯双手抱头,他在哭泣。彭布里坐在他旁边,一只手抚摸着他的背,像我的母亲对我做过的那样。

"全部确认完毕,赫尔南德斯。"我把手电筒放回墙上。

"谢谢,"彭布里替他回答,然后对我说,"我给他服下了一片安定,现在应该可以安静下来了。"

"检查下来,都很安全,"我说,"现在,你们俩都休息一下吧。"

我走回床铺前,发现被副驾驶员哈德利占用了。于是我躺在下面的床铺上,却一时无法入睡。我尽量让自己的思绪远离机舱里的那些棺材。

"货物"是委婉的说法。从血浆到烈性炸药,从特勤局的豪华轿车到金块,我都曾打包、运送过。这是我的工作,仅此而已,而且任何能使我加快效率的东西都很重要。

只是货物而已,我想。但那些自杀的家庭……我很愿意把他们带出丛林,带回家,但对于最先到达那里的医护人员、地面上的那些人,甚至和我同机抵达的机组成员,我们来不及做更多了。我愿意去了解那种令人困惑、心神不宁的养育孩子的方式,当听说有人伤害那些孩子时会感到愤怒。但这些父母是心甘情愿地这么做的，不是吗？

我无法放松，在床铺上发现了一份折叠起来的过期《纽约时报》，上面写道："在我们有生之年实现中东和平。"文章旁边是卡特总统①和安瓦尔·萨达特②握手的照片。我刚要睡着，又听见了赫尔南德斯的叫喊。

我努力爬起来。彭布里双手捂着嘴站在那里，我以为是赫尔南德斯打了她，就把她的手掰开，看看有没有受伤。

她没有受伤。在她身后，赫尔南德斯一动也不动地坐在座位上，眼神呆滞地望着那片黑暗，像一台反向彩色电视机。

"怎么了？他打你了？"

"他……他又听见了，"她结结巴巴地说，一只手摸着自己的脸，"你……应该再去检查一下……应该去检查一下……"

机身倾斜，她倒向我。我抓住她的胳膊肘保持平衡，她倒在了我身上，我与她的眼神撞上了。她把目光移开。"发生了什么？"我再一次问。

"我也听到了。"彭布里说。

我的目光转向黑暗中的过道："刚才？"

"是的。"

"像他说的那样？孩子们在唱歌？"我发现自己差不多是在摇晃她的身体。他们都疯了吗？

"孩子们在玩耍，"她说，"像游乐场上的声音，你明白吗？

---

① 美国前总统。据美媒报道，邪教组织头目吉姆·琼斯曾在吉米·卡特竞选美国总统时率领信徒贡献大量选票。

② 埃及前总统。

像孩子们在玩耍。"

我绞尽脑汁也想不出，到底有什么东西能在加勒比海上方三万九千英尺高空的运输星上发出孩子玩耍的声音。

赫尔南德斯动了动，我们的注意力都转移到了他的身上。他露出了深感挫败的微笑："我说过吧。"

"我去看看。"我说。

"让他们玩吧，"赫尔南德斯说，"他们只想玩耍而已。难道你们小时候不想玩吗？"

我记忆中的童年多是在漫长的夏日骑着自行车磕破膝盖，黄昏回到家时，听到妈妈对我说："看你多脏啊。"我想知道在把尸体放进棺材之前，救援人员是否会对它们进行清洗。

"让我来看看到底是什么。"我对他俩说，又把手电筒拿了起来，"别动。"

黑暗中，我的视觉不灵光，听觉反而更灵敏了。这时，空中的乱流已经稳定，使用手电筒是为了防止被货运网绊倒。我注意听着有没有新的或不寻常的东西。这种声音的出现不会是单一事件，一定是某种组合。这样的噪声不会突然停止或突然开始。是燃料泄漏还是偷渡客？一想到可能是条蛇或什么其他丛林野兽潜伏在那些金属箱里，我就高度警惕了，似乎我从前做过的噩梦即将重演。

在货舱门附近，我关上手电筒聆听着。空气被压缩的声音、四台普惠牌涡轮风扇发动机的声音、哒哒的响声、货物的绑带发出的啪啪声……

接着，有了。过了一会儿，有东西清晰地出现了。起初像从山洞深处传来的声音，那样沉闷，随后变得纯粹。此时我感觉自己就像在偷听。

孩子们，笑声，像小学时的课间休息。

我睁开眼睛，打开手电筒照亮这些银色箱子的周围。我看到他们在等待着、挤着我，充满期待。

孩子，我想，都是孩子。

我从赫尔南德斯和彭布里身边跑过，跑到座位上。我不知道他们在我的脸上看到了什么，但如果是我在厕所水池上方的小镜子里看到的，我就真的被吓到了。

我看着镜子里的内线电话。如果货物出了任何问题，都应该立即报告。工作守则是这么要求的。但我能对飞机指挥官说什么？我有一股冲动，想把这一切都抛到脑后，把棺材都抛出去，然后收工。如果我告诉他们货舱着火了，我们就会下降到一万英尺以下的高度，这样我就可以毫不犹豫地把螺栓打开，把所有的货物都沉入墨西哥湾。

我停下来，站直身子，努力思考着。孩子，我心想。这不是怪物，也不是恶魔，只是孩子们玩耍的声音。没有什么能伤害我们。没有什么能伤害我们。我竭力让自己不再颤抖，然后去找人帮忙。

我发现哈德利还在铺位上睡觉。一本卷了角的平装书像顶帐篷似的搭在他的胸口。我晃了晃他的胳膊，他坐了起来。我俩谁也没说话。他用一只手擦了擦脸，打了个哈欠。

然后他直勾勾地看着我。我看到他的脸一下子变得紧张起来。他的下一个动作是拿起随身携带的氧气瓶，立刻进入紧张状态。"发生了什么，戴维斯？"

我摸索着找东西。"货物，"我说，"货物……可能有移位。我需要帮助，长官。"

他担心的表情变成了一脸厌恶："告诉飞机指挥官了吗？"

"还没有，长官，"我说，"还不想去麻烦他。可能没什么事情。"

他看上去很不高兴,我以为他会对我说些什么,但他让我带他走到机尾。只要他出现,就足以让我打消疑虑,进入工作状态。我睁大双眼,加快步伐,心里那块石头又放下了。

我发现彭布里坐在了赫尔南德斯的旁边,两个人都假装很冷静。哈德利冷冷地看了他俩一眼,跟着我走到棺材之间的过道上。

"大灯怎么了?"他问

"开大灯没用。"我说,"给,"我把手电筒递给他,问道:"听见了吗?"

"听到什么?"

"仔细听。"

这次只有引擎声和喷气声。

"我听不……"

"嘘!快听。"

他张大嘴,等了一会儿,把嘴闭上。引擎静下来,声音又出现了,像水蒸气一样弥漫在我们周围,像迷雾一般环绕着我们。直到我意识到自己的手在颤抖,才意识到气温有多低。

"是什么鬼东西?"哈德利问,"听起来像……"

"别,"我打断他,"这不可能。"我冲着金属箱示意,"你知道棺材里装的是什么吧?"

他什么都没说。声音似乎就在我们周围,一会儿近,一会儿远。他想用手电筒的光去探寻声音的源头:"你知道这声音是从哪儿来的吗?"

"不知道。我很高兴你听到了,长官。"

工程师挠了挠脑袋,绷着脸,像吞下了什么脏东西,臭味挥之不去。"该死。"他慢吞吞地说。

突然,像之前一样,声音停止了,飞机的轰鸣声再一次堵住了我们的耳朵。

"我去开灯。"我犹豫地走开了,"我不会去报告飞机指挥官的。"

他沉默了,似乎在思考着什么。当我回到他身边,发现他正在透过货运网审视着某一排棺材。

"需要好好检查一次。"他淡淡地说道。

我没回答。我以前从事过空中货运检查,但从没碰到过这种情况,更没有检查过军人的尸体。万一彭布里说的是真的,我想不出有什么事比打开一口棺材更糟糕了。

接下来的一个声音把我们都吓了一跳——像一只湿漉漉的网球发出的声音。想象一下,一只湿透的网球落在球场上发出的声音,沉闷的沙沙声像鸟儿撞上机身。声音再一次响起,这一次,我听出声音是在机舱里。接着,一阵颠簸过后,"咚"的一声,又响起来,显然是从哈德利脚边的棺材里发出来的。

他脸上的表情分明在说,不是什么大问题,只是我们的想象。从一口棺材里发出的声音并不会使一架飞机坠毁,世界上根本没有鬼。

"长官?"

"我们需要去看看。"他说。

我一阵胃痉挛。去看看,他说。我不想看。

他说:"去按喇叭。去报告飞机指挥官要小心。"那一刻,我知道他会帮我。他本不想这么做,但无论如何,他还是会这么做。

"你在干什么?"彭布里问。我从一排棺材上取下货运网,她就站在一侧。工程师解开了固定住那一排棺材的带子。赫尔南德斯低着头睡觉,镇定剂终于起作用了。

"我们需要检查一下货物,"我陈述事实,"飞机可能存在着负载不平衡。"

我走过她身边时,她抓住了我的胳膊:"就这么简单?是货物没装稳当?"

她的问题中带有一丝绝望:"告诉我,是我想多了。"她脸上的表情似乎在说,"只要告诉我,我就相信,然后我就能睡上一会儿了。"

"我们认为是这样。"我点点头。

她垂下双肩,脸上挂着一抹笑容。她笑的时候,嘴咧得太大,看上去像假笑:"感谢神,我以为我疯了。"

我拍拍她的肩膀。"系好安全带,休息一下。"我对她说。她照做了。

最后,我做了些事。作为装卸队长,我可以终止流言,所以这件事还是由我来做。我解开带子,爬上一口棺材,把上面那口推到一边,固定住;再推开一口,固定住。如此反复。简单的重复令人愉悦。

哈德利停了下来,这时我们还没检查到最下面那口发出声音的棺材。哈德利站在那儿看着我把那口棺材拉出来好让他检查。他站得很稳,但即便如此,他仍流露出些许反感。与那些神气十足的空军老兵喝酒时,他善于掩饰自己,现在不能了,连我都看出来了。

我对这口棺材所处的机舱地面和旁边其他棺材进行了简单检查,没有发现任何损坏或缺陷。

一个声音,潮湿网球发出的"咚"的一声,从里面发出来。我们都往后瑟缩了一下。工程师脸上的冷淡和厌恶是无法掩饰的。我强忍住自己身体的颤抖。

"我们必须打开。"我说。

工程师没有反对,但和我一样,他的动作很缓慢。他蹲下来,一只手牢牢地抓住棺材盖,打开了他那一端的搭扣。我把我这边的搭扣打开,感到手指碰到了冷冰冰的金属。我抖了一下,拉开搭扣,抓住棺盖。我们对视一眼,用力打开棺材。

首先,是气味:腐烂的水果、防腐剂和甲醛混合在一起,包裹在塑料里,里面有粪便和硫黄。气味弥漫在机舱里,刺痛了我们的鼻腔。头顶的灯照亮了两个发亮的黑色尸袋,这些袋子上满是垃圾。我知道,这是孩子的尸体。这个事实让我害怕,也让我受伤。一个袋子胡乱地放在另一个袋子上,我立刻明白,每个袋子里不止一个孩子。我的视线扫视着浸透了液体的塑料袋,辨认出手臂的轮廓和孩子的侧影。靠近底部接缝处,突显出一个形状——看大小,是个婴儿。

接着,飞机像受惊的小马那样颤抖了,最上面的袋子滑开,露出一个小女孩,最多八九岁,一半在袋子里,一半在袋子外。她像疯狂的杂技演员那样蜷缩在角落里,肿胀的肚皮上露出刺刀留下的伤口,扭曲的四肢肿得像树干一样粗;几乎所有部位的有色皮肤都蜕皮了,除了脸。她的脸纯净得像天堂里的小天使。

她的脸震慑了我,刺伤了我。她那可爱的脸。

我的手紧紧抓住棺材的边缘,因疼痛而变惨白,但我不敢松手。感觉喉咙里有什么东西,我努力咽下去。

一只肥硕的苍蝇闪闪发光,从袋子里爬出来,懒洋洋地朝哈德利飞去。他慢慢站起来,绷紧身体,仿佛准备挨一记重击。他看着苍蝇飞上来,飞出一条歪歪扭扭的轨迹。他后退一步,用手去拍苍蝇——我听到了他用手拍打的声音,随后从他的嘴里发出一种令人作呕的声音。

当我站起来时,太阳穴在狂跳,双腿在颤抖。我抓着旁边的棺材,喉咙里塞满了腐臭之物。

"盖上。"他的声音听起来像是嘴里塞满了东西,"盖上。"

货物　023

我的手臂变得僵硬，打起精神，抬起一条腿去踢棺盖。棺盖合上的声音像开炮，压力像急速下降时那样冲击着我的鼓膜。

哈德利双手叉腰，低头用嘴深呼吸。"神啊！"他嗓音沙哑地说道。

我看到有人在动——彭布里站在一排棺材旁，她的表情因恶心而显得很犹豫："那是什么味道？"

"没事了。"我发现自己可以用一只手按住棺盖，用另一只手做了个随意的动作——至少我希望自己做到了，"找到问题了，但是要打开检查。坐下吧。"

彭布里抱着双臂回到座位。

我发现做了几次深呼吸后气味就消散了。"我们需要把它固定住。"我对哈德利说。

他抬起眼神，我看到他眯着眼，攥紧拳头，身板挺直而强悍。他的眼角闪着泪光，什么都没说。

扣上搭扣，棺材又成了货物。我们使劲把它推回原处。几分钟后，其他的棺材都推到位了，外面的带子也绑好了，货运网也固定好了。

哈德利等着我，然后和我一起向前走去。"我要向飞机指挥官报告说是你解决了问题，"他说，"他可以恢复飞行速度了。"

我点了点头。

"还有一件事，"他说，"如果你看到那只苍蝇，就杀了它。"

"你没……"

"没有。"

我不知道还能说什么，只说："是，长官。"

彭布里坐在座位上，鼻子一动一动的，假装睡觉。赫尔南德斯坐直了身子，眼睛半睁着。他示意我走近些弯下腰。

"你让他们出去玩了吗?"他问。

我站在他旁边,什么都没说。我心里感觉到了那种痛楚,和小时候意识到夏天结束时的感觉一模一样。

当我们在多佛降落时,一支穿着制服的殡仪队伍把所有棺材卸下来,给每个人举行了隆重的葬礼。我后来得知,当越来越多的尸体被运来之后,这个仪式取消了,只有一名空军牧师来迎机了。周末,我回到了巴拿马,肚子里塞满了火鸡和廉价朗姆酒,前往马绍尔群岛,向那里的导弹基地运送补给。在空军司令部,永远有货物要运送。

高处的恐惧

阿瑟·柯南·道尔

除了夏洛克·福尔摩斯的故事,柯南·道尔还创作了一百多个其他的故事,其中有几十个故事都是超自然的。这些故事中,有些缺乏福尔摩斯故事中那种推动读者想"看看接下来会发生什么"的特质。大多数故事讲述的是正直的英国年轻人面对某些超自然现象而产生的恐惧,并凭借勇气和诡计取得了胜利,但也有少数是真的可怕。《第249号拍卖品》就是,下面这个故事也是。与和他同时代的布拉姆·斯托克一样,柯南·道尔也对新发明着迷(他在1911年买了一辆汽车,但从没开过),包括飞机。当你阅读这个故事时,别忘了它发表于1913年,就在它发表的十年前,莱特兄弟的飞行器从基蒂霍克[①]起飞,在空中飞了五十九秒,由奥维尔主控,威尔伯待命。柯南·道尔的故事在斯特兰德[②]出版时,大多数商用飞机的飞行高度应该在一万二千英尺到一万八千英尺之间。在柯南·道尔的想象中,飞机能飞到更高的地方,远远超越云层。于是,他写出了自己最恐怖的故事。

有人认为,《乔伊斯-阿姆斯特朗碎片》[③]是一个非凡的故事,

[①] 位于美国北卡罗莱州。
[②] 位于英国伦敦市中心。
[③] 原文为"*Joyce-Armstrong Fragment*",为虚构故事的篇名。

是某个被变态、邪恶的幽默感诅咒的人所精心编造的恶作剧。如今，所有研究过这一事件的人都抛弃了这一观点，即使是最可怕、最富有想象力的阴谋家，在把病态的幻想强加给毫无疑问的悲剧事件之前也会犹豫再三。尽管其中包含的论断是惊人的，甚至是荒谬的，但事实仍然迫使人们相信这些论断是正确的，必须重新调整观念，以适应新的情况。我们所处的这个世界似乎是靠一种微小、不稳定的安全边际与某种最特别、最意想不到的危险隔开的。我将努力在这个故事里再现原始文档中一些必要的片段，为读者展示全部的事实。如果说仍有人怀疑乔伊斯-阿姆斯特朗的故事，那么关于R.N.默尔特中尉和海·康纳先生①的现实应该不会有人怀疑。后者的结局和故事里的一模一样。

《乔伊斯-阿姆斯特朗碎片》是在一个叫海科克低地的地方发现的，该地位于威瑟姆村西面一英里处肯特郡和萨塞克斯郡的边界。1912年9月15日，在威瑟姆村的肖特利农场，受雇于农场主马修·多德的农民詹姆斯·弗林在海科克低地树篱附近的步道上发现了一只石楠烟斗。走了几步，他又捡到了一副眼镜。最后，在河沟的几棵荨麻中间，他看见了一本薄薄的布面书，拿起来发现是一本活页笔记本，有几页散落在外，在树篱下飘动。他捡了几张，但包括第一页在内，有几页再也找不到了，于是这份重要的文件留下了令人遗憾的空白。这位农民把笔记本交给了主人，农场主又把笔记本拿给了住在哈特菲尔德的J.H.阿瑟顿医生。这位先生立刻意识到，需要找专家来看看。于是手稿被送到了伦敦的航空俱乐部，保存至今。

手稿的前两页不见了，结尾部分也被撕掉一页，但这些都不影响故事整体的连贯性。据推测，这个残损的开头可能与乔伊斯-阿姆

---

① 这两个人物皆为小说中的虚构人物。

高处的恐惧　027

斯特朗的飞行记录有关，其中的内容可以从其他部分推断出来。可以说，在英国飞行员中，鲜有堪与其匹敌者，多年来，他一直被视为最勇敢、最聪明的飞行员之一。他的智慧使得他拥有多项个人发明，并有勇气亲自做测试。其中包括以他的名字命名的陀螺仪。手稿的正文是用墨水笔手写的工整文字，只有最后几行是用铅笔写的，潦草得几乎看不清。这些字看起来像是于飞行期间在飞机上匆匆写就的。最后一页和封面上有几处污渍，英国内政部的专家认为是血迹——很可能是人的血迹，也可能是某种哺乳动物的血迹。在这些血迹中发现了与疟疾病菌极为相似的某种组织——巧合的是，据说乔伊斯-阿姆斯特朗曾患间歇性发热。这是现代科学成为探案利器的典型案例。

现在来谈谈这部划时代作品的作者的性格。据真正了解乔伊斯-阿姆斯特朗的几个朋友说，他是一位诗人和梦想家，也是一位机械师和发明家。他非常富有，把大部分钱财都花在了航空爱好上。他在德韦齐斯附近的机库中拥有四架私人飞机，据说去年他至少飞行了一百七十次。他是一个离群索居的人，性格阴郁，不愿与朋友交往。最了解他的丹杰菲尔德上尉说，他有时行径极为古怪，在飞机上携带霰弹枪即是一例。

默尔特中尉的死也对他产生了病态的影响。默尔特试图打破飞行高度纪录，却从三万多英尺的高空坠落，死状恐怖——整个脑袋被削掉，身体和四肢却完好无损。据丹杰菲尔德的说法，在飞行员的聚会上，乔伊斯-阿姆斯特朗总是带着神秘的微笑，向大家提问："请问，默尔特的头在哪儿？"

有一次，在索尔兹伯里平原[①]飞行学校的食堂里，乔伊斯-阿姆斯特朗在晚饭后参加了一场辩论，主题是关于"什么是飞行员必须

---

① 位于英格兰南部。

面对的最持久的危险"。其他人提到了气阱、结构故障、过度倾斜等,他听了,耸耸肩就结束了辩论,拒绝发表自己的看法。虽然他什么都没说,却让别人觉得他有与众不同的见解。

值得指出的是,在他失踪之后,人们发现他早就把私事安排得极为妥善,说明他对灾难有一种强烈的预感。

在作出以上必要的解释之后,下面我将把这个故事原封不动地记下来,从那本沾有血迹的笔记本的第三页开始:

……

尽管如此,当我跟科塞利和古斯塔夫·雷蒙德在莱姆斯用餐时,我发现他俩对大气层之外的危险一无所知。但话到了嘴边,我还是没把自己的想法说出来。他俩但凡知道一点儿皮毛,也不至于什么都说不上来。两个毫无内涵却又充满虚荣心的家伙,除了能在报刊上看到他们愚蠢的名字,这两个人实际上毫无思想可言。有趣的是,他俩的飞行高度都没有超过两万英尺。人类乘坐热气球、攀登山峰时都能抵达比这更高的高度。足以危及飞行安全的高度一定远不止如此——我总觉得自己的预感是正确的。

飞机的诞生已经超过二十年,人们很可能会问:为什么飞行危险只出现在我们这个时代?答案是显而易见的。在发动机动力不够强大的过去,人们觉得100马力的诺姆或格林发动机就能满足所有的需求,这使飞行受到非常严格的限制。如今,300马力的发动机已是司空见惯,人们根本不会大惊小怪。所以飞机大多能轻松地飞到大气层上方。有些人应该还记得,在我们年轻时,加洛斯[①]飞

---

① 罗兰·加洛斯(Roland Garros,1888—1918),法国飞行员,1913年9月23日驾驶飞机飞跃地中海,成为完成此举的第一人。

到一万九千英尺便举世闻名了，飞越阿尔卑斯山也被视为了不起的成就。现在，世人的标准已经大大提高了，在高空飞行的次数大概是过去的二十倍，其中许多次是在不受惩罚的情况下进行的。三万五千英尺的高度纪录不断被刷新，除了感冒和哮喘，没有并发任何不适，这说明什么？打个比方，一位天外来客造访了这个星球超过一千次，却从未见过一头老虎。然而老虎的确存在，如果这位天外来客到丛林里去，就可能会被吃掉。在高空，确实有一片这样的丛林，在那里，有比老虎更可怕的物种。我相信人们迟早会把这些丛林精确地测绘出来。眼下我就能说出两处：一处在法国的包比亚里茨区，另一处在我位于威尔特郡的宅院的上空，我经常在那里写作。我认为第三个地方在洪堡-威斯巴登区。

　　我首先想到了那些失踪的飞行员。虽然每个人都说他们坠海了，但我根本不相信这种说法。先说说法国的维里尔[①]，他的飞机在巴约纳附近被发现，但他的尸体找不到了。还有巴克斯特，他凭空消失了，尽管在莱斯特郡的一处树林里找到了他的引擎和一些铁制零件。埃姆斯伯里的米德尔顿博士声称，当时他正好用望远镜观测到了这架飞机，后来飞机被云层遮住了。他看到这架飞机的飞行高度极高，随后突然开始垂直爬升，做了一系列不可思议的飞行机动。那是巴克斯特最后一次出现在公众的视野中。报纸上刊登了一篇关于这件事的通讯报道，但最后不了了之。还有其他几个类似的案例，包括海·康纳之死。那些悬而未决的空中谜题引发了多少无知的嘲笑、养活了多少半便士报纸上的专栏啊！然而为了弄清事实真相而付出的努力却少得可怜！他驾驶一架巨大的飞机从某个不可知的高度坠落。

[①] 此处所指的飞行员维里尔和下文的飞行员巴克斯特、维纳布尔斯等均为小说中的虚构人物。

他从未离开那架飞行机器,最终死在驾驶座上。死因是什么?"心脏病。"医生们说。胡说八道!海·康纳的心脏和我的心脏一样健康。维纳布尔斯是怎么说的?他是在海·康纳濒死之时唯一见证了那一刻的人。他说海·康纳在发抖,看上去就像一个被吓破胆的人。但他想象不出海·康纳到底被什么吓到了,只听到海·康纳说了一个词,听上去像"怪物"。那些调查情况的人却对此一无所知。但我可以做点儿什么……怪物!这是可怜的哈里·海·康纳说的最后一句话。正如维纳布尔斯所猜测的那样,他确实是被吓死的。

还有默尔特的头。真的有人相信人的头颅会被重力压进身体?好吧,也许有可能,但以我个人而言,我不相信这会发生在默尔特的身上。还有他衣服上的油渍——"油腻腻的。"调查情况时,有人这样说。奇怪的是,从那以后,没有人好好想过这一点!我想过。但是,从此,我为此思考了很久、很久。我驾驶飞机爬升过三次——丹杰菲尔德就是在那时嘲笑我在飞机上携带霰弹枪的——但没有一次飞到足够高的高度。现在有了这架全新的轻型保罗·维罗纳飞机及其175马力的罗伯发动机,明天我可以轻易爬升到三万英尺,有可能打破飞行高度纪录。也许我还应该尝试一下别的什么。当然,这很危险。若想规避风险,就最好从此不坐飞机,换上法兰绒拖鞋和睡衣躲在家里就好。但是明天,我要上天见识一下空中丛林——我即将知道那上面到底有些什么东西。要是能活着回来,我就出大名了。万一我回不来,这本笔记本可以讲述我的冒险以及我如何在冒险中牺牲。不过,拜托,请不要愚蠢地扯什么意外或灵异事件。

我选择了保罗·维罗纳单翼机[①]。当你真正要做点儿什么的时

[①] 现代飞机主要是单翼机,即仅有一副主机翼的固定翼飞机。飞机诞生之初,有过双翼机、三翼机等,制约了动力与飞行速度。1909年,单翼机首次试飞成功。

候，没有比单翼机更靠谱的飞行机器了。博蒙特很早就发现了这一点。首先，这种飞机不惧潮湿，看天气，我们需要一直在云层之中飞行。这是一架小巧的飞机，驾驶起来的手感就像驾驭一匹刚刚驯服的野马。十缸发动机，最高马力175，进行了全套现代化改装，包括封闭式机身、高弧度着陆板、刹车和陀螺仪稳定器。此外还有三档变速——根据百叶窗原理，通过改变机体的角度来实现。我带上一支霰弹枪和一打装有霰弹的弹夹。当我的老搭档机械师珀金斯把枪放进去的时候，你真该看看他的脸。我穿得好像极地探险者，连裤装下面套了两件运动衫，棉靴里塞了厚袜子，头戴一顶有褶边的防风帽，还有护目镜。机库外，天气闷热，但我即将飞到堪比珠穆朗玛峰的高度，因此必须全副武装。珀金斯看出来，我一定有所计划，于是央求我带上他一起去。如果我开的是双翼机，就带上他了。但要想驾驶单翼机全身而退，就只能单枪匹马了。当然，我也带了氧气袋——去那种高度却不带氧气袋，要么被冻死，要么被闷死。也有可能双份同时来。

登机前，我把机身、舵杆和升降杆都仔细检查了一遍。在我看来，一切井然有序。然后我发动引擎，运行状态良好。一松手，它就压着最低起飞速度飞起来了。我绕着机场盘旋了一两圈，权当热身。接着，我向珀金斯和其他人挥挥手，把机身拉平，全速前进。它像燕子一样逆风飞驰了八到十英里，然后我稍稍抬高机头，它才开始向我头顶的云堤螺旋爬升。爬升节奏要控制好，必须让自己慢慢适应压力的变化。

以英国的九月而言，这一天很闷热，有暴雨将至的宁静。时不时从西南方向吹来一股股阵风，其中有一阵风刮得太猛、太突然，以致我一个不留神，飞机被刮得原地转了半圈。我还记得，在开发出大功率引擎之前，阵风、旋风和气阱都是非常危险的天气现象。当我抵达云堤时,高度计指向三千英尺,突然下雨了。我的天,大雨倾盆!雨点反复敲打着机翼,打在我的脸上,模糊了风镜,我几乎什么都看不见了。我把速度降下来,逆雨飞行太过痛苦。随着不断爬升,大雨变成了冰雹,我不得不往回飞,回避一下。此时,一个汽缸出了毛病——我想大概是过滤塞出了问题,但我仍有足够的动力稳步爬升。过了一会儿,麻烦过去了,不管那是什么,我听到了低沉的轰鸣声——十个气缸同时发出的声音。这是现代消音器的美妙之处,终于可以用耳朵去聆听发动机的工作状态了。当气缸遇到麻烦的时候,它们会尖叫、哭泣。过去,我们完全不可能在空中分辨出这种声音,所有声音都被引擎的巨大噪声吞噬了。如果早期的飞行员能看到这种以他们的生命为代价换来的性能提升该有多好!

  大约九点半左右,我正在接近云层,下方是广阔无垠的索尔兹伯里平原。平原上的景物在大雨中模糊不清,皆被笼罩在阴影里。六七架飞行器在一千英尺左右的高度无所事事地飞着,在绿色背景的衬托下,看起来像一群黑色的燕子。我敢说,它们一定在猜我在云端做什么呢。突然,我身下拉起了一面灰色的帘子,湿漉漉的水汽在我脸上盘旋。天气又湿又冷,令人难受。但我身处于风暴的上方,这还是有好处的。那片云又黑又厚,像极了伦敦的迷雾。我急于看清前方的状况,于是把机头向上拉,直到自动警铃响起——我其实是在向后滑翔。湿漉漉的机翼使得这架飞机比想象中的更沉重,但不久之后,我就飞进了轻薄的云层,飞出了第一层。在我头顶上方的高处,介于蛋白石色和羊毛色之间的第二层云堤出现了,上面好像白色的天花板,下面好像深色的地板。这两层云堤之间有一个巨大的螺旋状物体,一架单翼机正艰难地向上爬行。在这些云层之间弥漫着一股可怕的孤独感。突然,一大群小小的水鸟从我身边飞过,飞快地向西飞去。它们翅膀的拍打声和富有音乐感的鸣声听起来令人愉悦。我猜它们可能是一群小野鸭,但我在动物学方面所知有限。不过,既然我们人类如今也成了"鸟类",飞上天空,就必须学会只看一眼就能把自己的同类辨认清楚。

我下方的旋风不断地吹动广阔的云海。最后,云海形成了一个巨大的旋涡、一个由水汽构成的旋涡。从旋涡中,我看到了遥远的世界。一架白色的大型双翼机从我下方很远的地方飞过。我想那大概是布里斯托①和伦敦之间的晨间邮政航班。然后,旋涡又开始内卷,无边无际的孤寂再次出现。

十点刚过,我来到上一层云的下边缘。这层云是由细小而透明的水汽组成的,从西边迅速飘来。风力不断加强,从仪表上看,大概是每小时二十八英里左右。高度计显示只有九千英尺了,体感却非常寒冷。引擎运转良好,嗡嗡作响,稳步爬升。云堤比我预期的厚,但还是渐渐变薄了,在我面前最终成了一层金色的迷雾。我飞快地冲了过去,眼前立刻晴空万里,阳光灿烂,我上方的一切都是或湛蓝或金黄的,下方则是闪耀的银色,目之所及,是一片广阔的、闪着微光的平原。十点一刻,指针指向一万二千八百英尺。我越升越高,把听觉集中在发动机低沉的轰鸣声上,眼睛总是忙着看手表、转数指示器、汽油杆和油泵。难怪有人说,飞行员是个无所畏惧的物种——要考虑的事情实在太多,根本无暇顾及自己。差不多就在此刻,我注意到,离开地面一定高度以上时,指南针变得不可靠。在一万五千英尺的高空,飞机上的指南针指东偏南。我只能靠太阳和风去判断真实的方向。

我本来以为在这么高的地方应该会很安静,可是每上升一千英尺,风就刮得更大了。迎着风,我的飞机上的每一个连接处和铆钉

---

① 英国西南部第一大城市。

都在呻吟、颤抖。转向时，飞机就像一张纸一样被风刮走，在风中掠过的速度也许比人类以往任何时候借助任何工具行走得都要快。然而，我总是不得不再次转向，向风眼飞去。我追求的不仅是高度纪录。据完整的计算，我的空中丛林在威尔特郡的上空，如果我飞得太远，那么就算到达最外层，我的一切努力也可能白费了。

大约正午时分，我到达了一万九千英尺高度。风刮得很猛，我有点儿紧张地看了看机翼的后部，不知道那里会不会松掉或折断。我甚至把身后的降落伞解开了，把挂钩系在我的皮带环上，以便为最坏的的情况作好准备。这个时刻，机械师的一个小失误将使飞行员付出生命的代价，但我的飞机还是勇往直前，坚不可摧，每一根绳子和每一道支柱都像琴弦颤动般嗡嗡作响。尽管有各种异响和震动，我的飞机仍是自然的征服者和天空的主宰者，有着无上荣光。人类肯定拥有某种神圣的东西，才能使飞机飞得如此之高，借由征服高空所表现出的无私、英勇的献身精神，人类超越了造物主所强加的种种限制。不是都在说人类退化了吗？可你们想想，人类的史册上何曾有过如此壮举？

我驾驶着飞机不断地爬升，刚才那些想法不断地在我的脑海中浮现。大风不时地吹在我的脸上，从我耳畔呼啸而过；云海从我下方不断飘远，银色的陆地无论有着怎样的地形起伏，都成了茫茫一片、闪闪发光的平原。突然，一种前所未有的可怕体验出现了。我们的邻居①管这个叫Tourbillon②。虽然我以前也曾经历过，但从未遇见过这么大规模的。这就像一条巨大的风之河，旋风内部似乎还有一个体量同样巨大的旋涡。突然，我毫无预兆地被拖进了其中一个旋涡的

---

① 指法国。
② 指旋风。

中心，旋转了一两分钟左右，速度快得让我几乎丧失知觉，然后突然向下坠落，左翼朝前，落入旋风中心的真空地带。我像石头一样掉下去，下降了将近一千英尺。我被安全带固定在座位上，惊吓和窒息使我半昏迷地靠在机舱的一侧，但我总能尽自己最大的努力——这是我作为飞行员的一大优点。下降速度变慢后，我恢复了意识。旋涡与其说像一个漏斗，不如说更像一个圆锥体，此时，我已经到达了圆锥体的尖底。飞机猛地一扭，把我整个人抛向一侧，随后，我把机身拉平，把机头从旋涡中拉出来，霎时冲出旋涡，从空中掠过。接下来，我努力把机头拉起，虽然机身不断震动，但我还是成功了，飞机顶着阻力，不断地螺旋上升。接着，我大幅度地盘旋了一圈，避开旋涡中的危险地带，很快飞到了旋涡上方。一点钟刚过，我就爬升到了海拔两万一千英尺的高空。我很高兴能战胜旋风。我每升高一百英尺，空气就变得越发宁静。而且，空气变得极寒冷、极稀薄，使我产生了一阵很古怪的恶心感。我第一次拧开了氧气袋，吸了一口美妙的气体，似乎能感觉到氧气像兴奋剂一样在我的血管里涌动。我兴奋得快醉了。我又喊又唱，飞向寒冷、寂静的外部空间。

  我很清楚，格莱舍[①]于1862年乘热气球升到考克斯韦尔上空三万英尺时失去知觉，是因为他垂直上升的速度太快了，如果放慢节奏，慢慢地适应逐渐减弱的气压，这种可怕的现象是不会产生的。在同样的高度，我发现，即使没有氧气袋，我也可以呼吸，而且不会感到不适。但天气非常寒冷，温度计显示到了华氏零度[②]。一点半钟，我离地面差不多有七英里[③]了，仍在稳步爬升。不过我发现，稀

[①] 詹姆斯·格莱舍（James Glaisher, 1809—1903），英国热气球飞行家。
[②] 合摄氏零下17.8度。
[③] 约合三万七千英尺。

薄的空气对飞机的支撑作用明显减弱了，因此爬升的角度不得不大幅减小。我心里很清楚，就算这架轻型飞机的引擎动力很强大，也不得不这么做。更糟糕的是，又一个气缸出毛病了，发动机间歇性地熄火。我因为害怕失败而心情沉重。

就在那个时刻，不同寻常的事情发生了。一股烟从我身边呼啸而过，爆发出巨大的"嘶嘶"声，喷出一团蒸汽。我一时想象不出发生了什么事。随后想到，地球一直持续受到流星石的攻击，若非它们几乎总是在大气层外围变成水蒸气，那么地球几乎成了不宜居住之地。对于飞在高空的人来说，新的危险出现了，当我接近四万英尺的高度时，又有两块流星石与我擦身而过。所以，毋庸置疑，在地球的外围，这些风险是实实在在地存在的。

指针指向了四万一千三百英尺，我知道自己不能再继续了。虽然我的身体应该还能承受，但飞机已经到达极限。稀薄的空气无法给机翼提供足够的支撑，连最轻微的倾斜也导致侧滑，而且操纵的手感似乎有些迟钝。如果发动机能够处于最佳状态，大概还能再上升一千英尺，但它现在间歇性地熄火，十个汽缸有两个都显示出现故障。如果这时还没有到达我此行的目的地，那么应该到不了了。这是不是意味着我不可能看到了？我像一只老鹰盘旋在四万英尺的高空，让这架单翼机自行飞了一会儿，然后用我的曼海姆牌望远镜仔细观察周围的环境。天空非常晴朗，看起来不会出现我想象中的那种危险。

我刚才说，我是在高空盘旋。我突然意识到，盘旋的半径应该更扩大些，应该开辟一条新的飞行路线。如果是猎人踏进陆地上的丛林，若想打到猎物，就必须穿越丛林。这个推理让我相信，我想象中的空中丛林就在威尔特郡上空的某个地方——应该是在我的南面和西面。我利用太阳的位置进行定位，罗盘已经不顶用了，陆地也看不见了——除了远处的银色云层,什么都看不见了。然而我竭尽所能地确定方向,使机头正对目标。估计差不多一小时后,机油就将耗尽,但即使耗尽也无碍,我就当开着滑翔机,也能返回地面。

突然,我有了新发现。我面前的空气不再如水晶般通透。空气中满是长条形的、参差不齐的东西,看上去就像点了支上好的香烟冒出来的烟。这烟状的东西盘旋着,在阳光下慢慢地旋转着。当我的单翼机飞过时,我感到嘴唇上有一股令人眩晕的油腻味,连飞机的木结构上也出现了一层油腻。大气中似乎悬浮着一些极其细微的有机物。这里没有生命。这东西慢慢地扩散了数英亩之广,又延伸到虚空之中。不,这东西没有生命。但它会不会是某种生命体的遗骸?会不会是某种生命体的食物——某个怪物的食物?就像海洋里卑微的油脂是巨鲸的食物?抬眼向上看的时候,这个想法在我的脑海中挥之不去,我看到了人类从未见过的最奇妙的景象。能容许我像上周四那样描述给你听吗?

想象一下,在夏季的海面上,有一种巨大的钟形水母——我估计比圣保罗教堂的穹顶还要大得多。这水母是淡粉色的,带着淡绿色的纹理,整个质地看起来如此纤细,在深蓝色天空的衬托下,像一位仙女,以微妙而有规律的节奏跳动着。它垂下两根长长的绿色触手,慢慢地前后摆动。这绚丽的景象像肥皂泡一样轻盈而易碎,挟着无声的庄严,从我头顶气宇不凡地掠过。

为了照顾这只美丽的动物,我把单翼机转了半圈。转眼之间,我发现自己置身于一群参差不齐、形体相似的物体中间,但都没有那第一只大。其中一些非常小,但大多数与一般的热气球大小相当,连弧形拱顶都相似。它们质地细腻,色泽鲜艳,使我想起最顶级的威尼斯玻璃。它们一般是淡粉色和绿色的,阳光穿透它们精致的形体，折射出斑斓的微光。从我身边慢慢飘过数百个这样的物体，像一群奇异的空中精灵。它们的形状和质地与我所处的高度如此协调一致——人类的思维如果仅仅局限于在陆地上的所见所闻，就无法想象如此精致的东西。

很快，我的注意力被又一个新现象吸引了——高空蟒蛇。那是一卷又长又薄、形状古怪的气体状物质，以极快的速度旋转、扭曲，快得连我的眼睛都跟不上。这些幽灵状的生物有的长达二三十英尺，很难分辨它们的腰围，因为它们的轮廓很模糊，似乎正在周围的空气中逐渐消失。这些空气蛇呈现极浅的灰色或烟灰色，内部有一些较深色的线条，可以肯定是某种生物。有一条空气蛇从我面前掠过，有冰冷、潮湿的接触感，但它们的构造是如此虚无缥缈，我完全感受不到有任何实质上的危险，就像刚才那些美丽的钟形水母状生物。它们的身体就像在碎浪中漂浮的泡沫一样脆弱。

但接下来，我遇到了更可怕的事情。从高处往下，飘浮着一团紫色的水汽，我刚看到它的时候，这团水汽还很小，但当它一靠近我，就迅速增大，一下子，这东西像是有几百平方英尺之大。尽管它是由某种透明的胶冻状物质组成的，但轮廓比我刚才见过的那些东西更清晰，构造也更坚实。除此之外，还有很多地方让这东西看起来更接近实物，特别是它两边各有两个巨大的、阴影密布的圆形板状物，可能是眼睛，两块板状物之间有一个实心的白色突出物，像秃鹫的嘴那样弯曲着，形貌残忍。

这怪物的外形很可怕，令人生畏，它的颜色不断地从极浅的淡紫色变成深紫色，看上去似乎在发怒。它在我所驾驶的单翼机和太阳之间飘浮，把我笼罩在了阴影下。它的巨大身体向上拱起，身上有三个形似巨大气泡的突起，我很确定那气泡里灌满了某种极轻盈的气体，正是那种气体使这个畸形的半固态东西飘浮在稀薄的空气中。这个生物体飞快地向前移动，轻松地追上了单翼机的速度，可怕地跟着我飞了二十多英里，像一只随时准备捕食的猛禽。这东西的前进方式是吐出一条长长的、黏糊糊的带子，然后这条带子把那东西扭动着的整个身体向前拉。过程极快，不易看清。这胶状怪物极具弹性，保持一个形状不会超过两分钟，每变化一次都使它更具威胁性、更令人厌恶。

它的丑陋躯体上泛起了紫色，让我知道接下来不会有什么好事。它那冷酷无情的双眼前突而浑浊，时时刻刻带着恶毒的恨意注视着我。我压低单翼机的机头，躲避这东西。就在我这么做的时候，从这团东西之中闪电般地伸出一根长长的触须，像一条鞭子，扭曲地、轻轻地落在我的飞机前部。碰到滚烫的引擎之后，不一会儿，便"嘶嘶"作响，腾空飞起，那巨大而扁平的身体仿佛突然感到一阵剧痛似的缩成一团。我驾驶着飞机，开始小角度地俯冲，但立刻又有一根触须落在单翼机上，像一阵烟，被螺旋桨轻松地切断了。随后，一条长长的、滑溜溜的、黏糊糊的、蛇一样的触须从后面卷过来，缠住了我的腰，意欲把我从机舱中拖出。我用力一抓，手指陷进了光滑的胶状物。刹那间，我挣脱了，但立刻又被另一条触须缠住，它猛地一拉，我几乎倒下……

我在倒下之际，把霰弹枪的两支枪管里的子弹都打光了。不过，说真的，这就像用射豆枪去打一头大象，自以为是的人类觉得随便什么武器都能击倒这种庞然大物。然而，我的准头比想象中的好，随着一声巨响，那家伙背上的一个气泡被子弹击穿。显然，我的猜想是对的，这些巨大而透明的气泡里充满了某种轻盈的气体，因为在一瞬间，这东西巨大的胶状身体转向一边，迅速地扭动着，试图保持平衡，白色的嘴一张一翕，似乎因愤怒而发出噼啪声。我尽最大的努力，使飞机笔直向下滑翔，发动机在全速运转，螺旋桨和重力把我往下拉,像陨石坠地。在我身后很远的地方,我看见一个暗淡的、略带紫色的黑点迅速变小,渐渐消失在蓝色的空中。我安全地逃离了危险的高空丛林。

脱离危险的同时,我打开发动机的节气阀,因为全速下降很容易使飞机裂成碎片。这架伟大的单翼螺旋机从近八千英里的高度持续下降,先是到达银色的云层,然后到达云层下的暴风云,最后在滂沱大雨中降落地面。从云层中冲出来的时候,我看到了下方的布里斯托海峡。油箱里还有些汽油,于是我向内陆方向又行进了二十英里,降落在距离阿什科姆村半英里远的田野中。在那儿,我从一辆路过的汽车上获得了三听汽油。那天晚上六点十分,我轻轻地降落在位于德韦齐斯的自家草坪上。高空的美丽、高空的恐惧,我都见识过了,在这之上,更美丽、更恐惧之物就超越人类的知识范畴了。

现在,我计划在把这项成果公诸于世之前再去一次,因为当我向同胞们讲述这样一个故事时,一定要拿出证据。其他人很快会有样学样,并将率先证实我所说的一切,但我希望自己从一开始就秉持信念。那些美丽的彩虹色气泡应该不难捕捉。它们慢慢地飘着,高速单翼机可以拦截它们的悠闲航行。它们很可能会融化在较浓重的大气层中,而我能带回地球的可能只是一小堆没有固定形状的果冻。然而,肯定可以带回一些东西,让我得以证明我的故事的真实性。是的,我会再去的,即使有风险。那些紫色的可怕怪物似乎并不多见。我很可能再也看不到了。万一能再次看见,我就立刻掉头俯冲。最糟也不过是动用那把我一直携带着的霰弹枪,据我所知……

不幸的是,此处少了一页手稿。下一页上,潦草的大字写着:
"四万三千英尺。我再也见不到陆地了——它们就在我下面,有三个!神啊,这种死法太恐怖了!"

这就是乔伊斯-阿姆斯特朗所讲述的全部故事。从那之后，关于这个人的所有信息都消失了。在肯特郡和萨塞克斯郡的边界，有位巴德-卢辛顿先生在自家附近发现了阿姆斯特朗的单翼机的碎片，距离发现笔记本的地点只有几英里远。如果这位不幸的飞行员的理论是正确的，那么他所推测的空中丛林就在英格兰的西南部。看来，在这些碎片的上空，他当时似乎正驾驶着单翼机全速逃离，但那些大气层之外某处的可怕生物追上了他、吞噬了他。他的单翼机从高空坠落，那不可名状的恐怖之物在飞机下方快速飞行，逐渐逼近猎物，掐灭了这架单翼机安全降落的所有希望……这幅画面是任何一个有理智的人所不愿看到的。我知道有很多人仍在嘲笑我所写下的事实，但即使他们迫不得已地承认了乔伊斯-阿姆斯特朗已经消失，我也要向他们重申阿姆斯特朗本人的这句话："这本笔记本可以讲述我的冒险以及我如何在冒险中牺牲。不过，拜托，请不要愚蠢地扯什么意外或灵异事件。"

两万英尺高空的噩梦
理查德·马西森

  这是不是有史以来最伟大的恐惧飞行的故事？也许是。虽然听起来不像是罗德·塞林①的故事，但你可以想象一下：主人公阿瑟·杰弗里·威尔逊是一架DC-7客机②上的乘客，飞机起飞后，"他……在离地两万英尺的高空，被困在一个咆哮着的死亡之壳中"。这篇小说首次发表于1961年，那时候的乘客在民航班机上是能抽烟的，甚至能在手提行李中携带手枪。噩梦行走于刀锋，刀锋两边各有一种可能：要么是威尔逊先生患有焦虑型神经衰弱，要么是窗外的机翼上真的有一个扭曲的怪物想让飞机坠毁。无论怎样，接下来你都将经历一次非常不愉快的飞行，最好系上安全带。

  "请系好安全带。"空姐从他身边走过时轻快地说道。
  几乎就在她说出这句话的同时，机舱上方的"系紧安全带"提示灯亮了，随后亮起了"禁止吸烟"提示灯。威尔逊深深深地抽了一口烟，再一股脑地把烟吐了出来，然后把烟塞进扶手上的烟灰缸里，惹人讨厌地戳了几下。
  机舱外，其中一台发动机像咳嗽般发出可怕的声音，喷出的

---

① 罗德·塞林（Rod Serling, 1924—1975），美国编剧、导演，参与制作过《人猿星球》《阴阳魔界》等影视剧。
② 美国道格拉斯公司生产的最后一款螺旋桨活塞引擎飞机，自1953年开始投产。

烟雾散入夜空,机身开始颤抖。威尔逊从窗口瞥了一眼,看到白色火焰正从发动机舱喷出。另一台发动机也开始咳嗽,然后发出咆哮声。发动机上的螺旋桨开始高速旋转,叶片变得模糊。威尔逊紧张而又顺从地把安全带扣在了腿上。

现在,所有的引擎都启动了,威尔逊的头部与机身频率一致地不停抖动着。他紧张地坐着,盯着前排的座位。此时,DC-7滑行穿过停机坪,高分贝的发动机使这个夜晚变得尤为热闹。

飞机在跑道的边缘停下来。威尔逊看向窗外庞然大物般闪闪发光的航站楼,心想,今天上午,接近中午的时候,他本该洗漱干净、西装笔挺地坐在办公室里,和往常一样与人谈生意,那些生意丝毫不会影响人类的历史进程。可是该死的……

两台发动机同时竞相轰鸣,准备起飞了。威尔逊深吸一口气。本来就很强烈的声音越发震耳欲聋,声波爆炸般地挤进威尔逊的耳中。他张开嘴,似乎想把声波释放出来。他很难受,从他的眼睛就能看出来。他的双手也像绷紧的动物爪子似的缩在一起。

他感到有人碰了一下自己的胳膊,吓了一跳,把双腿缩回去。他猛地把头扭到一边,看见了先前在门口遇到的那位空姐。她正低头朝他微笑。

"您没事吧?"他几乎听不清她的发音。

威尔逊抿紧嘴唇,向她挥动一只手,像是要把她推开。她的笑容更加灿烂了,然后转过身走开。

飞机动起来。一开始,感觉有些沉重,像某种飞蛾在拼命与自身重量作斗争。接下来,飞机获得了更快的速度,把摩擦阻力消弭于无形。威尔逊转身向窗口望去,只见漆黑的跑道向后方飞掠,速度越来越快。在机翼的边缘,襟翼放下时发出了呜咽般的机械声响。随后,不知不觉地,巨大的机轮离开地面,陆地飞逝,树木从下方掠过，还有房子、车灯……DC-7慢慢地向右倾斜，朝着星星的寒光飞去。

飞机终于开始平飞，发动机似乎也平稳下来。威尔逊等听觉慢慢适应飞行之后，听到了飞机巡航的嗡嗡声。片刻的放松使他的肌肉松弛下来，感到某种似乎转瞬即逝的安逸。威尔逊一动不动地坐着，盯着"禁止吸烟"的提示灯，看着它熄灭，然后迅速点上一支香烟。他把手伸进前排座椅背后的口袋，打开一份报纸读起来。

像往常一样，这个世界的状态和他自身的状态差不多。地缘摩擦、地震、局部战争、谋杀、强奸、龙卷风、武装冲突、商业纠纷、黑帮活动……"神待在自己的天堂里，这个世界上一切安好。"阿瑟·杰弗里·威尔逊就是这么想的。

十五分钟后，他把报纸扔在一边。他感到胃不舒服。他抬头看了看两个洗手间旁的指示灯，都亮着，都有人。他掐灭了自飞机起飞后点燃的第三支香烟，关掉顶灯，凝视窗外。

机舱里，人们大多关了灯，斜靠在椅子上睡觉。威尔逊瞥了一眼手表，十一点二十分。他打了个哈欠。正如他所预料的，登机前吃的药没产生一丁点儿效力。

看到一个女人从厕所里出来后，他立刻站起来，抓起自己的旅行包，沿着过道走去。

不出所料，他的消化系统太不配合了。威尔逊站着发出一声疲惫的呻吟，整理了一下衣服。他洗完手和脸，从旅行包里取出盥洗用品，在牙刷上挤出一条细细的牙膏。

他一边刷，一边单手扶着发冷的脑袋朝窗外望去。几英尺开外，淡蓝色的内置螺旋桨清晰可见。威尔逊不禁想象：如果螺旋桨松脱，就会像三刃砍刀那样向自己劈来。

他突然再次感到胃部不适，本能地咽了一口带着牙膏的唾沫，顿时觉得有点儿恶心,转身往水池里吐出,然后赶紧把嘴洗干净,又喝了口水。亲爱的神,如果能坐火车就好了。火车上有独立的包厢,也可以随意地漫步到俱乐部专属车厢,在安乐椅上坐下来喝杯饮料或翻看杂志。但是在这个世界上,人类不会再有那样的时光和运道了。

他刚要把盥洗用具收起来,眼光落在了公文包里的油纸信封上。他犹豫了一下,把那只小小的公文包放在水槽上,取出信封,在腿上打开。

他坐在那里,眼睛盯着那把他随身携带了近一年的手枪,油光锃亮。表面上,他带枪主要是因为自己随身携带现金,为了防范抢劫;也因为在他前往的那些城市里有不少青少年匪帮。然而,在内心深处,他一直知道,其实只有一个原因,其他的理由都不是真正的理由。他每天都不断地想到那个原因。很简单……就在这里,就是现在……

威尔逊闭上眼睛,迅速咽了口唾沫。他仍能品尝到残留在嘴里的牙膏的味道,味蕾感到一丝薄荷味。他手里握着那把油腻腻的枪,心情沉重地坐在厕所的冷风中。突然,他不由自主地颤抖起来。神啊,放过我吧!他的内心突然崩溃。

"放过我吧,放过我吧。"他的呜咽声低至几不可闻。

突然,威尔逊坐直身子,抿起嘴唇,重新把手枪藏好,塞进旅行包,把公文包放在手枪上面,拉好旅行包的拉链。他站起来,打开门,走到外面,匆匆走到座位前坐下,把旅行包放回原来的位置。他按下扶手上的按钮,调整好椅背。他是商人,明天还要谈生意,就是这么简单。他的身体需要睡眠,他就得睡觉。

二十分钟后,威尔逊慢慢地俯下身,按下按钮,把椅背放直,坐起来,露出认命的表情。为什么要挣扎?既然睡不着,那就醒着呗。

填字游戏做到一半，报纸掉在了腿上。他的眼睛太疲劳了。他坐起来，转动肩膀，拉伸背部肌肉。现在做什么？他想。他不想读书，也睡不着。而且，他看了看手表，还需要七八个小时才能抵达洛杉矶。怎么打发这段时间？他沿着机舱看去，发现除了前舱的一位乘客，其他人都睡着了。

他心中突然爆发一股无名怒火，想尖叫，想扔东西，想打人。他咬紧牙关，咬得下巴生疼，用痉挛的手拉开窗帘，恶狠狠地望着窗外。

他看到外面的机翼上，指示灯忽明忽暗地闪烁着，引擎罩后方的喷气发出可怕的闪光。就在这里，他心想。在离地两万英尺的高空，被困在一个咆哮着的死亡之壳中，穿越极地的黑夜，飞向……

闪电漂白了天空，威尔逊抽搐了一下，机翼似乎一瞬间暴露在电光下。他咽了一下口水。会有暴风雨吗？飞机在茫茫夜空的狂风暴雨中如一叶扁舟。一想到这里，就没法高兴。在坐飞机旅行这件事上，威尔逊的成绩是不及格。飞机如果有太多的颠簸，他就会晕机。以防万一，他也许应该再多吃几片晕海宁[①]。当然，他的座位就在紧急出口旁边。他曾想象过，紧急逃生门突然意外打开，自己整个人被吸出机舱，坠落、尖叫。

威尔逊眨了眨眼，摇了摇头。紧贴着窗户向外看时，他的脖颈后方有隐隐的刺痛。他坐着一动不动，眯着眼向外看。他敢发誓……

突然，他的腹肌剧烈地痉挛，眼珠子快瞪出来了。

有个东西趴在机翼上。

威尔逊突然感到胃里一阵恶心的震颤。亲爱的神，飞机起飞前

[①] 一种晕机晕车药。

是不是有狗或猫爬到飞机上抓紧了没有掉下去？这想法有点儿令人毛骨悚然。可怜的小动物会吓得发疯的。然而，在这种迎风的、光滑的表面，它怎么可能找到任何可以抓住的东西呢？当然不可能。也许，它是一只鸟或者……

闪电一闪，威尔逊看出那是个人。

他僵住，呆若木鸡地看着那个黑影顺着机翼往下爬。不可能。震惊之余，一个声音说道。但威尔逊没听见，看着窗外的那个人，他的心脏快跳出胸膛了。除此之外，他什么都不知道了。

突然，他如同掉进冰窟一般，反应过来，脑袋飞速运转，找到了一个合理的解释。某个在工作上犯下巨大失误的机械师被这架飞机带上了天，彻骨的寒风刮掉了他的衣服，但他还是牢牢地抓住了机翼。

威尔逊等不及否定掉这个想法便猛地站起来，大喊："空姐！空姐！"他尖锐而空洞的声音响彻机舱。他用一根手指戳着呼叫按钮。

"空姐！"

她从过道上跑过来，一脸警惕。看到他脸上的表情时，她僵住了。

"外面有人！有人！"威尔逊叫道。

"什么？"她眼睛周围的皮肤扭曲了。

"看，看！"威尔逊浑身发抖，坐回座位，指着窗外，"他爬在……"

话音刚落，他的喉咙就像被掐住了，发出"嘎嘎"声。机翼上什么都没有了。

威尔逊呆坐着发抖。过了好一会儿，他都没有转身。从窗玻璃上，他看到了空姐的身影。她脸上的表情很茫然。

他终于转过身，抬头看着她。他看见她张开红唇准备说点儿什么，但最终什么都没说，只是把两片嘴唇抿在一起，咽了咽口水，脸上勉强挤出一丝笑容。

"对不起，"威尔逊说，"那一定是……"

他说到一半停住了，好像已经说完了。过道对面，一个十几岁的女孩满脸睡意，好奇地睁大眼睛看着他。

空姐清了清嗓子。

"需要我给您拿点儿什么吗？"她问道。

"请给我杯水。"威尔逊说。

空姐转过身，沿着过道往回走。

威尔逊深深地吸了一口气，转过身，不去看那女孩。他也好奇，这是最使他震惊的。刚才那些幻象、哭泣、顶在太阳穴上的拳头、撕扯的头发……都去哪儿了？

他猛地闭上眼睛。他觉得，刚才的确有个人。刚才真的有个人。这就是为什么他有着同样的好奇。但他清楚地知道，这是不可能的。

威尔逊闭上眼睛坐着，心想，如果杰奎琳坐在自己旁边的座位上，她会怎么办？她会保持沉默、震惊得说不出来话吗？或者，她会以一种更容易被接受的方式对他微笑、跟他聊天、假装没看见？他们的儿子会怎么想？威尔逊一时欲哭无泪。哦，天哪……

"这是给您的水，先生。"

威尔逊猛地抽搐了一下，睁开眼睛。

"您想要毯子吗？"空姐问。

"不用。"他摇了摇头，"谢谢你。"他加了一句，不明白自己为何如此客气。

"如果您需要什么，请按铃。"她说。

威尔逊点点头。

他坐在座位上，手上拿着那杯一口没喝的水，听到后排的空姐和一位乘客在小声说话。威尔逊因愤怒而变得紧张起来。突然，他弯下腰，小心翼翼地不让水洒出来，把过夜用品包拿出来，拉开拉链，取出装有安眠药的小盒子，喝了口水把药片吞下去。他把空杯子揉成一团，塞进前排座位背后的口袋里，然后看都不看一眼就拉上了窗帘。没事了。偶尔出现一次幻觉，不会导致精神错乱。

威尔逊转向右边，减缓机舱颠簸带来的不适。眼下最重要的是必须忘掉这件事，不能总想着这件事。出人意料的是，他发现自己的嘴角浮现一丝苦笑。天哪，没人能因为他产生了幻觉而责备他。刚才的幻觉其实感觉还不错——某个赤身裸体的家伙在两万英尺高空从DC-7的机翼上爬下来，这可是高贵的疯子才会产生的幻觉。

自嘲很快结束了，威尔逊感到一阵寒意。刚才看到的一切明明如此清楚、生动，肉眼明明看到的东西为何不存在了？他的大脑是如何说服自己的身体作出反应的？他并没有头脑不清，也没有犯迷糊，那番景象也不是模模糊糊的海市蜃楼。他所看到的一切都具有鲜明的立体感。他确定自己看到的景象是真实的——这就可怕了。完全不像是做梦。他看了看机翼，然后……

威尔逊一时冲动，拉开了窗帘。

当时，他并不知晓自己是否能活下来。他腹中的东西似乎在膨胀，一直胀到了喉咙口，使他无法呼吸，血压急剧飙升，眼珠子都要突出来了。他的心脏剧烈地跳动着，即将爆炸。

离他仅数英寸[①]远，那个人正隔着厚厚的玻璃盯着他。

---

① 1英寸约合2.5厘米。

那是一张可怕的丑脸，肯定不是人类的脸。那家伙的皮肤又脏、又粗糙；鼻子短小、污浊；嘴唇上有畸形裂缝，被奇形怪状、歪歪扭扭的牙齿撕开；小眼睛凹陷着，一眨不眨；耳朵和鼻子上都长出了蓬蓬的、一簇一簇的毛，像鸟似的从脸颊上垂下。

威尔逊崩溃地坐回椅子，完全无法作出反应。时间停止了，失去了意义。身体机能和分辨能力都丧失了，整个人被吓瘫了，只剩下心跳。心脏在黑暗中狂跳。威尔逊连眼睛都不会眨了，他无法呼吸，麻木地迎着那怪物的凝视。

然后，他突然闭上眼睛。眼不见为净之后，他的大脑自由了。他不在那儿了，他想。他咬紧牙关，鼻孔里喘着气。他不存在了，他就是不存在了。

威尔逊用苍白的手指抓住扶手，鼓起勇气。外面没人，他对自己说。不可能有人蹲在那里看着自己。

他睁开眼睛。

整个人缩在椅背上，感觉透不过气似的拼命吸气。那家伙仍在那儿，还咧着嘴笑。威尔逊用指甲掐自己的手掌，有痛感。他一直掐着，让大脑确信自己是清醒的。

然后，威尔逊用已经麻木的手臂颤抖着慢慢伸向呼叫空姐的按钮。他再也不会犯同样的错误了——像刚才那样大喊大叫、跳起来叫人，会把那家伙吓走的。他不停地向上探出身子。那东西在注视着他，使他的肌肉里充满了惊恐和兴奋。那双小眼睛随着他胳膊的动作而转动着。

他小心地按了按钮，然后又按了一次。来吧，他想，请以客观的眼睛来看看我看到了什么，要快。

他听到机舱后面的帘子被拉开了。突然，他的身子僵住了。那个人把卡利班①似的脑袋转向那个方向。威尔逊僵住了,眼睛盯着他。快点儿,他想。看在神的分上,快点儿!

仅仅一秒钟的工夫。那个人的目光又转回到威尔逊身上,嘴角挂着狡黠得近乎可怕的微笑,然后纵身一跳,不见了。

"先生,怎么了?"

一时间,威尔逊极度痛苦,快疯了。他的目光不停地游走于那个男人待过的机翼和空姐疑惑的脸之间。一会儿是空姐的脸,一会儿是机翼,再回到空姐的脸。他屏住呼吸,眼中满是惊愕。

"怎么了?"空姐问道。

她脸上的表情有了反应。威尔逊控制住自己的感情。他立刻意识到:她不相信他。

"我……我很抱歉,"他哆哆嗦嗦地说,咽了咽口水,可是嘴里一点儿口水都没有,喉咙里发出"咯咯"的声音,"没事,我很抱歉。"

空姐显然不知道该说些什么。她一只手抓着威尔逊旁边的椅背,另一只手扶着自己的裙边。她的嘴唇微微张开,似乎想说话,却不知该说什么。

"好吧,"最后,她清了清嗓子说,"如果您……如果您需要什么……"

"是的,是的。谢谢!我们会进入暴风雨区域吗?"

空姐一下子笑了:"雨带很窄,"她说,"没什么好担心的。"

威尔逊面带抽搐地点了点头。然后,当空姐转过身去的时候,他突然吸了一口气,鼻孔张得大大的。他确信,她认为他疯了,但不知道该怎么办。在她所接受的培训课程中,从没学过如何应对

---

① 卡利班(Caliban),莎士比亚剧本《暴风雨》中凶残丑陋的奴仆。

像他这种觉得机翼上有人的乘客。

觉得？

威尔逊突然转头朝外望。他盯着机翼上升起的黑影、排气管喷出的火焰和闪烁的灯光。他发誓，他刚才肯定看到那个人了。那个人周围的一切都足以令他确信，自己在各方面都是神志清醒的，怎么可能单单只产生这一个幻觉？大脑产生幻觉的时候，难道不应该是所有的现实都被扭曲了吗？在所有完整、合理的细节中只出现一个无关的幻觉，这合乎逻辑吗？

不，这不合逻辑。

突然，威尔逊想到了战争，想到了报纸上的故事，那些故事说空中有其他的生物，它们在盟军飞行员执行任务时折磨他们。他记得，他们管这些东西叫小妖精。真的有这样的生物吗？它们真的存在于此、从不坠落、乘风而上吗？很显然，它们有体积和重量，不受地心引力的影响。

他正想着，那个人又出现了。

一秒钟前，机翼上还是空的。下一秒，那个人划过一道弧线跳下来，落在机翼上，似乎没有产生任何冲击力。他落下来时显得很脆弱，短小而多毛的手臂伸展开来，大概是为了保持平衡。威尔逊又开始紧张了。是的，他的外形有值得探究之处。那个人——威尔逊大概明白了，那个人在耍弄自己，让自己白白地叫了几次空姐。威尔逊惊恐地颤抖了。他如何向别人证明那个人的存在？他绝望地环顾四周。过道对面有个女孩，如果轻轻地唤醒她，她会不会……

不，那个人会在被她看见之前跳开，可能跳到机身顶部，没人能看到，甚至连驾驶舱里的飞行员也看不到。威尔逊突然感到一阵内疚，他没有买下沃尔特想要的那台照相机。亲爱的神，他想，要是他买了那台照相机，就能拍下那个人的照片了。

两万英尺高空的噩梦　053

他靠近窗边。那男人在做什么？

一瞬间，黑暗隐去，闪电的光亮倾泻在机翼上。威尔逊看见，那个人像个好奇的孩童似的，蹲在机翼边缘，向高速旋转的螺旋桨伸出右手。

威尔逊惊奇地看着，那个人的手越来越靠近那团螺旋桨形成的模糊旋涡，一碰到，就猛地抽回来。那个人的嘴唇抽动着，发出一声无声的叫喊，一根手指被切断了。威尔逊觉得太恶心了，但那人立即又把手伸出去，粗糙的手指伸出来，像个巨婴正试图捕捉旋转的风扇叶片。

若非过于丑陋，整个画面还是挺有趣的。这一刻，那个人好像童话里的巨魔，活生生地出现在面前，风吹过他的头部和身上的毛发，他所有的注意力都集中在旋转的螺旋桨上。威尔逊突然想到，这怎么能算发疯呢？这滑稽而恐怖的场景到底预示着何种天启？

威尔逊看着那个人一次又一次地向前试探、一次又一次地把手指抽回来。实际上，有时是把手指放进嘴里，好像在试图冷却。而且他似乎总是转过头查看威尔逊的状态。他什么都知道，威尔逊想，他知道这是我们之间的游戏，如果我能让别人看到他，他就输了。如果我是唯一的证人，那么他就赢了。唯一的娱乐性消失了。威尔逊咬紧牙关。为什么飞行员看不见？

现在，那个人对螺旋桨不感兴趣了，他跨坐在引擎罩上，像骑在一匹横冲直撞的马上。威尔逊盯着他。突然，他背后一凉。那个人在拆除包覆在引擎外面的护板，想把指甲伸到护板的下面。

威尔逊冲动地伸手按了空姐呼叫铃。他听到她从机舱后面走来，有那么一瞬间，他觉得自己骗过了那个人，那个人似乎正专心致志地做着什么。然而就在空姐到达的前一刻，那个人瞥了威尔逊一眼，接着，像提线木偶般被操纵绳从舞台上拉起来，飞向空中。

"怎么了？"她担心地看着他。

"你可以……坐下来吗？"他问道。

她犹豫了一下："嗯，我……"

"求你了。"

她小心翼翼地坐在他旁边的座位上。

"怎么了，威尔逊先生？"她问道。

他强打起精神。

"那个人还在外面。"他说。

空姐盯着他。

"我之所以告诉你这件事，"威尔逊急忙说下去，"是因为他开始对其中一个引擎动手。"

她本能地把目光转向窗户。

"不，不，别看，"他对她说，"他不在那儿了。"他清了清嗓子，接着说，"你一到这儿，它就跳开了。"

他意识到她一定在想什么，一阵恶心袭上心头。他意识到如果有人给自己讲了这样的故事，自己会怎么想。头晕目眩的感觉掠过全身，他想：我要发疯了！

"问题在于，"他说，努力打消这个念头，"如果这不是我的幻觉，这架飞机就有危险了。"

"是的。"她说。

"我知道，"他说，"你以为我疯了？"

"当然不是。"她说。

"我所要求的是，"他说，努力克制愤怒的情绪，"把我的话告诉飞行员，请他们注意机翼。如果他们什么都没看到……好吧，但如果他们确实……"

空姐静静地坐着，看着他。威尔逊双手握拳，搁在腿上颤抖着。

"如何?"他问道。

她站了起来。"我会告诉他们的。"她说。

她转过身,顺着过道走去。在威尔逊看来,她的动作很糟糕——走得太快了,不正常,但显然她想逃,还想让他相信她并没有逃跑。他再次看向机翼时,感到胃里在翻腾。

那个人又突然出现了,像个奇形怪状的芭蕾舞演员那样落在机翼上。威尔逊看见他又开始工作,粗壮的光腿跨坐在引擎罩上,去抠发动机的护板。

威尔逊想:好吧,我在担心什么?那个可怜家伙的指甲不可能撬动铆钉。事实上,飞行员能否看到他并不重要,至少以飞机的安全性而言,是这样的。至于自己,考虑到个人原因……就在这一刻,那人撬起了引擎罩的一侧。

威尔逊呼吸急促。"快过来,快点儿!"他喊道,注意到空姐和飞行员正从驾驶舱门口走过来。

飞行员的视线猛地抬起,看向威尔逊。他突然推开空姐,踉踉跄跄地走向过道。

"快点儿!"威尔逊喊道。他向窗外瞥了一眼,看见那人跳起来。现在已经不重要了,会有证据的。

"怎么回事?"飞行员在他的座位旁停了下来,上气不接下气地问。

"他把一个引擎罩撬开了!"威尔逊用颤抖的声音说。

"他干了什么?"

"外面的人!"威尔逊说,"我告诉你,他……"

"威尔逊先生,小声点儿!"驾驶员说道。威尔逊的下巴松下来。

"我不知道这是怎么回事,"飞行员说,"但是……"

"你能看一下吗？！"威尔逊喊道。

"威尔逊先生，我警告您。"

"看在神的分上，"威尔逊快速咽了口唾沫，竭力克制难以克制的怒火。突然，他靠在椅背上，颤抖的手指着窗外。

"看在神的分上，你看一看好吗？"他问道。

飞行员激动地吸了一口气，弯下腰。过了一会儿，他的目光冷冷地转向威尔逊。

"怎么了？"他问道。

威尔逊猛地转过头。引擎罩还在正常的位置上。

"哦，等一下，"他在恐惧降临前说，"我看见他把引擎罩撬起来了。"

"威尔逊先生，如果你不……"

"我说我看见他把外壳撬起来了。"威尔逊说。

飞行员站在那里，看着他，和空姐一样沉默着，近乎目瞪口呆。威尔逊剧烈地颤抖着。

"听着，我看见他了！"他喊道。他说话上气不接下气，飞行员被吓到了。

飞行员立即来到他身边。"威尔逊先生，求您了，"他说，"好吧，您看见他了。但别忘了飞机上还有其他人。我们不能吓到他们……"

威尔逊过于激动，没明白是怎么回事。

"你是说，你刚才看见那个人了？"他问道。

"当然，"飞行员说，"但我们不想惊吓到其他乘客，您应该理解。"

"当然，当然，我不想……"

威尔逊感到腹股沟和下腹部一阵痉挛。突然，他咬紧双唇，用恶毒的目光看着飞行员。

"我明白。"他说。

"我们必须记住一件事……"飞行员又开始说。

"可以不说了吗?"威尔逊说。

"先生?"

威尔逊战栗着说:"滚。"

"威尔逊先生,您说什么?"

"可以不说了吗?"威尔逊脸色惨白,转过身,盯着飞机的机翼,眼神变得像石头。

他突然回头看了一眼。

"请放心,我不会再多说一句!"他厉声说道。

"威尔逊先生,还请理解我们……"

威尔逊扭过头恶狠狠地盯着外面的引擎。他以余光看见两位乘客正站在过道里看着自己。白痴!他的脑子像是炸开了,感到自己的手开始颤抖,有那么几秒钟,他担心自己快呕吐了。他对自己说,这是飞机颠簸造成的。飞机在空中就像一只即将被暴风雨掀翻的小船。

他发现飞行员仍在和自己说话,于是便重新对焦,看着窗玻璃上那个人的身影。空姐站在旁边,沉默而忧郁。这两个瞎眼的白痴,威尔逊心想。他注意到他们离开了,但他没有说话。透过窗户,他看见他们朝机舱后面走去。他们现在要议论我了,他想。他们要制定计划,万一我使用暴力,他们可以有办法解决。

现在他真希望那个人再次出现,扯下引擎罩,弄坏发动机。一想到只有自己能使飞机上的三十多人免于空难,他就有一种复仇的快感。如果他愿意,他就可以让这场灾难发生。威尔逊毫无幽默感地笑了笑。他觉得一定会有人因此而自杀。

那个人再一次跳下去，威尔逊看到自己刚才一直在想象的场景——那个人在跳开前把引擎罩放回了原位，现在他再一次把那罩子撬起来。这东西好像很容易就能被撬开，像古怪的外科医生切除皮肤一样。机翼不时地摆动着，但那人似乎很轻松地保持了平衡。

威尔逊再次感到了恐慌。他该怎么办？没有人相信他。如果他想再次说服他们，他们很可能会动用武力来制服自己。如果他让空姐坐在自己身边，充其量只是缓兵之计。她一走或一睡着，那个人就会回来。即使她在他身边保持清醒，又有什么办法能让那个人不去摆弄另一头的引擎呢？威尔逊打了个寒颤，恐惧的寒气从他的骨髓里透出来。

亲爱的神，没有什么可做的。

他透过窗玻璃望着那个矮小的家伙和飞行员经过时的身影，不禁一阵抽搐。那一刻，疯狂几乎使他崩溃。那个人和飞行员在窗玻璃上相距仅数英尺，他看见了他们，而他们却没有意识到对方的存在。不，不对。当飞行员经过时，那个人回头看了一眼，似乎知道没有必要再跳下去似的。威尔逊已经无力进行干涉，突然气得浑身发抖，心想，我要杀了你！你这个肮脏的小畜牲，我要杀了你！

飞机外，发动机快不行了。

只持续了一秒钟，但在那一秒钟里，威尔逊觉得自己的心脏似乎停止了跳动。他紧贴着窗户，目不转睛地盯着。那个人把引擎罩用力向后弯曲，跪在上面，将一只手好奇地伸进发动机。

"别，"威尔逊听见自己呜咽着乞求道，"不要……"

发动机再一次停止了工作。威尔逊惊恐地四处张望。难道大家都聋了？他举起手，打算按呼叫铃，又猛地缩回来。不，他们会把他关起来，用某种方法约束他。他是唯一知道发生了什么事的人、唯一能帮忙的人。

两万英尺高空的噩梦　059

"天哪……"威尔逊咬着下唇,痛到流泪。他又摇摇晃晃地转过身。空姐沿着摇摆的过道跑过来。她听到了!他目不转睛地望着她。当她跑过他的座位时,他看见她在看着自己。

她在靠近过道的第三个座位旁停下来。有人听到了!威尔逊注视着空姐,她俯下身,和乘客说话。他没办法看到那位乘客。外面的发动机又响了一声。威尔逊猛地转过身,用惊恐的眼光向外望去。

"该死!"他嘟哝道。

他又转过身,看见空姐从过道上走过来。她看上去并不惊慌。威尔逊用难以置信的眼神盯着她。这不可能。他转过身看着她摇摇摆摆地走回厨房。

"不。"威尔逊抖得厉害,根本无法停下来。没有人听到。

没有人知道。

突然,威尔逊弯下腰,把旅行包从座位下拉出来。他拉开拉链,抽出公文包扔在地毯上。然后,他又伸手去拿那个油纸信封,直起身子。从眼角余光里,他看到空姐往后缩了缩。他把包和鞋一起塞到座位下,把油纸信封推到自己身边。当空姐走过时,他呆呆地坐着,胸口的呼吸在颤抖。

然后他把信封放在膝盖上打开,动作激烈,手枪差点儿掉在地上。他抓住枪,紧张地用手指控制住枪托,推开保险栓。他向外面瞥了一眼,感到浑身发冷。

那个人看着他。

威尔逊抿紧颤抖的双唇。那人不可能知道他想干什么。他咽了口唾沫,喘口气。他把目光转向空姐,她正在给前面的乘客递药,随后回头看了看机翼。那人走向发动机,把手伸进去。威尔逊握紧手枪举起来。

突然,他把手枪放下。窗户太厚了,子弹可能会反弹,打在乘客身上。他浑身发抖,盯着外面的那个人。引擎又一次出了故障,威尔逊看到火星喷出来,照亮了那个人动物般的身体。他让自己振作起来。答案只有一个。

他低头看着紧急逃生门的把手,上方有透明盖。威尔逊把透明盖拉开,丢在地上。他看了看外面,那个人还在,蹲着,把手伸进引擎里。威尔逊颤抖着,吸了口气,把左手放在门把手上试了试。向下扳不动,只能向上。

威尔逊突然松开手,把手枪放在膝盖上。他对自己说,没时间争论了。他用颤抖的双手把安全带绑在自己的大腿上方。门打开之后,会产生强大的气流向外冲去。为了保障这架飞机的安全,他可不能被气流带走。

就是现在。威尔逊又拿起手枪,他的心跳得厉害。他必须突然动手,一击必中。如果失败,那个人可能会跳到另一侧的机翼上,万一跳到飞机尾部就更糟了,在那里,他可以毫无顾忌地扯断电路,毁坏襟翼,破坏飞机的平衡。不,这是唯一的办法。他需要压低枪口,直接命中那个人的胸口或腹部。威尔逊深吸一口气。就是现在,他想,就是现在。

威尔逊正准备扣动扳机,空姐从过道上走来。一瞬间,她僵在当场,哑口无言,恐惧使她的脸涨得通红。她举起一只手,仿佛在恳求他。随后,她的尖叫声盖过了引擎的噪声——

"威尔逊先生,不行!"

"退回去!"威尔逊叫道,拧开了紧急逃生门的把手。

门消失了。一秒钟前,门把手还在他手里。随着一声嘶吼,门消失了。

与此同时,威尔逊感到自己被无比巨大的吸力卷起,似乎要把

两万英尺高空的噩梦　061

他从座位上扯下来。他的头和肩膀已经被拖到了机舱外,突然,他呼吸到稀薄、冰冷的空气,鼓膜几乎被发动机的轰鸣声震破,眼睛也快被极地的寒风吹瞎了。他不记得机翼上的那个人了。在周围的气流旋涡里,他似乎听到远处传来一声尖叫。

然后,威尔逊又看见了那个人。

他正在机翼上行走,身体前倾,扭曲着鹰爪般的手,急切地伸过来。威尔逊举起胳膊,开了枪。枪声在空中发出狂暴的噪声,听起来像是一声爆裂。那个人跟跟跄跄地猛冲过来,威尔逊感到一阵剧烈的头痛。他再次在近距离开了枪,看到那个人向后一仰,然后突然消失,像被大风吹走的纸娃娃。威尔逊感到大脑一阵麻木,感到手枪从快要断掉的手指上被扯下来。

然后,一切消失在寒冬的黑暗中。

他动了动,咕哝着,血管里似乎涌起一股暖流,四肢像木头一样麻木。黑暗中,他听到拖曳的声音,听到微妙的、旋涡般的声音。他仰面朝天地躺着,躺在一个晃晃悠悠的东西上,不停地移动着。冷风吹在他的脸上,他感到身体下方的的平面开始倾斜。

他叹了口气。

飞机着陆了,他被担架抬走了,很可能是头部受伤。打了一针之后,他安静了下来。

"这是我听过的最疯狂的自杀方式。"一个声音在某处说。

威尔逊感到好笑。显然,他们搞错了。仔细检查飞机发动机和威尔逊的伤口之后,他们很快就会意识到,他救了所有人。

威尔逊陷入了沉睡,一觉无梦。

飞行机器

安布罗斯·比尔斯

虽然比尔斯活到了飞机上天的年代（他死于1914年），但人们仍怀疑他是否真的飞行过。下面这篇小小的故事与其说是关于飞机的，不如说是关于那些轻易相信飞机并投资制造飞机的人。比尔斯因为这个故事而得了个绰号——"刻薄鬼"。我最喜欢比尔斯说过的一句话是："神用战争给美国人上地理课。"

一个聪明蛋制造了一架会飞的机器，他邀请了一大群人来参观飞机起飞。到了预定时刻，一切准备就绪。他坐进座舱，启动机器。这架机器一下子从巨大的制造架子上冲了出去，远远地掉在了地上。好在飞行员及时跳出，捡回一条小命。

"好吧，"他说，"我做的这些足以证明，我设计的细节是正确的。而那些缺陷，"他看了看被毁坏的砖墙，"都是些低级的、基础性的东西。"

获此保证，人们继续投资，准备制造第二架飞行机器。

路西法！

埃德温·查尔斯·塔布

空中旅行其实就是这么回事：一旦起飞，在飞行过程中，你会一直待在飞机上。塔布把这个简单而又无可辩驳的事实与时间旅行相结合。再多说就露底了。这是一个令人恶心、胆寒而又独一无二的故事。埃德温·查尔斯·塔布是英国最多产的科幻小说家之一。在近六十年的职业生涯中，他写出了至少一百五十部小说和十几部短篇故事集。他于1956—1957年编辑了《真实的科幻小说》，并以各种笔名发表了自己的大部分小说（包括书评）。《路西法！》是他最优秀的作品之一。这篇小说于1972年斩获第一届欧洲科幻小说奖最佳短篇小说特别奖。

这个装置使当今社会变得极为便利，每个人都在使用。这里所说的"每个人"特指某些特殊人群，他们富有、充满魅力，在社会上很成功。有些人顺便从事研究某种有趣的原始文化；有些人出于个人原因，选择在一片小小的海域里当一条大鱼。

那些特殊人群是星际旅行的业余爱好者，他们受到科学的保护和眷顾，与当地土著人玩游戏。他们总是小心翼翼地保持匿名状态。话说回来，即使是超凡人类，也有可能出意外。他们干蠢事的概率很低，从统计学上看，几乎是不可能的。

想象一下，用一根钢缆吊着个保险箱，离地二十英尺时，钢索断裂，保险箱掉下来，砸在人行道上，但没有造成其他损坏。突然断裂的钢缆像一根鞭子，鞭头沿着一条几乎无法预测的轨迹做随机运动，随机击中任何一处特定位置的概率都高达天文数字，而属于某个特殊人群的某个人恰好在那个特定的时间出现在那个地点的概率也非常高，高到违背了概率常识。事情就这样发生了。钢缆断裂的那一头砸进了那个人的头骨，砸碎了骨头和大脑组织，现场极其可怕。一个植入体内的机械装置发出了求救信号，这个人的朋友收到了信号。此时，弗兰克·韦斯顿收到了尸体。

弗兰克·韦斯顿是一个与时代格格不入的人。如今，没有人会二十八年来始终拖着一只扭曲变形的脚了，尤其当他拥有一张文艺复兴时期天使般的面孔。但即使说他看起来像个天使，他也是堕落天使。死去的人不会再受到伤害，但亲属们会——如果告诉自杀者的父亲，他死去的女儿肚子里怀了孩子；或者让溺爱孩子的母亲发现她的掌上明珠得了绝症。但他们懒得去检查，有什么好检查的？检查了又能如何？任何人都有可能犯错。他不是医生。他只是在停尸间工作。

他冷静地审视着这具新送来的尸体。钢缆彻底毁坏了死者的脸，没办法看脸确认身份了。鲜血浸透了西装，但仍看得出来衣料上乘、昂贵。钱包里只有几张钞票，却有很多信用卡。零钱、烟盒、打火机、钥匙、手表、领带……弗兰克把它们塞进信封时，它们发出沙沙的声音。直到看到那枚戒指，他手上的动作终于停下来。

他的这种工作，如果行事无耻，就可以赚点儿外快。弗兰克丝毫不曾感到来自内心的愧疚，他只有谨慎和小心。那枚戒指可能在那傻瓜被送来之前就找不到了。那只手沾满了血，也许没有人注意到；就算有人注意到，到时候无非也是各说各的。只要他把戒指取下来，把手上的血洗干净，藏好了，装无辜，那枚戒指就归他了。即使需要把那根手指掰断，他也会这么做——毕竟意外事故有时会造成奇怪的伤害。

一小时后,有人来认领尸体。那两个人话不多,衣着整洁,沉着冷静。死者是他们的生意伙伴。他们说出了死者的名字和住址,描述了他所穿的西装,还有其他信息。因为不涉及犯罪,所以没理由扣留尸体。

其中一个人严厉地看着弗兰克:"他身上就这么多东西?"

"没错,"弗兰克说,"都在这里了。在这儿签字,你就可以把他带走了。"

"等一下。"

二人对视一眼,然后刚才说话的那个人转向弗兰克,问道:"我们的朋友戴了一枚戒指,大概是这样的。"他伸出手,"是一枚镶宝石的宽宽的戒指,我们可以把它拿走吗?"

弗兰克坚称:"没有,没见到。送进来的时候,他没戴戒指。"

又是一阵无声的面面相觑。

"这枚戒指本身没有价值,但对我们来说是一个情感寄托。我愿意为它支付一百美元。此外,我一句话也不会多说。"

"干吗对我说这些?"弗兰克冷冷地说。他内心涌动着不断增长的暖流,这是一种施虐的快感,他伤害了这个素不相识的人。"你到底签不签字?"他继续挑衅,"你,要是觉得我偷了东西,去报警好了。你们签不签字都得给我滚出去。"

空闲下来的时候,他查看自己偷来的东西。他弓腰坐在食堂里自己经常坐的角落里,假装看报纸。对食堂里的人来说,他跟家具没什么区别。他慢慢地转动戒指。戒指又粗又宽,突出的地方用手指似乎能轻易压扁。这块宝石扁平,没光泽,切割工艺拙劣,可能是某种中低档宝石。戒身可能镀了合金。如果是这样,花一百美元能买到一打。

但是，西装笔挺的人会戴这个价位的戒指吗？

那具尸体散发着金钱的臭味。烟盒和打火机都是白金镶嵌宝石的——偷来用太烫手。信用卡的额度足以坐头等舱环游世界。那样的人会戴一枚价值仅一百美元的戒指吗？

他茫然地望着食堂对面。三个人面朝他的桌子，正坐着喝咖啡。其中一个直起身伸了个懒腰，朝门口走去。

弗兰克皱着眉头，垂下眼睛看着戒指。难不成他居然真的为了这么个破烂放弃了一百美元？他的指甲碰到了戒指上的宝石，发现能按下去。他不耐烦地把那里按平。

什么事都没有发生。

对面桌子旁的那个人站起来，走到门口，突然又坐了下来。除此之外，什么都没有发生。弗兰克看着他站起来伸了个懒腰，朝门口走去。弗兰克再次按下宝石，按住不放。还是什么都没有发生。

真的什么都没有发生。

他皱起眉头，又按了一次。突然，那个人回到了他的桌子旁，站起来，伸了个懒腰，朝门口走去。弗兰克按下宝石，按住不放，心中默数。五十七秒后，男人突然又回到了他的桌子旁，站起来，伸了个懒腰，朝门口走去。这一次，弗兰克让他走了。

他现在知道自己拥有的是什么了。

他靠在椅背上开始思考这件事。他对特殊人群知之甚少，只知道这一群体中出现了很多科学家。弗兰克虽然是虐待狂，却不是傻瓜。谁都会想把这种东西留下来。他需要随时把它放在手边，需要能方便、快捷地使用。还有什么比戒指这一载体更方便、快捷呢？作为小巧的装饰品，能一直戴着。

这是一枚单向的时间机器。

路西法！　067

运气，是各种有利因素的偶然组合。但是，如果能提前五十七秒知道将会发生什么，谁还需要运气？差不多长达一分钟，难道还不够吗？

不到一分钟，试试看，屏住一口气，再试试把手放在滚烫的炉子上一分钟，甚至半分钟。在一分钟内，你能走上一百码①，跑完四分之一英里，跌倒三次。一分钟，足以让你怀孕、死亡、结婚。五十七秒，对很多事情来说已经够用了。

翻一张牌、确定进一个球、投一对骰子。弗兰克将成为万无一失的赢家，而且在很多方面都是赢家。

他舒展着身体，享受着淋浴，感受热水在高压下带来的冲击力。当热水变冷水，他打开控制开关，大口喘气，皮肤上起了鸡皮疙瘩。在没有选择的情况下，冬天洗冷水澡是很痛苦的，然而当你有了选择，情况就不一样了。他猛地把水龙头调至热水，等了一会儿，关掉喷淋，走出淋浴间，用一条毛绒绒的浴巾擦干身子。

"弗兰克，亲爱的，你还要再洗一会儿吗？"

女人的声音有着上流社会特有的腔调，一听就是那种因为婚姻或出身而跻身贵族的人。简·史密斯-康纳斯夫人富有、好奇而无聊，并且缺乏耐心。

"快好了，亲爱的。"他喊道，放下了浴巾。他微笑着低头看着自己。金钱治好了他有残疾的脚，解决了许多其他的问题。他的行头、他的口音、他的品味、他所受的教育。他仍然是一个堕落天使，但在他残破的翅膀上出现了明亮的金边。

"弗兰克，亲爱的！"

"来了！"他的下巴绷紧，直到肌肉酸疼。那个爱出风头的婊

---

① 1码约合91厘米。

子！她爱上了他的脸和名声，也准备好了为自己的好奇心付出代价。但这都可以等一等。蜘蛛先要让苍蝇在网里粘得更牢一点儿。

他用一件丝质长袍来遮掩身体，梳了梳头发，喷了喷口气清新剂。种马即将登场。

浴室有一扇窗户。他拉开窗帘，望着夜色。低处，一束灯光散布在雾蒙蒙的地面上。伦敦是个不错的城市，英国是个不错的国家，非常不错，特别是对赌徒来说——他们赢钱不用交税，这里的赌注比其他任何地方都高。不止为钱，平民百姓才看重金钱。他们看重金钱是为了建立关系网，这样每天都是圣诞节。

伦敦，特殊人群看重的城市。

"弗兰克！"

不耐烦、讨人厌。那个傲慢的女人正等着他去伺候。

她个子很高，轮廓生硬，本该穿着花呢校服，拿着曲棍球棍。别被她的外貌欺骗。几代人的近亲结合不仅改变了身体结构，更培育出太多的颓废感和的无尽的挫败感。从医学上看，她的精神不正常，但在她的班级，人们从不觉得她有什么问题，只觉得她古怪；从不认为她愚蠢，只觉得她有点儿轻率；从不觉得她恶毒而残忍，只觉得她很可笑。

他伸手把她抱在怀里，用两个拇指按压她的眼球。剧痛使她向后挣扎。他更用力地按下去。在痛苦和对失明的极度恐惧之中，她尖叫起来。在他的脑海里，有一座时钟在计时：五十一……五十二……

他用手指按住了戒指。

"弗兰克！"

他伸出手，把她抱在怀里。他的心怦怦地跳着，享受着刚才制造痛苦所带来的快乐。他熟练地吻着她，用牙齿轻轻地咬着她。他用手抚摸着她的身体，薄薄的布料从她的肩膀上滑落下来，沙沙作响。他稍一用力,就感觉到了她的紧张。

"不要!"她突然说,"我讨厌别人这样!"

一个负面反应的时点。弗兰克伸手去够电灯开关,同时,一秒一秒地数着时间。黑暗中,她扭动着身子,挣脱了他的双臂。

"我讨厌黑暗!你一定要和其他人一样吗?"

两个负面反应的时点,都记下了。二十秒。可以再来一次快速探索。他的手抚摸着她,有了之前的经验,他熟练地上下其手。她开始愉悦地喘息。

他按下了戒指。

"弗兰克!"

他伸出手把她抱在怀里,这次他不想咬她。她的衣服沙沙地落在地板上,皮肤在阳光下像珍珠一样闪闪发光。他望着她,大胆地赞赏她,手指移动着,让她感到欣快不已。

她闭上眼睛,指甲抠进了他的后背。"跟我说话,"她要求道,"跟我说话!"

他开始数秒。

后来,她心满意足地躺下睡觉。他抽着烟,边休息边思考,感受到一种奇怪的趣味。他是个完美情人。她需求什么,他就怎么做,都按她的要求来。更重要的是,他无论说什么、做什么,都在她提出要求之前就完成了。他一直是她的影子,回应她的需求。为什么不呢?他曾努力测绘她的欲望蓝图,不断探究,从而消除所有可能的错误,只剩下完美。

他转过身来,低头看着那个女人,不是把她当成血肉之躯,而是把她当作通向上层的阶梯。弗兰克·韦斯顿已经向上爬了很久,他打算继续向上攀登。

她叹了口气，睁开眼睛，看着他那张颇具古典美的英俊面庞："亲爱的！"

他说了她想让他说的话。

她又叹了口气，听起来没变化，但意思不同了："今晚见？"

"不。"

"弗兰克！"她坐了起来，充满了嫉妒之情，"为什么不？你刚才还说……"

"我知道我说了什么，我是认真的，"他打断她，"但是我必须飞往纽约，有工作安排。"

他补充道："我还是要赚钱糊口的。"

她上钩了："这你不用担心，我会跟爸爸说的……"

他闭上了嘴。

"我还是得去。"他坚持道。

他的手在被子下面做着她希望他做的事。

"等我回来……"

"我要离婚，"她说，"我们结婚。"

圣诞节到了，他想。黎明的天空一片苍白。

"来吧，和我一起飞！"有一首歌是这样唱的。他感觉自己现在就像一颗冉冉升起的新星。两名空姐有着长腿和大眼睛，头发柔滑，神情仿佛在说："我很美，但是你，只能看，永远不能摸。"飞机上除了机组成员，还有七十三名乘客，其中只有十八人坐在头等舱里。每人都有自己的空间。弗兰克觉得这样挺不错。

他感到累了。这一晚忙得不可开交，直到早上都没消停。喷气式飞机大量吸入空气，制造出人造飓风，将飞机从跑道送上天空。这时，需要一张合身的椅子坐着休息。伦敦在一侧不断后退，乌云像一簇簇肮脏的棉花似的落下去，之后，只剩下太阳了，像巨大的蓝色虹膜之中一只警惕的巨眼。

往西走吧，年轻人，他自鸣得意地想着。为什么？因为他喜欢旅行，除此之外再没有别的了。飞行中，能感受到一种刺激。他喜欢往下看，脑中不断想象自己和地面之间的巨大虚空。恐高使他的胃部发紧。恐惧的美妙在绝对安全地带是感受不到的。在飞机上，高度毫无意义，只要直视前方，就和坐卧铺火车没什么区别。

他解开安全带，伸直双腿，向窗外望去。机舱里传来机长的广播，说飞机正在三万四千英尺的高空，以每小时五百三十六英里的速度飞行。

窗外，他几乎什么都看不见。天空、下方的云朵、机翼顶端颤抖的金属片。就是这么回事儿。那位金发空姐摇摇晃晃地走到过道上，进入了他的视线，立刻引起了他的注意。他感到舒服吗？他想要一个枕头吗？要报纸、杂志吗？要喝点儿什么吗？

"来杯白兰地，"他说，"加冰和苏打水。"

他坐在靠窗的座位上，所以她需要从过道上走过来，好给他倒酒。这时，他伸出左手，摸了摸她的膝盖，手顺着大腿内侧滑上去，感觉到她的肌肉僵硬了，看到了她脸上的表情。这表情夹杂着疑惑、愤怒、兴趣和猜测，没持续多久。他伸出右手，用手指掐住她的喉咙。充血使她的脸颊泛出紫色，眼睛睁得大大的，被丢弃的托盘弄得一团糟，她的双手在无助的痛苦中颤抖着。

他心中的自动时钟在报时。五十二……五十三……五十四……

他按下戒指上的宝石。

白兰地从小瓶里流出来，倒在冰上，汩汩作响。她微笑着，拿起打开的那听苏打水："先生，需要全部倒进去吗？"

他点了点头，看着她倒苏打水，心中还在回味她大腿的温暖，回味她的肉体。她会知道自己差点儿被他杀了吗？她有可能猜到吗？

不可能。他看着她离开，心中非常确定。她怎么可能猜到？她现在毫发无损。她给他倒了杯酒，仅此而已。那几乎就是……

他沉思地盯着戒指。激活戒指，就能回到五十七秒之前。在这段时间里所做的一切都将被抹掉。可以杀人、抢劫、制造混乱，但这些都无关紧要，因为这些都没有发生，虽然确实发生了。这些事可以被记住，但谁会记住没发生的事情呢？

比如那个女孩。他抚摸了她的大腿，感受了她两腿之间的温暖，还有她脖颈的柔软。他本可以抠出她的眼睛，使她尖叫的音量加倍，把她的脸弄得残缺不全。这些他都干过，而且有过之而无不及，以满足他施虐的欲望和对痛苦的爱好。他杀过人。但是当你能把一切犯罪痕迹抹平时，杀人还有什么意义？特别是当你看到被你杀死的那具尸体微笑着离开的时候？

飞机有点儿摇晃。机舱广播里传来从容不迫的声音："请所有乘客系好安全带。我们遇到了气流。可能会看到些许闪电，但绝对不用担心。我们正处于远离暴风区域的上方。"

弗兰克没有理会广播，仍全神贯注地研究着他的戒指。那块未经打磨的宝石看上去就像死人的眼睛，倏地显得如此邪恶，让他感受到了些许威胁。他烦躁地喝完了酒。那枚戒指只不过是一台机器。

金发空姐从过道上经过，看到他的安全带没有系好，嫌弃地咂了咂嘴。他挥手让她走开，摸索着解开安全带扣子，彻底松开。他不需要也不喜欢安全带。他皱着眉头，靠在椅背上思考着。

时间是单线的还是多线的？难道他每次激活戒指，就会创造出另一个平行宇宙吗？在那个世界的某个地方，他袭击了空姐，还得为他的罪行付出代价？但他之所以攻击她，只是因为他知道自己可以抹去这件事。如果没有戒指，他就不会碰她；但有了戒指，他就可以为所欲为，因为他总能回到过去，逃避后果。因此，平行宇宙理论在此不适用。那么究竟是什么理论呢？

他不知道，也无关紧要。他有这枚戒指，这就够了。这是他们愿意出一百美元买回去的戒指。

有东西击中了机舱，发出金属撕裂的声音。随着一阵猛烈的风，他被一股不可抗拒的力量从座位上扯下来，抛向空中。在下落过程中，空气从他的肺部被挤出来。他大口吸气，努力保持呼吸，想知道发生了什么事。低温使他的肌体麻木。他扭过身子，双眼迷蒙。他看到那架飞机的机翼折断了，大块金属散落开来。

这是一场意外，他的思绪失控般地高速运转。火球、流星，还有可能是机身金属疲劳。只要机舱出现缝隙，内外压差就足以撕裂飞机。他正往下掉，往下掉！

他疯狂地按压戒指。

"韦斯顿先生，"金发空姐看到他从座位上站了起来，走过来对他说道，"请回到座位上，系好安全带。您是不是要……"她为了缓和语气，朝机舱后方的厕所看了看。

"听好了！"他抓住她的双臂，"去跟飞行员说，改变航向。现在告诉他。赶快！"

如果是火球或流星，这样做应该就能躲开了。迅速改变航线，他们就安全了。但必须快！快！

"快！"他向驾驶室跑去，空姐跟在他后面。该死的婊子！她怎么就不明白？"紧急情况！"他喊道，"飞行员必须立即改变航向！"

机舱的顶部被击中了。机舱炸裂，金属像香蕉皮一样卷了起来。金发空姐消失了。空气逃逸发出的巨大炸裂声盖过了金属被撕裂的尖锐噪声。弗兰克绝望地抓着座位,感觉自己的手被扳离了座位上的织物面料,身体被吸向了裂口。他再次被抛入空中,胃里翻江倒海,从五英里的高处向下坠落。

"不要!"他吓得发疯,尖叫着,"神啊,不要!"

他激活了戒指。

"韦斯顿先生,我必须要求你坐下。如果你不想上厕所,就必须让我帮你系上安全带。"

他站在座位旁,金发空姐看上去很生气。太烦人了!

"这事情很重要,"他说,努力保持冷静,"一分钟之内,这架飞机就要解体了。你明白吗?飞行员必须立即改变航向,否则我们都会死。"

她为什么傻站在那里?他说过很多遍了!

"蠢货!让开!"他把她推到一边,再次冲向驾驶舱。他绊了一下,跌倒了,怒气冲冲地站起来。

"改变航向!"他大声说,"看在神的分上,听着……"

机舱的顶部被击中了。又是各种轰鸣和爆炸,不可抗拒的力量。有东西击中了他的头部,他还没来得及完全控制住自己,人就已经在云层下面了。他动了一下,发现自己还在空中,大口地吸着稀薄的空气,冷得发抖。被撞得粉碎的飞机像悬浮在空中一样,看起来像一大堆碎块,周围是更为细小的碎片,其中可能就有那位金发空姐。

穿过云层,下方的海面闪烁着微光。看到海浪时,他心中产生巨大的恐惧,胃部猛烈收缩。潜在的恐高症爆发了,恐惧感撕扯着他的每一个细胞。掉在海面上,就像掉在坚硬的混凝土上。直到最后一刻,他都是清醒的。他痉挛似的按下了戒指,立刻又飞到了空中。差不多有一分钟的时间可以让他重新坠落。

五十七秒货真价实的地狱。

重复。

重复。

他一遍又一遍地重复着五十七秒的地狱。如果不这样做，就会砸向等待着他的海面。

第五类

汤姆·比塞尔

汤姆·比塞尔是美国最优秀也是最有趣的作家之一（优秀者通常未必都有趣，反之亦然）。在非虚构类作品如《额外的生命：为什么电子游戏很重要》之外，他为《战争机器》等游戏写过剧本，合作编剧了广受好评的《灾难艺术家：我的室内生活》，编剧的另一部由詹姆斯·弗兰科自导自演的《有史以来最棒的烂片》则成了获奖影片。比塞尔曾以记者身份报道过海湾战争，还抽出时间写下了一些非凡的短篇小说。下面这篇小说涉及在一架来自爱沙尼亚的废弃客机上找到的一些极具争议性的法律文件。这是比塞尔最优秀的小说之一。

约翰从一个记不清的梦中突然惊醒。他像加特林机关枪那样拼命眨眼，来调整自己，大脑有些供血不足。在飞机上睡着，就像付钱让人在半夜袭击自己。奇怪的是，他不记得自己到底是不是睡着了。在这件事上，他不记得自己刚才曾经困得想睡。

他最后记得的画面是这样的：喝着健怡可乐，与邻座的简妮卡聊天。简妮卡是一个身材高大的爱沙尼亚女人，长着一张淘气的树妖脸，她说自己这是第一次去美国。约翰肯定不记得自己把毯子拉到下巴上，也不记得自己在脑袋后面塞了一个柔软得出奇的枕头。他本该记得。他幼年时的睡觉姿势一直延续至今：汤勺状、剪刀状、死人状、胎儿状、四仰八叉状。他一生中只有两次醒来时的姿势是一样的。约翰觉得睡眠是一场时间旅行。事情发生了，思维没停止，身体机能照常运行，而本人却什么都不知道。

简妮卡已经离开了，他猜想，这架黑漆漆的飞机正横跨大西洋。她可能起身去舒展一下身体。欧洲人喜欢在坐飞机的时候做健身操，飞机降落时还喜欢鼓掌。机舱里所有菱形的遮光板都被拉上了。唯一的照明是机舱里亮着的橘黄色椭圆形灯光。约翰拉起遮光板。眼前出现的这一切，照理是不可能的。他的航班应该于下午四点在纽约降落。这并不是夜间航班，然而此刻外面是茫茫黑夜。约翰发现简妮卡的空座位并不是个例。剩下的四十多个商务舱座位也都空着。他赶紧解开自己的安全带。

商务舱里舒适的双人座椅间距宽敞，头顶没有行李架，站起来走动时毫无阻碍。很多座位上都随意地丢着绕成团的毯子，还有不少耳机插在座位扶手的插孔里。地板上散落着几个枕头。一些手提行李仍然塞在座位下面。在过道的另一边，有些座位上的小桌板没收起来，桌板上放着小瓶装的红酒和塑料杯。这些座位上的一切给人一种极其突然的遗弃感。

他想，一定发生了什么事让所有人都到经济舱去了。可能是一个喝醉了的芬兰人挥拳打了空姐，或有人突发心脏病。他在心中假设了个未知数X，就目前来说，一切都有可能。约翰一把拉开薄薄的蓝色布帘，这块帘子的作用是让经济舱的乘客看不到自己和商务舱乘客的差距。他的手抚摸着挂帘子的、布满灰白斑点的隔断，让自己感受到眼下的现实。

黑暗中，三十排空座位出现在他的面前。出于震惊，他向前走了一步。他伸手去拿自己的苹果手机，还没碰到衣兜就感觉到了手机的消失。虽然身处一片黑暗，他还是看到第一排座位上有一些依稀可辨的形状：平装书、报纸、公文包……越往里走越黑暗，仿佛走进了一片人造丛林。

在商用飞机的狭窄过道里奔跑感觉太奇怪了。当他奔到漆黑的机舱尾部时，觉得自己被困在了一个陌生的壁橱里，无所适从。他的手如阅读盲文般胡乱摸索着。空姐的折叠椅贴墙竖起，其中一把折叠椅边上装着个手电筒。他把手电筒从支架上取下来。他打开手电筒，在厨房的黑暗中射出一道光线，厨房里长长的银色抽屉看上去就和潜水艇里的一样，一辆还没装食物的推车被放在厨房最深的角落里。他转过身，手电筒的灯光划过上方的一个盒子，上面写着"急救"二字。随后，光束照射到舱门，这东西巨大无比，与其说是门，更像是爱斯基摩人冰屋的墙。约翰透过门上的小舷窗，看到了外面无星的夜空，看到了机翼划过云层形成的旋涡。他转身看到了空姐的控制面板，上面全是复杂的旋钮和按键。尽管是芬兰航空公司的航班，但所有内容都是英文。面板底部有一个红色的气控按钮。从下往上有几个呼叫按钮（都是暗的），一个绿色的小屏幕上闪烁着对他来说毫无意义的信息；一个机舱广播按钮，最上面是照明开关面板，上面没有按钮，只有旋钮。他把手伸到最上面，转动这些旋钮。

灯打开了，在刺眼的灯光下，他打开了厕所的门，有些许期待，以为会进入一个神奇的大房间，飞机上几百名乘客都戴着尖尖的派对帽向他撒五彩纸屑。然而厕所里是空的，白得吓人，闻起来有粪便和留兰香的味道。金属洗脸池里有水，上面还有透明的泡沫没有消散。

他冲回经济舱，穿过商务舱，来到驾驶舱门口。那扇门看上去非常厚实，像是被加固过的。他觉得用专业术语来说是"硬化"。他不清楚怎么进去。在约翰看来，对飞行员如此近距离地使用任何形式的暴力都是不明智的,而且可能涉及违法犯罪。于是他敲了敲门,没人应答。他想把门打开,门是锁着的。他又敲了敲门,随后发现了一个及膝的小柜子,里面有四件黄色救生衣和某种重型钢制空气压缩机。他看了看前舱应急出口,这又是一块类似冰屋墙壁的巨大物体,他不清楚自己是否能想出办法把它打开。但他为什么想这么做?他意识到,考虑打开应急出口这件事情本身并不是个好兆头。

他开始冒汗。他的身体似乎在接收、分析后最终拒绝了大脑所发出的信息,并开始进行一些毫无意义的反击。堆积在他胃里的食物喷涌进肠道。他站在那里,握紧拳头,听着自己的心跳,肺部反复充满排空。自主机能和非自主机能之间的樊篱仿佛不复存在。神经系统似乎从无法集中注意力变成了彻底停止工作。

他"砰砰"地敲着驾驶舱的门,大喊"出事了",需要帮助。最后,他停了下来,前额贴在舱门坚硬的外壳上。呼吸变得酸涩,口气如同培养皿一样充满了微生物。他此刻感到非常虚弱,无法呼吸,觉得自己暴露于未知的危险中。此时,他听到门的另一边有声音,不由得往后一跳。随后,又慢慢地凑了回去,把手握成杯状,耳朵贴上去想听里面究竟是什么声音。他的手搭在冰冷的金属上。在门的另一边,驾驶舱里本不该有乘客,但此刻里面有人在哭泣。

他的律师、大学里那些同情他的同事以及少数跟他仍有交流的司法部官员都建议他不要离开美国(和大多数人猜想的不一样,他在大学里谈得来的同事还是挺多的。他是教工会议上和蔼可亲的灵魂,除此之外,他什么都不是)。但六个月前,在爱沙尼亚首都塔林的会议组织方第一次向约翰发出了邀请。和往常一样,他对妻子说了这件事情。

离开政府部门之后,最让他高兴的一件事就是他又可以和妻子谈论工作了。了解约翰的人都知道,他最希望在他需要的时候能与人分享想法，并在必要的时候不必等他要求就能及时离开。在过去的两年里，她一直是他的知己、哨兵、保姆和压舱石。然而，那是他结婚以来最漫长、最难熬的一个夜晚，一些所谓的酷刑备忘录被泄露了。紧接着，在没有收到任何警告的情况下，他的保密等级被取消了，当局否认与他的关系。他的妻子并不是唯一一个帮他澄清他写下那些备忘录意图的人。任何一个见过约翰的记者都无一例外地承认，流言中的这位"狼人"似乎挺正派。

把会议邀请告诉妻子后，他承认："我的第一反应是拒绝。但我还是想去。"

两年前，一份指控约翰犯有战争罪的诉状被提交至一所德国法院，案件几乎毫无进展。六个月前，一名被定罪的美国恐怖分子和他的母亲在加州的法庭上提起了另一份诉讼，声称约翰的备忘录导致他在美国关押期间受到了虐待。约翰没有反驳——他当然不能承认这个坏蛋在监狱里受到了虐待——但他把讨论拉回到对自己有利的方向，证明这是一种幼稚的司法创造论。虽然约翰的旅行并没有受到官方的限制，但他感到一种从未有过的担忧。这让他感到震惊，也给了他勇气。

"你不要乘途经德国的航班，"他的妻子说，"途经法国或西班牙也不行。如果是我，我还会避开意大利。"

他发现，他说自己想去的时候，她以为他在开玩笑。她问他怎么能确定这不是个圈套，把他骗过去好公开羞辱他。关于这一点，他心里还是有底的。活动的组织方曾主动承诺，除了约翰愿意讨论的内容，不会讨论任何其他话题。他们知道这些诉讼的存在，承诺在答辩环节，他可以使用"逃生舱"（这是他自己对这件事的比喻。约翰是成长于20世纪70年代的书呆子，总是比较擅长使用《星球大战》的桥段来打比方）来完全回避相关问题。此外，美国大使馆也"知道"（这个词不是他说的，是他们告诉他的。像驻爱沙尼亚这种二流大使馆，无疑是一个充斥着马屁精和和专业混子的地方。考虑到约翰是政府中唯一一个坚持谈论在任职期间所作决定的前雇员，他在他们中间就像麻风病人手上的铃铛一样无人不知）约翰获得的邀请。

"但你无论如何总是要谈及这个问题的，"她说，"难道不是吗？"约翰经常让他的律师陷入类似的困境。他不怕为自己辩护。约翰接受《时尚先生》杂志的采访后，他的律师一个星期没有和他说话。随后，他的律师读了那篇并非完全不讨喜的文章。"你太滑头了。"他对约翰说道。

约翰对妻子笑了笑。当然，他会谈及这个问题。他知道能说什么，不能说什么。他是律师。

当他告诉活动主办方自己能来的时候，他们既惊讶，又兴奋。大家同意他在会议结束前单独发言一小时，然后回答问题，他们警告说，其中一些问题可能有敌意。听上去没什么问题，约翰回邮件道。在他的想象中，把他曾面对过的血腥场面加在一起，估计整个爱沙尼亚都放不下。在确定同意参会之前，他去信给驻塔林的大使馆。他们确认了这次会议，并祝他旅途愉快。他曾以为他们不会对他说这句话。

六个月后，他在赫尔辛基机场停留了两个小时。当两名芬兰保安在距离他较近的出口附近停下来聊天时，他不知道自己为什么会这么紧张。国际刑警组织并没有对他发出逮捕令。但是当一个人心知肚明两个大洲的法院都认为他有可能犯下反人类罪时，他能真正放松下来吗？他认为自己能来这里还是勇敢的，但其实并不是这样。这种想法使他恶心。按照顺序，他首先是老师，其次才是律师。他不记得上次提高嗓门是什么时候了。四十年来，他没有一次故意伤害过任何人。

此时，芬兰警卫走开了。

他重振精神，登上了飞往塔林的航班。当他看到那有着红色尖顶、位于海滨的目的地出现在右舷窗外时，他知道，自己的决定是正确的。到达塔林老城区的旅馆时，已经是中午了。办理入住手续时令人非常愉快。会议的主办方送来了鲜花。他打电话向主办方询问今晚的会场怎么去，得知会场就在距此不到三个街区的酒店。不用，不用，谢谢，他可以自己去。他的演讲安排在晚上八点，这意味着他可以在塔林度过一个下午。他用睡觉来打发这段时间，从而消除跨越十个时区的生物钟灾难。

五点，他醒了，洗了个澡，穿了身水泥灰西装和一件蓝色衬衫（没系领带），在塔林的老城区闲逛，找地方吃晚饭。主办方曾提出派个人去接他，但是被他拒绝了。他想以进入教室时的那种强大气场宣布自己参加会议的消息。如果真有与会者想和他对着干，那还是给他们少留一些了解自己的时间吧。

塔林老城的迷人之处多到不合常理，人类不应该住在这个地方。这里看起来就像是个用来拍摄精灵史诗电影的摄影棚。城里的街道是他见过铺设鹅卵石最多的道路，每个十字路口的路牌上，路名似乎都看不清了。大多数街道通向酒吧、餐馆、出售琥珀的商店，除此之外就没什么其他的了。很容易就能把游客和当地人区分开来：不工作的人都是游客。在城市广场附近的一家中世纪餐厅外面，一些年轻的爱沙尼亚人打扮成汉萨同盟的少女和侍从，观看同事们的剑术表演。在一个街区的路边，他闻到了一股甲烷的味道：流淌在三百年前建造的下水道中的污水是塔林比较无趣的一个部分。老城区那一众装饰华丽的黑色教堂的尖顶看上去都差不多，让他感到有些困惑。好几次，他都看准了其中一个尖塔，来定位目标酒店，最后发现都弄错了。这两小时，他多少有些迷路。

他在酒店的大厅里发现了一堵名人墙，上面有到访酒店的各种名人：奥运选手、音乐家、演员、阿拉伯王子和总统本人。在前台询问了一下之后，他乘电梯到达会议所在的楼层，一位满身香水味的女士和他搭乘同一部电梯上楼，简直是气味炸弹。约翰沿着铺满地毯的走廊走向登记处。坐在那里的年轻人指了指大厅的另一端，那边有一小群人礼貌地在会议室外面等着当前的演讲者结束演讲。半小时后，才轮到约翰上场。他加入了等候在会议室外的听众的行列。大厅里金碧辉煌，吊着水晶灯。

演讲者是个德国人。从这个女人身后的翻译投影来看（分别被翻译为法语、爱沙尼亚语和英语。主办方也要求约翰在发言前把讲稿文本提前发过去，节选之后会让母语为英语的发言人进行翻译），约翰知道今晚要比他想象得更难弄。德国女人讲的内容，他以前都听过。她讲完，掌声响起，并进入回答问题环节。随后，宣布休会十分钟。听众纷纷起身，坐在后排的一个女人转过头看到了约翰，对他微笑了一下，算是打个招呼，径直向他走来。约翰穿过人流迎了上去。

那是塔尔图大学的法学教授伊尔维，会议的组织者之一、他的联系人。这是一位非常年轻的法学教授，这让看上去仍很年轻的约翰立即感受到了温暖。他们握了握手，随后，伊尔维双手拢在一起，仿佛在搓一个小泥球。先是些客套话：航班、睡眠、塔林……她问："你准备好了吗？"约翰笑着说他以为准备好了。她也笑了，她的牙釉质有淡淡的黄色。伊尔维的嘴唇干裂，有一头蘑菇状的棕卷发。她那张长而棱角分明的脸非常符合立体主义的审美，只有在你注视了她一会儿之后，那种不同寻常的美才会慢慢呈现出来。

出于某种难以理解的原因，伊尔维带着约翰走向了那个刚刚谴责了他的国家的德国女人。她同时对着她周围的四个人讲话。她似乎已习惯于成为人们注意力的焦点，而这些人也习惯于把注意力聚焦在她身上。这些会议都大同小异。与会者也会有剧本,也会被分配角色。当伊尔维说到约翰的名字时,他们都转过身看他。他笑着伸出一只手。只有一个人,一位穿着厚重的羊毛运动外套的老人,屈尊跟他握了一下手,仿佛典狱长出于职责而与他的囚犯握手。约翰脸上的微笑就像是一个垂死之人试图祈求获得一丝平静。之后就没人说话了。

伊尔维待在约翰身边的时间有点儿长,超出了他的忍受程度,他猜不透伊尔维是刻意要羞辱他还是完全没有意识到这个问题。她随后又陪着他去见另外几组与会者,他得到的回应跟先前的待遇差不多。最后,她把他领到讲台前。他一屁股坐在那张孤零零的椅子上,从胸前兜里拿出讲稿。伊尔维站在演讲桌边上,像个女教师一样看着她的手表。

现在,他已经习惯了这种贱民待遇。习惯不代表没有受到伤害。有时,学生们(从来不会是他的学生,他授课的班级永远是满座的)戴着黑袖章,默默地站在法学院外面的台阶上,等着约翰从这里经过。有几次,他们穿着关塔那摩式的橙色连身衣。他总会向他们道声早安。有一次,只有那么一次,他停下脚步跟他们开始对话。他们大量的抗议涉及的领域非常广,简直就像是在跟"垮掉的一代"的诗人进行辩论。经过这些之后,他心中的失望大过了迷惑。约翰不指望他们或任何人同意他的观点。他尊重理性的分歧。他只是想让别人和他一样觉得这件事的本质非常复杂而已。

在战争初期,有两名士兵被俘。一名是美国公民,另一名是澳大利亚人。这两个人应该适用什么法律?司法部的一些人想让被俘的美国人享有米兰达权利[①],但是这个星球上的每一座法庭都知道,

---

① 指按照美国刑事诉讼法,犯罪嫌疑人有权保持沉默。此处是试图为囚犯争取适用美国国内法。

一些更为含混不清的法律规范着战场上的行为。把这些人当作罪犯，意味着无法知悉他们所知道的东西。约翰强调，那个美国人和那个澳大利亚人不应享有《日内瓦公约》总则第三条所赋予的、对战俘的保护权。他们没有军衔，不属于任何定义明确的部队，也没有找到明显的指令链，而根据公约总则第三条，这些都是保护战俘的先决条件，因此这两个人在任何法律意义上都不能被视为战俘。

2002年夏，约翰把大部分时间都花在了中央情报局要求他提供的法律指导工作上，他以前所未有的努力来撰写这份备忘录。他必须确定中情局在美国领土以外使用的审讯手段是否违反了1984年《反酷刑公约》中规定的美国所需承担的义务。因此，他仔细研究了法律条款中的相关规定。他先看的是关于酷刑的定义："蓄意使某人在肉体或精神上遭受剧烈疼痛或痛苦的任何行为。""剧烈"是法律所定义的一部分。美国在其批准书中进一步将酷刑定义为"刻意造成肉体或精神上的剧烈痛苦"。什么是"剧烈痛苦"？"刻意造成"又到底是什么意思？约翰查阅了相关的医学文献。医生能给"剧烈痛苦"下定义吗？不能。法律行吗？也不行。事实是，翻遍所有法律文献也找不到对"剧烈痛苦"的定义。因此，约翰不带感情地编了一个定义：为了定义酷刑，"剧烈痛苦"必须上升到"足以严重危及身体健康的程度，如死亡、器官衰竭或身体功能严重受损"。而《反酷刑公约》中另一个无法解释的说法——"长期的精神伤害"——在任何美国法律、医学文献或国际人权报告中都没有出现过。约翰不得不再一次给出自己的定义。由于纯粹的精神痛苦或折磨等同于酷刑，因此为了达到"长期的精神伤害"的法律要求，其最终结果必须产生类似创伤后应激障碍或长期的慢性抑郁，持续数月乃至数年。按照约翰的本意，这套指导意见仅供中央情报局使用，并只能用于所谓的"高价值情报目标"，绝对不能用于普通囚犯,特别是在伊拉克。《日内瓦公约》总则第三条在伊拉克完全适用。关塔那摩的那些联邦调查局的特工希望他们从囚犯这里搞来的情报能够在法庭上站住脚,却不记得(或者说选择不去记得)这些囚犯只能被军事法庭审理。因审讯手段受限,特工们坚持认为这些犯人不该受到如此优待,以致连武力威胁都用不上。自从有了约翰的备忘录,这些问题都迎刃而解。而当这份指导意见产生了一些他没有预料到的效果并广泛传播开之后,美国联邦调查局局长亲自写了一份备忘录,声称他的特工在关塔那摩看到的审讯是非法的。在约翰的备忘录被解密的当天,冈萨雷斯[①]在新闻发布会上否认了与这些备忘录的关系,称其"并没有体现政府的政策"。为此,约翰一直无法原谅他。

伊尔维介绍了约翰,其实只是照着他发过来的简历读一遍而已,不过至少观众还是鼓了掌。他走向讲台,凑近麦克风,看了一眼身后的屏幕,凑近麦克风,又看了一眼身后的屏幕。然后他最终还是凑近了麦克风,确认自己本来就很轻的声音像儿童用阿司匹林那般温柔,说自己不确定应该先说哪一段。观众发出一阵零星的笑声,随后爆发出真正的笑声。约翰最后一次转头看屏幕,看到他的演讲的第一段译文已经亲切地出现了。行了,他心想,很好。

他展开讲稿的第一页,内容他已经讲了多次。他抬头看向观众的面孔构成的点彩画,有三百人?他觉得,听众们的表情与其说有敌意,不如说是好奇。突然间,就像他身后的屏幕上突然出现的那些话一样,有些东西在他的脑海里一闪而过:这太遥不可及了。他是美国一所主要大学的终身法学教授。再一次,他不知道为什么要如此坚决地为自己辩护。知道自己还能为自己辩护,这给了他些许

---

① 此人曾担任美国司法部长。

安慰，但这有那么重要吗？

2001年9月初，三十四岁的约翰正在审核一份协议，该协议中最主要的法律内容是关于北极熊的。

在回到座位上之前，约翰尝试做了几件事。他用钢制空气压缩机撞击驾驶舱的门大约五十次。然后他回到机舱尾部，按下空姐控制面板的机舱广播按钮，大声叫喊。歇斯底里解决不了任何问题。坐下之后，他比之前平静多了，想对正在发生的事情作出合理的解释。他并不认为自己被下了药。当天他什么都没吃，只是在登机后不久喝了一罐健怡可乐。空姐把罐子给了约翰，是他自己打开的。

他在脑海里回放了各种近期记忆片段。早上从塔林起飞、在赫尔辛基的四十五分钟、登机时的那种愚蠢的折磨……他竭尽所能地去回忆飞机上的每一位乘客。简妮卡很爱说话，爱沙尼亚人，要去美国。约翰身边，靠近门边坐着个没脖子的男人，长得像牛蛙。那个穿着牛津运动衫的粗眉毛年轻女人走向经济舱，经过约翰的座位时对他笑了笑。他还想起有一个年轻男人，他只记得那是个黑人。还有一个扎起头发的女孩，穿着宽松的白色衬衫，看上去读书很用功。还有一个二十出头的孩子，穿着一件T恤，上面印着"吸吧"。空姐都穿着粉蓝色裤装。在这次芬兰航空公司的航班上，在浓厚的北欧氛围中，约翰意识到了自己的亚裔身份。他现在想起来，那时他很期待自己能回到加利福尼亚，回到他的大学城，走在那各色人种混杂的人行道上。他想念音乐商店和餐馆，想念大麻的香气，一想起这些，他感到一阵轻松。

但他的苹果手机出了点儿问题。很显然是被人拿走了。他在自己的座位下没有找到，找遍了商务舱的所有座位下方都没有。他该怎么办？他能怎么办？空气压缩机果然搞坏了驾驶舱的门，硬外壳被砸凹了进去，把手被砸掉——现在在约翰的兜里，可能之后需要装上去，尽管他不知道该怎么做。他在机舱尾部的储物柜里找到了一些工具，拿出来放在他旁边的座位上。而门的本体纹丝不动。

由于突然需要移动一件外部的物品，他从座位一侧的网篮里抽出一本杂志，那厚厚的塑封让杂志封面如玻璃般冰冷而光滑。这是一本芬兰航空的机上购物杂志。即使在他目前的情况下，在飞机上购物的吸引力仍然是神秘的。尽管如此，他还是翻了翻那些又脆又厚的书页：五十欧元一根的珍珠项链、二十欧元一瓶的杜嘉班纳除臭剂、三十欧元一瓶的欧莱雅魅力炫粉底霜、整页的欧洲巧克力和糖果广告……他翻到最后几页，是电子产品，翻到一款售价两百四十五欧元的太阳能动力黑莓8310智能手机时停了下来。几乎可以肯定的是，这架飞机上有数十名乘客携带手机，有些可能还装在他们的随身行李中。虽然接收到信号的可能性不大，但他还是可以找一台设备出来先存下电子邮件内容或者短信，一旦飞机下降到较低的高度、有了信号之后就能直接发出。

他站起来的时候，飞机开始颠簸，似乎正在经受再次进入大气层的冲击。他坐下来，系好安全带。和恐惧相比，他心中的希望占了上风，重新燃起了火焰。深呼吸。他不知道现在到底是几点钟，也不知道他在这架飞机上待了多久，但他的遮光板现在是打开的，和商务舱中的其他窗户上的一样。他再一次凝视对流层那冰冷的黑暗。他想到了他的妻子，想到了他的学生，想到了他们对自己的关心。他再次站起身来。

当约翰把所有商务舱的随身行李都堆在自己座位周围时，很奇怪，他的感觉比刚才好多了。虽然不能解释为什么，但他仍然觉得还是很有必要坐在自己原本的座位附近。他费力地翻着那些袋子，大部分都很小。花钱坐商务舱的人在托运行李时不会犹豫——他们不用排队等出租车；下了飞机后，会有约旦人等着他们，手上举着小小的白色接机牌，上面写着他们的姓氏。拉开这些行李的拉链之后，约翰把手伸进一个又一个袋子里搜索，又摸又捏的。他不想碰别人的其他东西，没有必要。只要觉得稍微有点儿像，他就会拉开拉链把东西拿出来。翻完所有的行李之后，他发现自己的座位周围出现了一堆剃须用具、数码相机、音乐播放器、标签上印着西里尔字母的免税伏特加酒瓶、几支万宝龙钢笔和一枚光滑的粉色塑料鱼雷状物体——他过了一段时间才意识到这是个情趣玩具。还有六个电脑包，每个都是空的。

他继续到经济舱找，但在打开第一个行李架之前，他的胃又开始往下面的出口发送灼热的排泄物。他跟跟跄跄地走到卫生间，解开裤子，还没来得及坐上塑料马桶圈就喷了出来。他完全说不出这是什么味道，他从来没闻到过这种味道。那是一股橘子的味道。他肠道的水闸被打开了。他觉得很恶心，头晕目眩。他的大脑现在像个几个月无人探望的病人。他拉完之后洗了洗手。

顾不上体不体面了。他走向其中一条过道，打开头顶的行李架，野蛮地把里面的东西扔到地上。很快，行李在他脚边堆过了膝盖。他真的会去把所有的行李都翻一遍吗？当然不会。他现在怒气冲天，必须先找回自己之前的小心和专注，然后才能继续翻找那些袋子。他随后来到第二条过道，按下按钮，打开头顶的行李架。"砰"的一声令人无比舒适，行李架门慢慢地向上打开了。这架飞机的很多部分是用塑料铰链固定的。他被装在一个金属管里，贴着外层空间的下缘航行，此时此刻，巨大的引擎在距离他五十英尺远的地方喷出无形的火焰，温度高达一千度。这和他目前被困的事实比起来，奇幻程度毫不逊色。

他在过道上方倒数第三个行李架里发现了简妮卡，虽然三个行李架连在一起，她还是异常别扭地填满了所有的空间。她满脸淤青，双眼对着，嘴被胶带封着。约翰乍看到，如遭五雷轰顶，整个人坐在了地上。过了许久，他才再次抬起头，看到她的一条胳膊从行李架里滑了出来。她的手随着飞机遭遇的气流轻轻颤动着，而他对这种震动已经毫无知觉。他小心翼翼地把她从头顶行李架里拉出来。当她的尸体最终脱离行李架的时候，似乎突然增加了一百磅[①]的重量。推着约翰向后摔倒，简妮卡压在他身上，倒在那堆手提行李上，压在那些包里突出之物上。

简妮卡的对眼紧贴着约翰的双眼，但他俩的眼神根本对不上，从她的眼睛里似乎能看到她最后一刻看到那些不想看的东西之后产生的迷惑。她的鼻孔里充满了干结的红色血块，脸颊上布满了断裂的毛细血管，如蛛网一般，前额和太阳穴的血管在皮下呈青灰色。约翰把她推开，大声喊个不停，声音如某种灵长类动物。他想把简妮卡嘴上的胶布扯下来，但胶布撕扯死人的皮肤，皮肤从肌肉上撕裂的声音听上去如噩梦。他停下手，尖叫着跑回了商务舱。

他决定再用空气压缩机去砸驾驶舱的门，这次，他不会停手。他进入商务舱，发现播放飞行前广播的屏幕正在放下来。灯光无声地熄灭了。惊恐使他转过身来。刚走了两步就绊了一跤，什么都看不见了，一路爬回了胡乱堆放行李的经济舱。现在他心中只存在尼安德特人的本能：要回去，回到可以躲起来的地方。然而，无处可躲。在此之前，他所感受到的并不是恐惧。恐惧是液态的，通过血液循环堆积在大脑里。他如今才知道，真正的恐惧不是来源于那些可能发生的事，而是那些明明知道将会发生的事。头顶传来一种嗡嗡的机械声，很轻。随后他弄清楚了是怎么回事：经济舱的小屏幕也放下来了。约翰看着离他最近的那块屏幕。屏幕是开着的，但上

---

① 1磅约合0.45千克。

面什么都没有。屏幕如黑胶般发出亮光,从某种意义上说,比真的一片漆黑更黑暗。

然后,屏幕上出现了清楚的数字视频画面,尽管图像底部还是有波纹状的模糊抖动。约翰离得太远,看不清到底是什么。他站起来。凑近屏幕之后,他看到了一个胶合板做的小房间,拍摄角度很高,看起来是监控画面。房间里有两个人。一个女人坐在椅子上,面前有一张桌子。一个穿着靴子的男人围着她转,这人穿着宽松的黑色裤子、黑色背心,戴着黑色滑雪面罩。声音听上去微弱而遥远,显然没有用麦克风。视频的光线很糟糕,还不时地有雪花斑点出现,约翰并没有立刻认出简妮卡。她似乎被绑在椅子上,正平静而绝望地哭泣。那人看了看摄像机,径直走来,伸手抓住机器。摄像机根本没有固定在那个监控位上。这是个便携式摄像机。一时间,图像晃动得厉害,但很快就稳定下来,只是偶尔手不稳,会摇晃一两下。

另一个穿着同样衣服的男人从一扇之前没被注意的门进来。他直视着摄像机镜头,关门时显示出一种很奇怪的温和。当第二个人靠近时,第一个拿着摄像机的男人立刻对着他拉近镜头,他那张戴着滑雪面罩的脸与其说是充满了屏幕,还不如说是粗暴地成了屏幕的一部分。约翰盯着这个人,这个人也盯着他。这也算是某种时间旅行。现在简妮卡被挡住了,她原本无声的抽泣变得尖锐而刺耳。也许是第二个男人的到来让她产生这样的反应。

那人什么话都没说,眼神毫无生气。最后,他转过身,在桌上开始做什么事情。约翰发现,那人正在写东西,写完,他重新面对镜头,拿出一张薄薄的白色硬纸板,上面写满了连续不断的字母。约翰没有料到这张纸板上会写有这些内容。尽管如此,他还是心存感激,因为现在他明白发生了什么事,也明白了为什么。那人把纸板放在桌子上,然后把注意力集中在简妮卡身上,这时她尖叫起来。约翰仍然能看到纸板上写着:第一类。

演讲结束后,伊尔维问约翰,是否愿意和她及其他一些人,包括在他之前的演讲者,一起去老城区喝一杯。这个女人真的这么蠢?约翰卑微地鞠了一躬,声称已精疲力竭,反复表示感谢,才使自己摆脱了这个邀请。他开始觉得自己在这里与其说是个人,不如说是个令人讨厌的主题,他感到自己像个令人厌恶的鬼魂。当他朝出口走去时,人们从通道上四散开来,仿佛他是一串点燃的鞭炮。他不知道这样的生活还将持续多久。

有些问题的确带有敌意,其中最尖锐的一个问题是前排一位脸部皮肤紧绷如皮划艇的老妇人提出的。她怒气冲冲地问,如果国际刑事法庭正式指控他犯有战争罪,他会怎么做。他告诉她,他并不觉得这件事会发生,然后撒了个谎:"说实话,我没那么担心。"

约翰原本在塔林还要再待一天。一想到这个,他就走出会场,来到走廊里的一间男厕所,点开自己的苹果手机开始上网。会议主办方已为约翰付了机票钱,但应他的要求,返程机票的时间没有定。几分钟后,他的机票就换好了。神奇。但比较不神奇的是:他被扣了一千五百美元。无论怎样,这都不算一笔好买卖。

约翰走出男厕所,看到一个胡子刮得干干净净的男人在等他。他的服装是万圣节版的高科技企业高管标配:藏青色的运动外套,牛仔裤,多功能运动鞋,不打领带。他显然是个美国人。脸上满是自我感觉良好的表情。约翰对此还是不太习惯,可能是因为脸上有这种表情的人往往并不会真的自我感觉良好。他知道约翰是谁,因此以为约翰见到他会很高兴。每个人都是自己故事的主角。

他喊了约翰的名字,并伸出了手,递上一张印有大使馆印章的名片。罗素·加拉格尔,文化联络官。在约翰有限的经验中,"文化"和"军官"之类的词往往是情报工作的伪装。

约翰想把名片还给他,但加拉格尔坚持要他留着。约翰把它放进兜里,问道:"你是我的代表吗?"

加拉格尔发出孩子般的笑声,好像被人挠了痒痒,尽管他的眼睛周围已经显露出年龄的痕迹,发际线也开始升高。"很遗憾,我不是。你在大使馆不太受欢迎。你可能已经知道了,他们曾想办法不让你来参加这个会议。"

这些,约翰是知道的,在政府的忠诚分子中,他不指望自己受到欢迎。但大使馆试图阻止他出席国际会议,这似乎令人震惊。难道这些人没有其他事做了?"事实上,"他告诉加拉格尔,"我不知道。"

他的轻率引发了加拉格尔更多的笑声。他有点儿用力过度了,约翰心想。

"实际上,你的朋友阿玛斯图斯教授不喜欢被人摆布,她也有朋友。大使馆游说得越努力,他们把你带来这里的决心就越大。顺便说一句,演讲很精彩。"

"今晚是我第一次见到她。还是谢谢你。"

"听着,"加拉格尔说,他意识到自己想谈的话题正波涛汹涌地拍打着护堤,"我是自愿来这里的,为了告诉你,我们很多人都很感激你和你所做的一切。"

"再次感谢。"

约翰在起草备忘录时,实际上已经研究过"凤凰计划"。他了解到,中情局曾在内部承诺,"凤凰计划"将"在正常的战争法律框架下运作"。他还了解到,几名与"凤凰计划"有关的美国军官要求解除自己的职务,因为他们认为自己的所作所为并不道德。约翰站在那里看着加拉格尔。他被派来贫穷的爱沙尼亚工作就证明了这一点,而自己所能想到的最激动人心的事就是不顾大使馆的阻拦,打起精神。加拉格尔无疑是保守主义的信徒,但这种保守主义并不是一种正确的哲学。他的心情很糟糕。有几秒钟,他们谁都没说话。

"想喝一杯吗?"加拉格尔问,"你看起来可以去喝一杯。"

约翰并不想喝。但他还是可以去喝一杯的。他们一起走出酒店,走在塔林夏夜十点的阳光下。约翰问加拉格尔被派到这里多久了。"来这里之前,我驻扎希腊十年。再之前,我在海军陆战队,1998年晋升上尉。出来得太早,有意思的事情都错过了。"

他们向老城区中心走去。在微弱的灯光下,建筑物似乎像动画片里的细胞。人们有的在路边的餐馆里喝酒,有的边走边喝,还有的边喝酒边从自动取款机取钱。约翰注意到成群结队的年轻人,目光冷酷,步履蹒跚,还有胳膊挽在一起唱着歌的苏格兰人,每一家酒馆外面都有人站着,摇摇晃晃,抽着烟。他还注意到那些乞讨的吉卜赛老妇,身材矮小,衣着破烂而不合时宜,看上去她们每个人都好像受到了某种无法破解的诅咒。约翰问加拉格尔:"你在这儿联络的是哪些文化?"

加拉格尔看着他,说道:"你听了可能会感到惊讶。这是一个有趣的地方,虽然爱沙尼亚人有点儿神秘莫测。我的一个哥们儿是贝斯手,他告诉我,无论他住在世界的哪个角落,都能找到地方现场表演。谁都需要贝斯手。当他到达塔林时,他每到一处现场,都会有五个爱沙尼亚人拿着他们的贝斯站在那里想找一个主吉他手。这是一个满是贝斯手的国家。"

此时,约翰的眼神被两个北欧女人吸引了,她们穿着紧身牛仔裤和高跟鞋朝他的方向走来，外表刚毅，暗地里却吸引着那些低级的骚扰。一路走过，身后的年轻人都在大叫。

加拉格尔也注意到了这些女人："当然，就是这么回事。在塔林，再丑的女孩在某些方面也是漂亮的。与此类似的是，再聪明的人在某些方面也是愚蠢的。"

他们边走，加拉格尔边继续聊，话题从女人到芬兰，从联邦特种部队到20世纪90年代简史，不一会儿，加拉格尔的话题又回到了他的父亲。此时，约翰已经不再听他说什么了，相反，他心里想的是加拉格尔。他的头发很细，小麦色。加拉格尔经常把头发往前捋，这是淘气的小学生爱做的动作，而人到中年，这个动作是为了掩饰他后撤的发际线。一谈起父亲，加拉格尔就陷入了一种不明就里的委屈，尽管他仍然每说三四句话就笑一笑。"我父亲总是这么说。"加拉格尔总结道。

约翰虽然没能抓住加拉格尔总结的要点（可能根本就没有），但还是点了点头。

加拉格尔也点了点头。然后他说："其实，他去年才去世。"

"请节哀。"

"你的备忘录被泄露时，我和他还讨论了一下，问了他的意见。他预言恐怖分子会利用我们自己的法庭来对付我们，还说：'见鬼，我自己就违反过《日内瓦公约》第三条，好几次了！'"

约翰陷入沉思，皱起了眉头。这是错误的。

"我们到了。"加拉格尔指了指附近的一家地下酒吧，那天早些时候，约翰曾在这条漂亮得出奇的街道上走了好几遍。地下室的窗户上挂着圣诞节彩灯，完全看不出酒吧的样子。约翰不喝酒，至少从心里不太看得上别人嘴里说的那种"喝酒"。他每隔几天就要喝上一杯红酒,总是边吃饭边喝;炎热的周日下午,偶尔来杯进口啤酒;一顿昂贵的晚餐后,来一杯优质的丹麦威士忌。当加拉格尔说要喝一杯时,约翰的脑海中浮现的画面是他们俩在酒吧里共饮一杯干邑白兰地。有一项如若违反将会有很大风险的社会法则:永远不要和你不熟的人去任何地方。

约翰跟着加拉格尔沿着水泥楼梯走下防空洞。这时候他已经开始感到不适了,加拉格尔推开门时,他更不舒服了——老朋友,很高兴遇见你——他立刻走到吧台,和那个在吧台后面辛苦工作的美丽魅影说了几句话。而约翰决定和自己玩个小游戏,看看自己能在这儿待多久。他找到一张桌子坐下,等着加拉格尔过来。但当他回头看时,加拉格尔正握着女酒保的手。他把她的手翻过来,用食指在她的手掌画了个符,说是给她算命。酒保笑了笑把手抽出来,打开龙头倒酒。加拉格尔则得意洋洋地四处张望。她递给他两杯啤酒,朝他的方向递了个飞吻,加拉格尔向她举起酒杯致意。他一转身,她脸上的笑容就消失了。

至于酒吧里的其他客人,其实没几个。约翰挑了四张桌子里最中间的那张。靠墙有一排破败的沙发卡座,里面零零星星坐着五六个年轻女人,腿上放着手袋,抱着胳膊盯着天花板。在酒吧的另一端,有个女人在台上跳舞,舞台比约翰挑的桌子大不了多少。幸好她跳的不是脱衣舞,她看起来也不怎么想脱衣服,随着轻到几乎听不见的音乐,疲倦而无聊地摆动着身子。墙面和地毯都是地狱般的火红色,这是唯一有辨识度的特征。和约翰想象中的地狱的样子并无二致。加拉格尔在约翰的对面坐下,推了一杯啤酒给他:"这里通常要到凌晨一两点才会热闹起来。"

约翰向四周看看,说道:"这里是干什么的?"

加拉格尔举起酒杯喝了口酒,同时抬了抬眉毛,放下杯子,用舌头敏捷地舔掉了胡须上的白色泡沫:"这里是为识货的绅士准备的。别担心。肯定不会让你觉得难做。"

说着,刚才跳舞的那个女人走过来坐在约翰旁边。她非常漂亮,穿了件黑色连衣裙,这裙子团起来差不多可以装进一个硬币大的包里。刚才的舞蹈让她浑身是汗,闪闪发亮,身上似乎已经形成了一个小型的生态系统。

约翰痛苦地看着请他来此地的人:"加拉格尔,不要了吧?"

加拉格尔又笑了起来:"就喝一杯,律师大人。这是个放松的好地方。"他对跳舞的女人说,"宝贝儿,坐到我边上来。"她过去了。随后又走来一个女人,加拉格尔挥手想让她走开,她走到约翰身边坐了下来。

约翰跟她握了握手。她的双腿纤瘦得不成样子,弹力裤裹着大腿,但在小腿处松下来了。她的脖子上青筋暴出,假装抽泣,从自己的黑头发上扯下两根银色的发夹。这两根发夹应该没起什么作用:扯下来之后,头发也没散落到她脸上。她仔细端详着那两根发夹,就好像刚从河里淘上来似的。她等着约翰开口。把夹子放回原处之后,她又开始仔细研究自己的脚,双脚踩在红色地毯上,那地毯上看起来有不少人在上面吐过。她的脚趾涂了铝箔色的指甲油。约翰还是一句话都没对她说。加拉格尔和那个舞女正打得火热。实事求是地说,看来他们正在进行一场相当严肃的对话。约翰身边的女人点了支烟,这支长长的卷烟抽起来噼啪作响,这让平常的香烟看上去挺有吸引力。烟从她嘴里冒出来。过了一会儿,她起身离开,把约翰一个人留在那里喝啤酒。

演讲结束后,他们有个问题没有问:写完备忘录之后有没有受到质疑和反对。约翰被质疑过一两次。所有人都会被质疑。然而,约翰最担心的是,审讯者可能不会像自己那样被道德上的顾虑所束缚。他还担心所谓的"暴力偏离",也就是审讯者施加的暴力没有成功,在没有选择的情况下只能再次、更为急迫地实施暴力。毕竟,只有在默认被审问者知道某些事情的情况下,强化审讯才有理由实施。他从未想过把这套方案用于基地组织成员以外的任何人。

约翰清楚自己的观点是有争议性的,有的甚至令人反感。但这些内容是基于法律的判断,而非道德层面的评判。

约翰既不制定政策,也没有设计"强化审讯"的具体手段。他只是根据相关法规来衡量合法性。他的备忘录提到十八种方法,共分三类。第一类仅限于两种手段:喊叫和欺骗。第二类有十二种:强迫保持有压力的姿势、关禁闭、强迫站立四小时以上、利用恐惧症、伪造文件、带离标准审讯地点、二十四小时审讯、强迫改变饮食结构、强迫脱去衣物、强迫剃除毛发、关小黑屋及强迫忍受高分贝噪声。第三类,只适用于最艰难的场景,分为四种:轻度身体接触、以被扣押人员或其家人的死亡进行威胁、使其暴露于极端环境及模拟溺水。还有第四类,幸运的是,没有人让他就这一类进行分析。第四类是最单一的,只有一种手段:非常规引渡。

约翰考虑离开司法部的时候曾这么想:外面大概会好些。秋天,走在大学的校园里,那些崇拜他的学生等在他办公室外,所有这些校园氛围都是华盛顿没有的,只有对金钱的崇拜是一致的。司法部就像一座博物馆,冰冷的大理石走廊会让人产生智力早衰症:就算是年轻人也会迅速老去。约翰离开后,最难过的是艾丁顿,他问约翰:你真的想去教那些被宠坏的富家子弟?

在约翰离开后的几个月里,他的许多决定被撤销或者暂缓。后来他得知艾丁顿对此抗议过,说总统一直信赖他的观点。在这种情况下,他得到的答案如下:总统可能已经涉嫌违法。五个月后,阿布格莱布监狱①丑闻曝光。

七个月后,约翰的备忘录被解密。冈萨雷斯在新闻发布会上声称,他希望向媒体表明,在强化审讯的过程中,司法部对每一步都进行了适当的干预和司法审查。这就是他对这个问题的真实看法。

约翰永远不会忘记那些盘绕在战争委员会会议上的响尾蛇的能量。费斯、海恩斯、艾丁顿、冈萨雷斯、弗拉尼根……这些人离总统只有一步之遥,都是律师的律师。这个国家正在经历一场心脏病,而电机除颤器的电极板在他们手上,他们齐心协力、随机应变地制定着司法策略,以应对现有法律无法控制的一些问题。他们在冈萨雷斯位于白宫的办公室开会,有时是在国防部,都是些不设餐饮、不作记录的简单会议,能有几瓶健怡可乐就已经很奢侈了。约翰经常在这些会议上审视着自己和冈萨雷斯。约翰是第一代美国人。冈萨雷斯的父母是移民,非常穷,穷到电话都装不起。然而,在这场半个世纪以来最严重的国家安全危机期间,他却在起草国策,为世界上最有权势的人担任私人顾问。

再看看费斯和艾丁顿,这两个都是机器人,他们认为其他人类只不过是一些有趣的精神故障的集合。费斯那张皱巴巴的脸一直在假笑,两个酒窝里充满了毒液。他把备忘录分发了一下,没有附往来公文签条,这样一来,大家就不会知道这份备忘录是发给谁的,也不会抄送给从未收到过文件的人。他那篇关于《日内瓦公约》神圣性的演讲更加突显了神圣的裹尸布被恐怖分子玷污的不协调感。他的演讲显然混淆了律师们的概念,以至于那些听完费斯演讲的人都认为总则第三条适用于所有被美国俘虏的人。演讲结尾处,他使一位参谋长错误地相信,这十八种强化审讯手段都是经陆军野战手

---

① 美国中情局秘密监狱,位于伊拉克的巴格达。

册批准的,而事实上,没有一条被批准过。成立一个名为"全面信息意识"的新情报机构,设计出来的标志是疯狂的共济会之眼俯瞰世界,这只有费斯能想出来。

至于艾丁顿,有着偶像明星的眼睛、林肯的风度和手榴弹的本性。在恐怖袭击之后,艾丁顿开始在兜里放一份《宪法》,它又破又薄,看上去像一块手帕或一个杯垫,又或者两者兼而有之。每当有人不同意他的观点时,他就把它拿出来读。艾丁顿有一种特殊的天赋:他能用战争术语来阐述法律和道德上的每一个论点;而当讨论实际战争时,用语反而朦胧、委婉。所以说,他们所有人,最终只有艾丁顿全身而退,这是有道理的——在每一份相关文件上,他都能想办法不留下自己的名字。

在曾经的立法氛围里,假想中嘀嗒作响的定时炸弹是高度可能的存在,而非冥王星般偏离数据。现在,约翰明白这个道理了。不过,这只是其中一个看法,还有一个看法是:智慧是洞察如何应用外部信息的能力。其中有一部分能力是,你最好知道自己能忘记哪些事情。

有三个人遭受了水刑。三个人。为此,他必须回答有关战争罪的问题。约翰听说自己的继任者率先尝试了水刑,从而决定了这个行为是否违反条例。结论:确实违反。但尽管如此,尽管有大量的争论并有人为此被强行解职,中央情报局仍然被允许使用模拟溺水(约翰实际上更喜欢这个比较诚实的说法),这和约翰最初的观点一致。他的核心观点还是恰当的。当然,在司法部,没人愿意给中情局使用该手段开绿灯,但是总统找到了人选。他总能找到合适的人选。这是苦差使,但约翰并没有不开心。他倒希望看到费斯、冈萨雷斯或他们中的任何一个人独自在这座欧洲城市里回答那些有关他们曾经支持、现在却感到耻辱的政治问题。

约翰看着自己的玻璃酒杯，杯子现在空空如也。他应该是把自己的啤酒喝完了。他知道自己可以整夜在这里沉思，任由黑暗将自己吞噬。

"我准备走了。"他对加拉格尔说。加拉格尔还在继续对那个舞女进行着谆谆教诲。

他看了看约翰："希望你明天有时间去参观被占领时期的博物馆。"

"事实上，我没时间。明天早上就走。"约翰看了看表。午夜已过。

加拉格尔往后一靠说道："可惜了。塔林值得好好逛一天。"

"谢谢你请我喝酒，"约翰说着站了起来，"你随意。我能找到回去的路。"

加拉格尔仍坐着，但伸出了手："希望有一天，我们能再见面。明天航班顺利。"

在门口，约翰转身最后看了一眼加拉格尔。他在椅子上弯下腰，用手机打电话，舞女起身离开。加拉格尔注意到约翰在门口晃悠，就朝他行了个不太标准的军礼。很难相信那家伙原来是海军陆战队的。约翰思考了一小会儿，想知道加拉格尔有可能在跟谁通话。

简妮卡的审问录像已经播放了二十分钟，也有可能是两小时。黑暗中，对时间的感知是模糊的。光线能标记时间流逝，而黑暗中的时间流逝就像开车穿越玉米地——周遭是无尽的相似，什么都看不见。

他不知道他们做这些是想给予他什么刺激。他对于那些受刑者的同情在酷刑之前和之后都是一致的。他们误解了他。他们不明白他的论点到底是什么。那些控制着这架飞机以及他生命的人从他身上什么也得不到，只能从施虐中得到快感。而他除了能让他们折磨之外，给不了他们任何东西。他曾写过，酷刑是一种故意为之的行为。他现在知道了，酷刑所包含的内容远不止这些——交流那些阴暗的知识、挖掘出潜在的能力或切断与外界的联系。

突然，约翰盯着机舱天花板，形状、轮廓不甚清晰的空调口向外喷涌着空气。灯又亮了。他坐在经济舱的座位上猛地扭转身体，看到简妮卡破碎的尸体和行李纠缠在一起，他还是没什么思想准备。站起来之后，一阵阵味道恶心的空气从他衣服的空隙中挤出来。

折磨简妮卡的那个人开始从第一类手段过渡到第二类、第三类比较有视觉冲击力的手段。又有几个人走进了那个房间。接下来发生的一切比约翰曾经见过的任何场面都可怕，他几乎没敢看到底发生了什么。直到她的挣扎声停止了，他才睁开眼睛。在那些人确认简妮卡的生命体征是否消失时，影片结束了。

约翰回到他原来的座位上。他的苹果手机出现在座位上，白得像一块面饼。一股无声的思想洪流向所剩不多的洼地分流。加拉格尔是那些人中的一个，他是唯一知道约翰确定了机票时间的人。加拉格尔的名片还在他胸前的兜里。他把名片拿出来看了看，大拇指摩挲着突起的大使馆印章。他不知道加拉格尔如何确定他不会把名片扔掉；不知道为什么简妮卡在审问录像中穿的衣服和她在飞机上穿的一样；不知道自己昏迷了多久；不知道这是不是他登上的那架飞机；不知道那些对他做这种事的人藏在飞机的什么地方；不知道他的苹果手机是如何收到信号的——手机上的确有两格信号。对于其中一个问题，他有了答案：加拉格尔并没有想到约翰会留着名片。约翰和加拉格尔的手机号码有四位数是一样的，从而触发了识别程序——识别程序此前被安装进了他的手机。

电话铃响三声之后，加拉格尔接了电话："塔林值得多待一天。你本该听我的。"

约翰能说什么？他们得到了他们想要的。

"没什么要问？我不怪你。你有更大的麻烦要处理，律师。现在你可能需要转个身。"

他转过身。有人戴着黑色滑雪面罩，穿着写有"吸吧"字样的T恤，用一件可怕的金属钝器猛砸约翰的脸。约翰跪下来，膝盖碰到地毯时清楚地看到了那东西：那是他刚才用来砸驾驶舱门的空气压缩机。约翰的头因疼痛而变了形。第二次被砸的情形，他已经不记得了，但一定被第二次砸过。他再次突然醒来，人被绑在一间胶合板做的房间里的椅子上，一只眼睛已经看不见了，还掉了颗牙齿，鲜血淋漓的舌头肿得像条水蛭。他低头看着自己的衬衫：像屠夫的围裙。他还是能听到飞机的引擎声。房间随着空中的气流在震动。他听见附近有人在哭。加拉格尔就坐在他对面，双手交叠放在一个标志上——他没有给约翰看，但约翰还是能看出来到底是什么。加拉格尔对约翰说，他能提问，但不要期待有人回答他。他还告诉他，这对所有相关人员来说都是一个新领域，连他自己也不知道会发展成什么样子。"你准备好了吗？"加拉格尔问他，"我需要知道你是否准备好了。"约翰点了点头。不知道为什么，他从自己满嘴的鲜血里尝到了渴求的味道。他身后的门打开了，脚步声传来，几只手如没长牙齿的狼嘴咬住了他。开始实施第六类手段[①]。

[①] 原文为"Category VI had begun."，意味着手段再次升级了。

两分四十五秒

丹·西蒙斯

丹·西蒙斯写过获奖科幻小说《海伯利安》、获奖奇幻恐怖小说《魔鬼在你身后》及多部同类题材小说。下面这篇条理清晰、简洁,是他最好的故事之一。西蒙斯认为,两分四十五秒是一首流行歌曲的长度……这个时长也能坐完一次过山车……或者,足以让一个人去思考即将降临的死亡。

罗杰·科尔文闭上眼睛,钢制安全压杠放下来压住了他的腿,过山车开始陡峭地爬升。他能听到沉重的链条发出的"咯哒咯哒"声以及钢轮在倾斜的轨道上发出的"嘎吱嘎吱"声。过山车哐啷作响地爬上了第一个高坡。他身后有人在紧张地大笑。科尔文恐高,他的心脏剧烈地撞击着肋骨,双手遮脸,眼睛从指缝中往外看。

金属轨道和白色木框架在他前面陡然升起。科尔文坐在第一节车厢里。他垂下双手,紧紧抓住金属压杠,感受之前的人在这上面留下的汗渍。有人在他后面的车厢里咯咯笑。他把头转过去,但只能看到轨道的一边。

他们已经爬升得非常高,还在上升。游乐场和停车场变得越来越小,下面的一个个人影小得几乎看不见,人群变成了成片的色彩,当能够看见整个城市的时候,人群逐渐融入由街景和灯光的几何结构组成的巨型马赛克图案中。接下来,整个郡县尽收眼底。他们继续爬升。天空变成了深蓝色。科尔文在朦胧的蓝色中可以看到远处地球的曲线。科尔文透过轨道之间的横梁，能看到数英里之外的湖面反射的微光，意识到远处有一片湖。穿过一片云，科尔文呼吸到了冰冷的空气，于是闭上了眼睛。链条发出的轰鸣声出现了变化，坡度变缓，他们来到了最高处。

越过顶点。

前方什么都没有。两条铁轨向下弯曲，消失在空中。

过山车开始向前倾斜加速，科尔文紧紧抓住安全压杠。他张开嘴大声尖叫。开始下降。

"嘿，最可怕的已经过去了。"科尔文睁开眼睛，看见比尔·蒙哥马利递来一杯酒。湾流公司的喷气式飞机的引擎发出低沉的轰鸣声，伴随着机舱上方的空调口喷出的空气发出的嘶嘶声。科尔文接过酒杯，把空调调低，向窗外瞥了一眼。洛根国际机场已经在他们身后消失，科尔文能看到下面的南塔克特海滩，能看到二十几艘白色的小型三角帆船航行在宽阔的海湾和远处的海洋。他们还在爬升。

"去他的，我们很高兴你这次决定一起来，罗杰，"蒙哥马利对科尔文说，"整个团队能重聚真好，像过去那样。"蒙哥马利笑了。机舱里另外三个人也举起了酒杯。

科尔文按住他腿上的计算器，呷了一口伏特加，深吸一口气，闭上了眼睛。

恐高，一直都恐高。六岁时，在谷仓，从阁楼上滚下来，掉下来的时候仿佛没有尽头，时间被拉长了，干草叉锋利的尖头正对着他。落地时，气流把他击晕了，脸颊和右眼砸在稻草堆上，距离钢叉尖仅三英寸。

"公司要时来运转了，"拉里·米勒说，"两年半来，负面报道太多了，很高兴看到明天的发布会。让一切重新开始吧。"

"来吧，来吧！"汤姆·韦斯科特说道。还不到中午，汤姆就已经喝多了。

科尔文微笑着睁开眼睛。他数了数，飞机上有四位是公司的副总裁。韦斯科特仍然是项目经理。科尔文把脸贴在窗户上，看着飞机掠过下方的科德角湾。他估计目前的高度是一万一千英尺或一万二千英尺，还在上升。

科尔文在脑中想象着一座九英里高的大楼。他将从铺着地毯的顶层大厅步入电梯，电梯的地板是玻璃。电梯井在他脚下一路向下延伸四千六百层，每一层都有卤素灯标记。在他脚下九英里的黑暗中，原本平均分布的卤素灯显得越来越近，直至融为一体，形成一片混沌。

他抬起头，正好看到钢缆折断，电梯轿厢分离、脱落。开始坠落。他徒劳地去抓电梯内壁，内壁和透明的玻璃地板一样光滑。灯光闪过，电梯井的水泥地面已经肉眼可见，就在几英里外，看上去是个很小的蓝色水泥方块，随着电梯轿厢的直线下降，小方块不断扩大。他知道自己还有近三分钟的时间可以观察不断接近的蓝色方块，最后砸在上面。科尔文尖叫着，唾沫飘浮在他眼前，以同样的速度下落。灯光闪过。蓝色方块越来越大。

科尔文又呷了一口酒，把杯子放在宽大座椅扶手上的圆洞里，然后轻轻地敲了敲他的计算器。

重力场中的落体遵循精准的数学规则，就像科尔文二十年来一直在设计的东西一样精准。他主要研究聚能炸药和固体燃料中的力向量和燃烧率。和氧气含量影响燃烧率一样，空气也控制着落体的速度。大气压、质量分布、表面积和重力决定了落体的最终速度。

科尔文眯起眼睛，似乎想打个盹，于是又看到了每晚假装要睡觉时看到的东西：滚滚白云如延时拍摄出来的层积云，倾斜扩散后盛开在深蓝色的天空中，以及四氧化二氮燃烧的火焰的红褐色焰心,还有——固体推进器的两道毫无规律的尾迹下,能看到包括飞行甲板在内的、因抖动而模糊的机身。再高清的图像也不会比他看到的更清楚了——那个完好无损的压力容器是乘务舱,右边被抛弃的推进器烧焦了,不断抖动着自由坠落;杂乱的线缆和机身的碎片像脐带和胎盘似的被抛在后面。之前的图像并没有显示出这些细节,但是在无情的蓝色大海上被撞成碎片之后,科尔文看到了,也摸到了。那些破碎的皮肤上长着一层层小藤壶。科尔文的脑海中浮现出自己坠落之后的黑暗和寒意:被小鱼分而食之。

"罗杰,"斯蒂夫·卡希尔说道,"你怎么会害怕坐飞机?"

科尔文耸耸肩,把伏特加喝完:"我不知道。"他在越南上空飞行过,那时候他已经是聚能爆破和推进剂方面的专家了。科尔文乘飞机前往柏松山谷附近的海岸,调查一支陆军小队手上的一批标准C-4塑料炸药为什么没有引爆。他们乘坐的休伊直升机上的耶稣螺母[①]脱落之后,没有旋翼的直升机从两千八百英尺的高空坠落,穿过将近一百英尺厚的植被后倒挂在藤蔓上,在离地十英尺的地方停下来。飞行员被一根穿过休伊直升机地板的树枝利索地刺穿了。副驾驶员的头骨撞穿了挡风玻璃。机枪手飞了出去,摔断了脖子和背,第二天死了。科尔文扭伤了脚踝,跛着离开了越南。

飞机飞越南塔克特时,科尔文向下看了看。他看了下高度,大约是一万八千英尺,而且还在稳定爬升。他知道这架飞机的巡航高度是三万二千英尺,远低于四万六千英尺,在这一高度,缺少垂直推力,很大程度上依赖飞机的表面积。

19世纪50年代,当科尔文还是个孩子的时候,他在旧版的《国家询问报》上看到一张照片,照片上有个女人从帝国大厦的楼顶跳

[①] 原文为"Jesus Nut",用来连接直升飞机旋翼的关键部件。

下，落在一辆汽车的车顶，她的双腿在脚踝处随意地交叉起来；她的一个脚趾上，尼龙丝袜有个洞。车顶被压扁了，向内凹陷，差不多就像一张巨大的鹅绒床垫被压出一个人的形状。那女人的头看上去像是深深地陷入一个柔软的枕头里。

科尔文轻轻地敲了敲他的计算器：一个女人从帝国大厦的楼顶落下，坠落近十四秒后砸到大街上；一个人被装在金属箱子里从四万六千英尺的高空落下，需要经过两分四十五秒落进水里。

她的脑子里在想些什么？他们的脑子里在想些什么？

科尔文想，大多数流行歌曲和摇滚视频差不多都是三分钟左右。这个时长正好，不至于让人觉得无聊，但又足够讲述一个完整的故事。

"你跟我们站在一边，我们很高兴。"比尔·蒙哥马利又说了一遍。

二十七个月前，比尔·蒙哥马利在公司电话会议室外对科尔文耳语道："去他的，在这件事上，你是支持我们还是反对我们？"

电话会议很像降神会。这群人坐在相隔成百上千英里的昏暗房间里，与不知道从哪里发来的声音进行交流。

"好，天气情况就是这样，"来自肯尼迪航天中心的声音说道，"接下来怎么样？"

"我们已经看过你们传送的视频了，"这是马歇尔的声音，"但还是不明白我们为什么要因为一个如此微小的异常而打算取消发射。你向我们保证过，这个项目万无一失，说只要你想，就可以为所欲为。"

菲尔·麦奎尔是科尔文项目团队的首席工程师，他在座位上局促不安——说话声太响了。这种四条线路的电话会议系统在每把椅子附近都装有扬声器，即使最轻的声音也能收录。"你还是不明白

两分四十五秒　109

吗？"麦奎尔几乎是在喊了，"正是这些低温和云层中潜在的电离活动共同导致了这些问题。在过去的五次飞行中，推进器里从线性聚能炸药到安全距离指挥天线的连接线发生三次瞬态事件了……"

"瞬态事件，"来自肯尼迪航天中心的声音说道，"但仍在飞行认证参数范围之内？"

"嗯……是的，"麦奎尔说，他听起来快哭了，"是在参数范围内，但这是因为我们一直在发布新标准，一直在改那些该死的参数。我们只是不知道为什么火箭助推器和火箭筒上的C–12B安全射程聚能炸药在没有可用功能被传输时记录瞬态电流。罗杰认为，也许LSC能使引线或C–12B化合物本身让静电放电模拟出一个命令信号……哦，见鬼，你跟他们说吧，罗杰。"

"是科尔文先生吗？"这是马歇尔的声音。

科尔文清了清嗓子："我们已经观察一段时间了。初步数据显示，温度低于华氏二十八度时，C–12B堆栈中的氧化锌残留物会发出错误的信号……如果静电足够强……理论上说……"

"但这方面还没有建立可靠的数据？"声音来自马歇尔。

"没有。"科尔文说道。

"你签了一份一级危险免责声明，以证明最后三次飞行的确已准备就绪？"

"是的。"科尔文说道。

"好吧，"来自肯尼迪航天中心的声音说道，"我们从布恩奈特公司的工程师那里听取了一些建议，你觉得我们在此地的管理层能提供什么建议吗？"

比尔·蒙哥马利要求休息五分钟，和管理团队在大厅碰头。

"去他的，在这件事上，你是支持我们还是反对我们？"

科尔文把目光移开了。

"我是认真的,"蒙哥马利厉声说道,"LCS部门今年为公司带来了两亿一千五百万亿美元的利润,你的工作是这一成功的重要组成部分,罗杰,而现在你似乎准备清除那些该死的瞬态遥测数据。和我们团队的成就相比,这些东西毫无意义。罗杰,再过几个月,副总裁的位置就能空出来了。不要像那个歇斯底里的马奎尔那样丧失理智,错失良机。"

"可以了吗?"五分钟之后,来自肯尼迪航天中心的声音再次问道。

"可以。"副总裁比尔·蒙哥马利说。

"可以。"副总裁拉里·米勒说。

"可以。"副总裁斯蒂夫·卡希尔说。

"可以。"项目经理汤姆·韦斯科特说。

"可以。"项目经理罗杰·科尔文说。

"好的。"来自肯尼迪航天中心的声音说道,"我会转达你们的建议。很遗憾,先生们,没办法来现场观看发射。"

科尔文转过头,比尔·蒙哥马利坐在机舱另一边喊道:"嘿,我觉得我看到长岛了。"

"比尔,"科尔文问道,"公司今年重新设计的C-12B赚了多少钱?"

蒙哥马利喝了口酒,在湾流飞机宽敞的机舱内部伸伸腿:"我觉得差不多四亿,怎么了?"

"在……在……之后,机构有没有认真考虑过再去找别人?"

"去他的,"汤姆·韦斯科特说,"他们还能去哪儿呢?我们抓住了他们的要害。他们考虑了几个月,然后又爬回来了。罗杰,你在远程安全装置和固体火箭燃料设计方面是全国最优秀的。"

科尔文点点头,用计算器算了一分钟,然后闭上了眼睛。

钢制安全压条落下，压在他的腿上，他坐在过山车的车厢里"哐啷哐啷"向上爬得越来越高。空气变得稀薄而寒冷，过山车在六英里以上的高度缓慢而沉重地爬行时，车轮原本刺耳的声音逐渐变成了微弱的尖叫声。

万一机舱失压，氧气面罩会从机舱顶部落下。请把面罩牢牢地固定在嘴巴和鼻子上，正常呼吸。

科尔文偷偷地向前方望去，顺着过山车的爬升向上看，感受着爬升至的巅峰和前方的空虚。

这种小气罐和面罩的组合被称为单人呼吸氧气包。五名机组成员中，已经有四个从海底打捞上来了。每个设备都被激活了，足够使用五分钟的氧气用掉了两分四十五秒。

科尔文看着过山车到达第一个顶峰。

过山车翻越了顶峰，脱离了轨道，车身突然倾斜，发出刺耳的金属声。科尔文后面车厢里的人不停地尖叫。科尔文猛地向前一倾，抓住安全压条，过山车坠入了深达九英里的虚无中。他睁开眼睛，从湾流飞机的窗口向外看了一眼，知道自己安装在那上面的细线装聚能炸药已经把左舷翼干净利落地除掉了。翻滚频率表明，右舷翼的残留部分提供了足够的表面积，使收尾速度略低于最大速度。两分四十五秒。误差：正负四秒。

科尔文伸手去拿计算器，计算器在机舱里自由地飞起来，撞在瓶子、玻璃杯、坐垫和没有系安全带的乘客的身上。尖叫声极响。

两分四十五秒。这段时间足以考虑很多事情。又或许，仅仅是或许，失眠两年半之后，或许如今可以一觉无梦地小睡一会儿了。科尔文闭上了眼睛。

小恶魔
科迪·古德费洛

还有比在南美国家走私违禁品时遭海关拦截更糟糕的吗？但要是被关在三万英尺高的波音727飞机上，随身行李里有一件偷来的手工制品、一件地狱般的活灵活现的手工制品，那又如何？在这个故事里，这两件事情，瑞安·雷伯恩三世都遇上了。科迪·古德费洛本人就是一个谜：他真的在加州大学洛杉矶分校学过文学吗？他住在伯班克吗？他是不是曾经"编了二十几部色情片的平庸编剧"？可能有些是真的，可能都是真的，也可能没有一件事情是真的。可以肯定两件事情：他知道如何让你汗毛竖起。瑞安·雷伯恩不是你的邻座，你就谢天谢地吧。

坚定而低调的瑞安·雷伯恩三世没有流露出担心的表情，在尼科亚的瓜纳卡斯特机场，他轻松地通过了安检和护照检查。他看起来只是一名潇洒的游客，直到他们把他从登机队伍里拉出来带到屏幕后面，命令他把包打开。

他天真地微笑着，把登机牌、申报单和护照交给海关官员。没什么大不了的，你只是在做你的工作嘛。当乘客们开始鱼贯登机时，没人朝他这边看。一定是随机抽检的，他只是独自旅行者，不会去炸毁飞机，但他携带违禁品的可能性很高，甚至有可能是个带货的毒骡[①]。

[①] 指帮毒贩携带毒品过境的人。

哥斯达黎加还是很文明的——该死，不仅仅是文明而已，他们甚至没有军队，而是用"安全巡逻队"来代替国家警察。但还是得贿赂。瑞安环顾四周，看看有没有主管之类的人物或者监控摄像头，淡然一笑，从自己的腰包里掏出五张二十美元的钞票。海关人员在检查瑞安的行李之前，戴上了一副淡蓝色的橡胶手套。

瓜纳卡斯特机场比大多数当代拉丁美洲机场还是高级一点儿，但仍有20世纪70年代廉价科幻电影中未来监狱的那种氛围。到处是让赶飞机的乘客羞愧不已的招贴画——戴着帽兜、拷着手铐的囚犯头上画着气泡，表示他在思索：我为什么要走私？

绷紧上唇。不要笑，也不要试图和他搭讪。不要帮他们工作。那些被抓住的白痴总是用那种令人毛骨悚然的声调承认自己的罪行，那种有毒的声调能杀死金丝雀。他没有做错什么。负责安全检查的人甚至不知道要检查什么，就算这个家伙知道，也不值得为此推迟航班。他没有走私毒品或武器。他只是一名带着旅游纪念品回来的普通游客。

海关人员从包里拿出衣服、照相设备和洗漱用品，像个仆人准备野餐那样摆放得出奇地精致。随后翻开内衬，拉开底部的夹层。

"先生，这只是纪念品，"瑞安的喉咙像被湿毛巾堵住了，"有什么问题吗？我是在纪念品商店买的……"

海关人员没理他，眼睛只是盯着瑞安的包，双手撑在已磨损的不锈钢桌子上，以手捂嘴，开始咳嗽。

瑞安环顾四周，扇着手上的钞票，塞给海关人员。络绎不绝的乘客通过了金属探测器，向登机口走去。

"朋友，我的飞机十分钟后就要起飞了。"

海关人员还在咳嗽，放下了瑞安的旅行证件，挥手像赶蚊子一样示意他快点儿走，咳出来的粘液喷到了他自己握紧的拳头上。

瑞安赶紧把东西塞回行李包，把钞票装进兜里，转身走上了一台坏掉的自动扶梯，步行上去后再穿过一座又长又暗、几乎没有照明的候机楼，来到登机口。这时，他才注意到手中报纸上的唾液黏腻且血迹斑斑。

神啊，那些海关人员……搜查完，还要把肺结核传给你。这并不好笑，但他必须笑，否则他会忍不住尖叫起来。他们已经抓住他了，抓了个现行。在开始咳嗽之前，那名海关人员打开包底夹层时眼中的神情……出现了病态的淡橄榄色，眼睛往下翻，看到了洗衣袋里装着的东西。这个悲伤的杂种知道自己看到了什么。他知道，但什么也没说，也没碰那些钞票。

如果世界上有什么东西能让瑞安在胸前画个十字然后祈祷，那么一定是他包里的东西，但不是因为他相信魔法。走私一公斤未经切割的哥伦比亚尖叫粉，不掺假就能净赚三万美元。在他的包里，一个两磅重的、手工雕刻的硬木制品能赚到这个数字的两倍。如果在这里被抓、引渡并在联邦监狱服刑，将是他所能祈祷的最好下场。

瑞安·雷伯恩三世从来没有想过要开创自己的生活，他只是随意丢了几根鱼线就坐享其成。他把信托基金都花在了艺术史本科的学费上，然后再也没有找工作，而是在南美四处游荡，挥霍掉了父母对他所剩无几的亲情。他在地球最黑暗的角落里有过三年不幸的遭遇，最终获得了来之不易的发现。他终于理解了父母在帕洛阿尔托①试图教给他的那个道理：贫穷是很糟糕的。

回到加州后，瑞安决定把他那个不实用的学位变成一份职业。他四处搜罗画展信息，为私人艺术品收藏家提供联系方式，并扎进了前哥伦布时代文物狂热爱好者的亚文化圈子。从墨西哥到火地岛

---

① 位于美国旧金山湾区的加州城市。

小恶魔　115

都是他的采购范围,他跳过层层中间商,到后来,他的客户名单上出现了十几位互联网行业的百万富翁。南美洲的博物馆里有一半的文物是赝品,考古学家们秘密地展开工作以防被人顺手牵羊。联合国和美国海关打掉了在帕洛阿尔托和斯坦福附近运作的几个团伙,但瑞安并不在那些高调的圈子里。他的客户绝不会在慈善晚会上炫耀他们从墓里挖出来的战利品,也不会去交易那些在《国家地理》杂志上看得到的玩意儿。

艾克索罗库瓦族[①]居住在位于塔拉曼卡的科迪勒拉山脉巍峨群山的山谷里,离省会不到两百英里,但是离导航上能看到的最近道路要走上一整天。人们起初普遍相信这是一个原始的石器时代部落,直到1950年,斯密森协会的摄影师拍到了他们。

他拍摄的那些艾克索罗库瓦族丰收祭祀仪式的照片讲述了一个将过往埋葬于奇异仪式之中的悲剧故事。在黎明到来前,一个胡乱打扮成公牛的男人在村庄的棚屋里横冲直撞了一整晚。一队蒙面的守护灵赶来,不停地把血啐到"公牛"身上,直到"它"虚弱而死。戴着雕刻面具的守护灵喝着掺有各种毒药的玉米酒,把迪亚波里托斯召唤进他们的肚子。迪亚波里托斯则用折磨和种族灭绝来回报他们,毁灭了部落,并把幸存者赶去了塔拉曼卡最偏远的云雾森林。

无论以何种标准来衡量,艾克索罗库瓦族都是非常原始的,他们在基本生存条件下艰苦挣扎了太久,无法留下任何精致的文化财产。他们对陌生人的问候是对食物的正式祈求,但这些照片中的丰收节面具揭露了真相。

每个面具都是"用嘴喷上色",如暗火闷燃的微红色构成的图案更像是符文,而非抽象图案。虽然他们充满敌意地拒绝外部世

[①] 原文为"Xorocua",为科迪勒拉山脉印第安人众多原始部落之一。

界，但艾克索罗库瓦族的面具在20世纪70年代掀起了收藏热潮。1982年，最后一个艾克索罗库瓦族人死于流感。至今，邻近的部落仍然害怕这些面具。

在这一带，这种神灵无可匹敌，比任何玛雅或阿兹特克[①]神祇更奇怪、更复杂、更可怕，差不多是融合了人类、昆虫、花卉和动物所有特征的波利尼西亚[②]神灵，充满着野蛮的恶意。在它们面前，哥特建筑上最残酷的怪兽看起来简直就像是玩具熊。

以现有的出版资料，他推断它们是拉美仙女的某种恶心的变体，被称为"duendes"（精灵）。这个词源于西班牙语中的"duenos"，意为"拥有者"，因为它们虽然和人类共享栖息地，然而它们才是土地真正的拥有者。但是邻近的部落所起的西班牙语名字对它们和艾克索罗库瓦族来说感觉更为合适，这个名字可以用来形容那些罕见而又非常可怕的神灵——迪亚波里托斯，意为"小恶魔"。

瑞安有一次在哥伦比亚和秘鲁扫货时收获了一些令人难以置信的莫切人[③]墓葬护符，并成功地寄到了他在加利福尼亚的联络人那里。他飞到巴拿马城，开着吉普车深入塔拉曼卡的科迪勒拉山脉，原本想着只在穆埃尔特山徒步走走，放松一下。他原本不指望能在那些原始的博物馆里及沿途的旅游陷阱中找到艾克索罗库瓦族的遗迹。的确没有。到处都是那些混血山民用巴尔萨木雕刻后匆忙喷上丙烯颜料的仿冒垃圾，这些人对艾克索罗库瓦族的了解还不如瑞安那些最愚蠢的客户。

瑞安·雷伯恩三世的成功并不是靠强取豪夺。问问瑞安二世和

[①] 北美洲南部古墨西哥的印第安部落。
[②] 位于太平洋的群岛之国，曾是法国殖民地。
[③] 秘鲁北部沿海古文化的祖先，比印加文明更古老的神秘文明的创造者。

小恶魔　117

瑞安一世就知道了，强取豪夺只能使人道德败坏地陷入疯狂。他只让好事自然地发生，而且，好事一直在自然地发生。茅屋外有一位瞎眼老妇，边上的冰箱里满是已经变得温热的芬达汽水，当他向她的外孙女问起艾克索罗库瓦族时，老妇打了个奇怪的手势，对着手咳嗽了几声。她对着那只患有严重关节炎、变得像爪子一样的手咳嗽之后，把手张开，一只红蝴蝶从她手里飞了出来。

女孩沉默不语。瑞安喝第三瓶芬达时，开始在附近四处搜罗。男人们都去打猎或伐木了，除了一个睾丸还没发育完全的赤膊男孩，没人看见他。在一座齐腰高的皂石雕像旁，茅屋群围绕着一口井排成八角形。风化与磨损使得雕像上的斧凿痕迹只剩下模糊的凹痕。

瑞安差点儿喊出来，把汽水丢到空中。这就是一个艾克索罗库瓦族村落，或是一个重新兴起的村落，虽然后者的可能性非常低。该地区的许多部落都将死者埋葬在自己的房屋下面，然后搬到很远的地方。

后来，那位瞎眼老妇出现了，以两百美元的价格把一副面具卖给了他。只要有人问起，他就会这么说。这个故事他已经对自己说了无数遍，几乎都相信了。去回想真正发生了什么毫无意义，这绝不是他做过的最坏的事情。

面具是真货。这东西看起来重达一百磅，却是由未知的深紫色软木雕刻而成的，这种软木比水更轻。颜料也是产自当地：深靛蓝脱胎自玛雅蓝，浅金色液体提取自洋葱皮，火热的橙色来自胭脂树果实，血红的紫色来自一种叫做姆尼斯的、濒临灭绝的软体动物的腺体。面具内侧那一抹更深、更暗的红色不像是意外洒落的颜料，更像是某种野蛮的宣言，使这副面具更值钱。

有个买家正等着买他的东西——其实有两个人，这是两个嫉妒心极强的竞争对手。当他的航班在洛杉矶国际机场着陆，他能以五万美元出手这副面具，翻个倍也不是没有可能。只要他让面具在自己手上多留一会儿，就能不经意地撒下谣言的种子，从而引发一场竞价大战。

门口那位精疲力竭的事务长帮他打开门，没查他的证件。他走在停机坪上，感觉就像是走在野兽呼出的口气里。丛林如翠绿色火焰般围住了跑道。当最后一批散客匆匆走上舷梯、从舱门进入飞机时，普拉维达航空公司的波音727发动机已经开始工作。

这趟航班的上座率只有一半多一点儿，乘客大约五十人，其中三分之二是美国人。他们中的大多数已经关掉了顶灯，蜷缩在薄薄的尼龙毯下，枕着再生纸枕头准备睡觉。

他找到座位时咕哝了一下。11A，靠窗，窗外就是机翼，窗边是一位长发的大胡子白人和一位丰满的亚洲女士，他们舒服地躺着，摆弄着顶上坏了的风扇。他们站起来，请他挤进靠窗的座位。男人激动起来，向瑞安介绍自己，说他叫丹，他的妻子叫罗莉。"要读书吗？"他问道，手里拿着一本平装书，"这是我写的。"

"别打扰别人了，亲爱的。"他的妻子嘟囔着。瑞安摇了摇头，最终在过道对面的空座位上坐了下来。

空姐开始表演飞机起飞前安全须知的哑剧，配合着西班牙语录音，向大家指出氧气面罩和逃生舱口的位置。这时，最后一名乘客跌跌撞撞地走下狭窄的过道，差点儿坐在瑞安的包上。

瑞安赶在这个大屁股落下之前抽出了自己的包。他刚想冲对方吼"蠢货，当心点儿！"的时候却看见了对方是一位老妇，手中拄着白色手杖。

瑞安全身都僵住了，缩靠到窗边。要是他此时坐在逃生出口旁边，可能会抓住门闩，"砰"的一声打开，跳到机翼上。

他伸出双臂保护自己，想从座位中挤出来。瞎眼老妇绊倒在扶

小恶魔　119

着她的空姐身上,撞在11C的扶手上,她伸手想抓住个什么东西,最后摔进瑞安的怀里。

定睛一看,他的新邻座其实是个女孩,大约十三岁,一张长长的马脸满是可怕的痤疮疤痕。她的眼睛像松脱的灯泡从头部突出来,瞳孔上翻,盯着天花板,困乏的眼皮却只抬起了一半。她以白色手杖用力戳了他的脚踝。

他喘了口气,花了点儿时间整理思绪。这么多的空座位,为什么把她安排在他边上?独自旅行的美国年轻人坐在瞎眼外国女孩旁边非常麻烦:"机上不是还有很多其他的座位吗?"

空姐回到过道另一头去表演安全须知。

也许她又聋又瞎——不会说西班牙语——这个女孩找到11D,双腿紧紧并拢,坐了下来,怀里抱着当地出产的手工编织袋。

飞机先是向后一个倒退,然后以令人眩晕的速度滑行到跑道上。瑞安很想知道是什么人在驾驶飞机,也许这个瞎眼女孩可以去驾驶舱帮忙。

当瑞安注意到女孩没有系安全带时,飞机的涡轮发动机正在加速转动。"小姐,你应该系好安全带……"

她轻轻地晃了晃身子,但没有回答。她手里攥着一个小十字架和一串在黑暗中发光的塑料念珠,不时地举起来,放在她干裂的厚嘴唇上亲吻。

空姐坐在前方扣好了安全带。显然,这成了他的责任。出于责任感和人道主义,他心想,伸手去帮她系安全带:"让我来帮你……"

女孩伸手牢牢地抓住他的手,手心出汗,不断地颤抖。她叫了起来,仿佛从酣睡中惊醒,以为自己被骚扰。她瞪着那双空洞的眼睛,仿佛能看到他的脸飘浮在那永恒的黑暗中。

他挣脱双手,想不去碰她,同时让她平静下来,但没有用。她似乎听不清他的话，也听不懂他在说些什么。飞机起飞已经让她惊慌失措了，在此期间还被一个陌生男人揩油。他感到有点儿羞愧，四处张望，想寻求帮助，但似乎没有人注意到这里。引擎不断加速的轰鸣声盖过了她的尖叫声，接着，如醉驾般的踉跄加速把他们固定在各自的座位上。

　　起落架收起，飞机开始平飞，她又开始默默祈祷。瑞安把脸转向舱壁，把他的汗衫揉成一团塞在枕头下。外面，机翼上的红灯闪烁着，红光照在舷窗上，玻璃窗外流下的雨水殷红如血。这座小小的海滨城市被浓雾笼罩着，像被缠在树上的巨型风筝。海面上的船发出点点灯光，大约指出他刚刚逃离的城市还在下方。

　　瑞安的旅行经验还是很丰富的。他可以在任何地方、任何情况下睡着。他用双腿紧紧夹住地板上的行李袋，开始放空。还是花了点儿时间才入睡——每当他觉得自己快要睡着时，边上的那个瞎眼女孩就会用拳头遮住嘴巴开始咳嗽。

　　他的思绪不停地绕回面具上。海关人员一看到这副面具就开始咳血，但还是放他走了。这只是某种疯狂的巧合吗？艾克索罗库瓦族因疾病而灭绝，因此在他们的传说中创造出一些神怪来守护他们或为他们复仇，但这种东西不是很多吗……他们早就消失了，他们的那些奇怪而悲惨的小型宗教只是人类学中的一个小小注脚而已，最多能吸引那些为了赢牌而要找个嗜血的异教神灵的百万富翁而已。这些面具是某种传播病毒的载体吗？如果他生病了，也许还能说明点儿问题，但除了常见的热带皮疹和普通疾病之外，他感觉很好。他不相信诅咒，除非贫穷也算一种诅咒。

　　瑞安睡不着，于是想喝点儿酒把自己灌醉算了，这时，飞机已经开始在三万英尺的高空平飞。他用手掌根部揉了会儿眼睛。也许他应该向那个瞎眼女孩道歉，或者换个座位会更好。他转过身，想估量一下自己是不是能出去，就一眼看到了那副艾克索罗库瓦面具。

她戴着面具。面具的眼洞雕成突起的美洲豹眉毛的形状，透过面具上挖出的眼洞能看到她闪亮的眼白。这副棱角分明的面具上，每个小平面都被画上了不同的动物纹理，仿佛整个丛林的生命呈现在这副充满复仇快感的面具上。而现在，在瞎眼女孩的脸上，面具活了。

下颚轮廓和太阳穴处深处那些非写实的分叉犄角发出钴蓝色的光芒，像煤气火焰；胡乱张开的嘴巴里，利齿像锁芯的制栓般参差交错，一股腐臭的黑色血液从卷起的双唇中喷涌而出，溅到他衬衫的前襟上。

他跳了起来，一头撞在行李架上，随后摔倒在座位上。喷在他身上的血又冷又黏，似乎还有些活物在跳动、抽搐，他还来不及把这些东西撕扯下来，它们就消失在他的衣服里了。其他乘客听不见他的尖叫声。他想逃，却被那瞎眼女孩瘦骨嶙峋的胳膊挡住了。她靠得更近了，还在咳嗽，大量被感染的鲜血喷了出来。他浑身湿透，淹没在鲜血中，伸出双手想把面具从她的脸上扯下来。

面具被扯下来时，听起来就像生锈的钉子从腐烂的木头里拔出来。面具把她的脸也扯了下来，她把他推到舱壁边，她那冰冷、黏腻的颧骨用力顶在他的胸口。

他醒来的时候大概会尖叫，脸贴在冰冷的窗户上，浑身都是汗。他昏昏沉沉，就像喝了好几杯龙舌兰配上两粒安必思[①]。

他故意慢慢地转过头，看着那个瞎眼女孩。她笔直地坐在座位上，头向后仰，靠在坚硬的枕头上，呼吸平稳，就像水汩汩地流过一根严重堵塞的水管。

她面前的小桌板放了下来，桌上放着一只半满的泡沫塑料杯，

---

① 一种安眠药。

旁边放着一个锡纸袋，里面装了某种腌制的水果。她的塑料念珠在蓝色的黑暗中像钚一样发光。空姐在他睡觉的时候来送过饮料了。

她的衣服是土布做的，上面绣着艳丽的蝴蝶和小鸟。他打量着她，强忍住想掐自己的冲动，但她被一阵激烈的咳嗽搞得喘不过气来。去他的，吵死了。他心想，随后抓起了自己的包，小心翼翼地把她桌上的垃圾清理干净，收起10C座位后方的小桌板，解开了自己的安全带。

机舱里比他去过的尤卡坦半岛更热。他只要乘坐飞机，内耳就会开始颤动，这次也不例外。但这次的感觉就像在很深的水下，而不是在大气层上方。唯一的光线来自过道上斑驳的灯带，还有几盏阅读灯照在乘客身上——几位乘客开着电脑，打起了瞌睡；还有几位耳朵里塞着音乐播放器的耳机，拿着电子书阅读器读书。

他全神贯注地移动四肢，从座位上爬起来，一条腿跨过女孩的膝盖，脚踏到过道上。计划很完美，他也很小心，然而脚被什么东西滑了一下，卡进了缝隙，他不禁失声叫了出来。

女孩的膝盖顶上了他的屁股。他鼓起勇气，准备接受尖叫的洗礼和挥舞的拳头，但什么都没发生。那女孩咳得很厉害，他感到她喷出的湿润气体穿透了他的衬衫。他努力不让自己惊慌失措，跌跌撞撞地从她身边走到过道上，拖着他的行李袋，把它甩过了10C座位上睡着的那位乘客的头顶——那是一位胖妈妈，唇上能看见小胡子，笔记本屏幕上是一群扭来扭去的孩子。

应该已经飞了几小时。他们现在应该是在漆黑的墨西哥内陆上空的某个地方，飞机在翻滚的气流中颠簸着，过道里空无一人，只有几个杯子随着飞机的上下起伏而不停旋转。空姐不见了。

瑞安快速走过通道，尽量不撞到乘客晃来晃去的腿和胳膊。厕所前的最后一排座位是空的，他像晕船的醉汉，向空座位走去。

一坐到座位上，飞机就向下一沉。他心跳加速，肾上腺素的飙升使肌肉颤抖。把包放到靠窗的座位上时，他感觉包失重了。天哪，但他还是让自己振作起来。他需要喝一杯，也许空姐会让他买瓶烈酒。见鬼，也许她会和他共饮一瓶酒。经历这么多倒霉事之后，也该他得到点儿好处了。

他把粗呢行李包抵在腰间。包失去重量了，因为里面是空的。

震惊让他清醒过来。拉开拉链，把手伸进包里，低头一看，他的手从包底的一个破洞中又伸了出来。只有几双卷起的筒袜和几条平角短裤还在包里，这些东西都湿了，被一种黑色黏液粘在包的内壁。这只包内的尼龙布是双层的，这个洞不是被撕开的。这是一个该死的洞，感觉像是尼龙融化了……也可能是被咬开的。

"去他的！"他咬着牙，怒火中烧，看到过道上如地摊般散落的包内物品，这些东西从他原来的座位上一路撒过来。他跟跟跄跄地从过道上走过去，抄起一堆堆黏糊糊的衣物。最后，他的手摸到了一个有分量的东西，他激动地一把抓起来，结果发现是自己的剃须用品。

他感到一双双眼睛在盯着自己，确定无误地感到有人在嘲笑自己的窘态，但事实上，没有人看向他这里——有的把头靠在邻座的肩上；有的向后仰着，嘴巴张得大大的。

引擎的轰鸣声似乎弱下来，飞机开始侧飞，过道上的杯子向机头滚去。他们已经在下降了吗？

他终于回到了原来的座位上。丹和罗莉睡得很熟。11D座位上的瞎眼女孩周围，地毯如海绵般被液体浸湿了。肯定是她吐了，他厌恶地想着，要不就是尿了。他没有在过道上找到面具，应该是在他逃出来时掉在座位下面了。气流颠簸之下，这面具可能已经滚到了这该死的飞机上的任何地方。但他只能继续找，别无他法。

他跪倒在瞎眼女孩旁边。飞机机头朝下，机身倾斜，把他顺势带倒。他伸手抱头，眼睛却撞在扶手上。他倒在地上，觉得自己笨拙得很可笑。随即，他感到身上戳到了个什么东西。

摔倒时，整个人的重量压在他的右腿膝盖骨下方一点儿的位置上，那东西正好刺穿了膝盖后方肌腱和肌肉之间的柔软部位，钻心地疼痛。

他以前从来没感到过这种程度的疼痛，但之后会比现在更疼，因为他试图把腿伸直，结果膝盖里戳着的那个东西在里面折断了。他的世界里即刻再无他物，唯有剧痛。

他号叫着瘫倒在地板上，紧紧地抱着自己被戳穿的膝盖。他不停地尖叫，却没有意识到一件奇怪的事情：他都喊成这样了，飞机上的其他人却毫无反应。

他来到11B和11C这边，伸手扯下了他们身上的毯子，手上的小说落到了地上。他们的头被撞得很严重，丈夫瘫软在小桌板上，左边的鼻孔流出了一道深红的液体，咖啡勺和叉子都在里面，鼻孔外只剩勺柄。他妻子的嘴开始喷吐，有个东西从她张开的嘴里爬了出来，那是一个满身鲜血的红色影子。

他在新一轮的剧痛刺激下，从松弛、颤抖的嘴唇中冒出了一声呻吟。他的右腿上插着一把刀。他把牛仔裤的裤腿向上拉了拉，看见一个白色的塑料刀柄插在膝盖骨下方凹陷的伤口上。

看到插在腿上的塑料刀柄，一阵恶心差点儿让他死过去，但他心里还是不完全相信眼前的一切，于是目不转睛地盯着这东西。刺伤他的是一把塑料刀，刀尖从另一边穿出，这把刀像手术刀一样锋利，却像是削出来的或咬出来的。

他转过身，用力抓住那个瞎眼女孩，想让她像火灾警报一样尖叫，但她只是笨拙地翻过扶手，用她那长而空洞的头颅撞在瑞安的额头上。她的嘴张着，嘴唇上的红色斑点和地毯上的潮湿之物如出

小恶魔　　125

一辙；皮肤像大理石一样冰冷，四肢松垮，像玩具娃娃一样僵硬。但她在他面前颤抖着，这是一种死后的、剧烈的咳嗽发作。

那些东西从她嘴里出来了。随着剧烈的咳嗽声，它们爬到她的嘴唇上，爬到她的腿上，从扶手上挑衅地看着他。

这些东西看起来像是甲虫或竹节虫：有褶的胸部、上粗下细的腿，外面包裹着甲壳。这些东西的身体胡乱地混杂了昆虫、爬行动物和两栖动物的谱系，但它们可怕的面孔是（或藏于）一副微型艾克索罗库瓦收获节面具（之下）。

这些东西最高不过八英寸，却从它们站着的位置俯视着他。他完全处于它们的压制之下。

瑞安拖着自己的身体往后退，沿着走道向驾驶舱爬去。放眼望去，尸体上满是那些东西，还有的趴在枕头后面俯视着他。他爬过一对母子，他俩因窒息而变得全身肿胀、淤青；他爬过一名商人，他对着自己的笔记本电脑耷拉着脑袋，眼窝里插着圆珠笔；他爬过一位空姐，帝国牌啤酒瓶折断的瓶颈在她的脖子上张开了嘴。他一路爬行，爬到驾驶舱那道厚重的舱门前停了下来。

机上所有人都死了，但驾驶舱的舱门像银行金库大门那样结实。他猛撞着门，尖叫着要他们把门打开，否则他也要被干掉了。机上所有人都被某样东西杀死了，只有他还活着。他是无辜的，他不应该死……

"女士们，先生们，感谢乘坐普拉维达航空，在飞机完全停稳前，请不要打开电子设备或取出行李……"

声音平静，令人昏昏欲睡、情绪舒缓……这个声音是预先录好的。这架飞机原计划在一小时后到达洛杉矶。

驾驶舱的舱门仍然关得很牢。里面的驾驶员可能也已经死了，也许他们完全不知道发生了什么。他转身去找电话。

一团黑雾从客舱座位上腾起，布满了过道，像行军蚁一样向他涌来。他拼命地敲门，尖叫声已经无法用言语形容。但它们并没有来干掉他。

这些东西想让他得到面具。它们拿来了面具，放在地上。

它们想让他戴上。

飞机抖动着机身，在呼啸的狂风中放下起落架。机舱仍然像一座没有光亮的洞穴，但是提华纳①机场丑陋的琥珀色灯光倾泻在舷窗上，像公共厕所小便池里溢出来的水。

他蜷缩着靠在门上，慢慢地明白自己不会死了。他麻木地拿起面具，重新审视这东西。已经太迟了——这既不是什么装饰品，也不是什么财宝，甚至连面具都不是。

它是一扇门。

他洒出的血打开了这扇门。为了使它们离开这个地方，这扇门需要再开一次。很简单，别无选择之时，只能选择接受。

瑞安把面具戴在脸上。里面的触感坚硬而粗糙，有尖刺钻到他的脸皮底下生长、缠绕。

那些虫子一只叠一只地爬上他的嘴唇。面具上那张满口毒牙的嘴很窄，只能一只一只地钻进去，数不清到底有多少只。它们飞快地爬上他的身体，从他嘴里钻进去，而他能感觉到它们在自己的肚子里堆积起来，躁动不安，渴望做点儿什么坏事。他能感到体内有一个全新的世界，冰冷、黑暗、无限。

最后一只虫子消失在他的嘴里，波音727轰然着陆，开始在停机坪上滑行，这条跑道似乎是以鹅卵石铺就的，颠簸至极。

飞机最终停了下来，机舱内的灯也亮了，所有的乘客都没动，

---

① 位于墨西哥北部的旅游城市。

小恶魔　　127

没人打开手机或从上方行李架取行李。瑞安挣扎着站了起来，又一次敲了敲驾驶舱的门，但不管门的那一边是什么，他都宁愿待在门后。

他拉开舱门上的门闩，转动转盘。两个行李搬运工正把好奇的脸贴在舷窗上，敲了敲玻璃。瑞安对他们笑了笑，忘了自己戴着面具，猛地打开了门。

他想解释发生了什么事，但他们根本还没看见他就跪倒在地，被红色的痰堵住了喉咙。他推开他们，蹦蹦跳跳地走下舷梯，跪倒在地，伸出分叉的黑色舌头亲吻着跑道上的柏油路面。

流浪了这么久，回到家实在太好了……

空袭

约翰·瓦里

约翰·瓦里出生于得克萨斯，考取国家奖学金之后，就读于密歇根州立大学，估计这所学校的学费他还承担得起。密歇根州立大学距离得克萨斯极其遥远。在科幻小说方面，有些作者有神奇的点子，有些作者叙事风格优雅。瓦里很幸运，他属于那种少有的两者兼备的作者。《空袭》出版于1977年（当时他使用笔名赫伯·伯伊姆，这名字结合了他自己的中间名和他母亲出嫁前的姓。他在《阿西莫夫》杂志上还发表了另一篇故事）。这篇小说获得了雨果奖和星云奖提名，1983年改编成长篇小说《千禧年》，1989年拍成了同名电影。这是一个让人不忍释卷的故事。所以，欢迎搭乘阳光地带航空从迈阿密飞往纽约的128号航班。机上的乘客却可能飞往完全不同的目的地。

我被头骨里的无声闹钟震醒了。不坐起来，这闹钟就停不下来，所以我起来了。我身处值班宿舍，周围是一片黑暗。抓捕队的队员有的睡单人床，也有的两人睡一张床。我打了哈欠，抓了抓自己的肋骨，拍了拍吉恩毛茸茸的肚子。他转过身。浪漫的送别就到此为止了。

揉揉惺忪睡眼，让自己清醒过来，我从地上拿起自己的腿，绑上之后再插好、固定，随后沿着一排排的铺位跑向作战指挥室。

战情显示板在昏暗中闪烁着：1979年9月15日，阳光地带航空公司的128号航班正从迈阿密飞往纽约。找到这次航班花了我们三年时间。我理应感到高兴，但一个人在清醒的时候是没有资格感到高兴的。

丽莎·波士顿走去准备室时从我身边经过，嘴里嘟哝着什么。我也对她嘟哝了几句，跟了上去。灯环绕在那些镜子的周围，我在黑暗中摸索着向其中一面镜子走去。我们身后还有三个人蹒跚走进来。我坐下来，插上插头，总算可以躺下把眼睛闭上了。

眼睛没闭多久。冲！身体里作为血液的那些烂泥换成增压燃料后，我笔直坐起身子。环顾四周，我看到了几个白痴般的笑脸，那是丽莎、小粉和戴夫。远处的墙边，克莱斯塔贝尔已经站在空气喷枪前缓慢转动着被喷成一个白人。这支小分队看上去不错。

我拉开抽屉，开始在面部做一些基础工作。每次这都是项大工程。无论输不输血，我看起来都像个死人：右耳没了，嘴唇再也合不上了，牙床永久性地裸露在外面。一周前，我睡觉时，一根手指掉了。你觉得怎么样，傻瓜？

我正拾掇着，镜子边上的一块屏幕亮了，出现了一个年轻的金发女郎，长眉，圆脸，面带微笑，离我很近。滚动字幕显示：玛丽·卡特里娜·桑德加德，出生于新泽西的特伦顿，1979年时是二十五岁。宝贝，今天你走运了。

电脑融化了她的脸皮，让我得以看到里面的骨骼结构，旋转后又让我看到横截面。我开始研究她的头骨和我自己的相似点，把差异点标注出来。不错，这位比之前那几个好多了。

我组装了一副牙齿，上门牙留了点儿缝；用油泥修补脸颊；隐形眼镜从分配器中掉出来，我拿起来戴上去；鼻塞扩张了我的鼻孔；耳朵就不需要补了，反正假发能遮住。我抽出一张空白的人造面皮蒙在脸上，融化、黏合需要时间，所以要保持不动一小会儿，只要一分钟,就能完美塑形。我对自己笑了笑,有嘴唇真好。

发货窗口"哐当"一声,把一顶金色假发和粉色外套丢在我的腿上。造型器刚刚制作出来的假发还是热乎乎的。我戴上假发,穿上连裤袜。

"曼蒂,桑德加德的资料拿到了?"我不抬头也能认出这声音。

"收到。"

"我们在机场附近发现了她。我们能在起飞前把你混进去,以后你就是王牌了。"

我哼了一声,抬头看着屏幕上的那张脸,是埃尔弗丽达·巴尔的摩-路易斯维尔,行动组主管,毫无生气的脸和细缝般的双眼——身上所有肌肉都死了,有什么办法?

"好的。"给什么就拿什么吧。

她切断了视频。接下去的两分钟里,我一边穿衣服,一边盯着屏幕。我能记住机组成员的名字、面孔和关于他们的一些事情。接下来,我抓紧时间赶上别人的进度。距离第一次警报还有十二分零七秒,我们要动起来了。

"该死的阳光地带。"克莱斯塔贝尔一边扣上胸罩,一边抱怨道。

"至少不用穿高跟鞋了。"戴夫指出。一年前,我们大概还穿着三英寸的高跟鞋走在机舱的过道上,穿着粉色短衬衣,衣服正面有蓝白斜条纹装饰,身上背着相配的斜背包。我手忙脚乱地把那顶可笑的圆筒形帽子别在头发上。

我们一路小跑着来到昏暗的行动控制室,在门口排队。此刻,一切都不受我们控制了。门打开之前,我们只能等待。

我排在第一个,离传送门几英尺远。我转过身,传送门让我头

空袭 131

晕。我把注意力集中在那些坐在控制台上的侏儒身上,他们沐浴在屏幕发出的黄光下,谁都没有回头看我。他们不太喜欢我们,我也不喜欢他们。憔悴、枯萎,他们每个人都一样。我们的丰乳肥臀和丰腴长腿对他们来说是一种羞辱,这些都在提醒他们,抓捕队的口粮是他们的五倍,因此才能在化装舞会上看上去体面一点儿。与此同时,我们将持续腐朽。总有一天,我会坐在一个控制台上;总有一天,我会被固定在一个控制台上,内脏露在外面,除了臭味,身上的一切都不会留下。让他们去死吧。

我把枪放在钱包里一堆纸巾和口红下面。埃尔弗丽达看着我。

"她在哪儿?"我问。

"在汽车旅馆。从晚上十点到航班起飞那天的中午,只有她一个人。"

起飞时间是一点十五分。她把两个时间安排得很近,会很赶。很好。

"你能在浴室抓住她吗?最好是在浴盆里?"

"我们在想办法。"她用指尖钩住毫无生气的嘴唇,强行做出微笑的表情。她知道我喜欢怎么行动,但她在告诉我,给我什么就接受,不过多问问也没坏处。人们在最没有防备的情况下总是四肢伸展,任由水没过脖子。

"出发!"埃尔弗丽达喊道。我走进传送门,从这里开始,出问题了。

我面对的方向是错误的,走出浴室门,正对着卧室。我转过身,透过模糊的浴室门看到了玛丽·卡特里娜·桑德加德。如果不退回去重新穿越,我是不可能接近她的,甚至我一开枪就会打中另一边的人。

桑德加德站在镜子前,这个位置不能更糟糕了。很少有人能很快认出自己,但她一直都在看着自己。她看见了我,睁大了眼睛。我走到一边,躲开了她的视线。

"这是什么……嘿?到底是谁……"我注意到了她的声音,声音是最难学对的部分。

我猜她是好奇,而不是害怕。我猜对了。她从浴室里出来,穿过大门,好像门不在那里。门的确不在那里,因为这扇门只有一边。她裹着一条毛巾。

"天哪!你在这里做什么?这是我……"在这种情况下,语言是无力的。她知道她应该说些什么,但到底该说什么?不好意思,我有没有在镜子里看到你?

我露出最美丽的笑容,伸出手。

"冒昧闯入。我可以解释这一切,你看,我……"我在她的脑袋的侧面打了一下,她跟跟跄跄,重重地倒在地上。她的毛巾掉在地板上。"我正在读大学。"她想站起来,我用人造膝盖压在她的下巴上。她再次躺在地上。

"标准傻瓜牌润滑油!"我嗓门嘶哑地说道,揉着受伤的指关节。但没时间了。我跪在她身边,检查她的脉搏。她会没事的,但我觉得我打松了她几颗门牙。我停了一会儿。神啊,这么美,居然没有化妆,也没有假肢!她快把我的心伤透了。

我一把抓住她的膝盖下方,把她摔到门口。她像一袋软面条。有人从传送门伸出手把她拉进去。别了,亲爱的!你愿意作一次长途旅行吗?

我坐在她租来的床上喘口气。她的包里有汽车钥匙和香烟,是货真价实的烟草,如今和相同分量的鲜血一个价钱。我点了六支烟,估计有五分钟时间完全属于我自己。房间里充满了甜甜的烟味,如今生产的烟都没有像这样的了。

赫兹租来的轿车停在汽车旅馆的停车场。我上了车,向机场开去。我深深地吸了一口富含碳氢化合物的空气。我能看到几百码远的地方,这个视角几乎令我头晕目眩,但我为此刻而活。透过薄雾看去,太阳是一个黄色的火球。

其他空姐正在登机。她们中的有些人认识桑德加德,所以我没怎么说话,只说自己有点儿宿醉。很顺利,听到了许多会心的笑声和狡黠的对话。显然,这挺符合她的性格。我们登上波音707飞机,准备迎接山羊的到来。

看起来还不错。另一边的四名突击队员对我的机组同事来说就是双胞胎。飞机起飞前,除了做空姐的例行工作,无事可做。我希望不会再出现小问题。汽车旅馆的传送门开反了是一回事,但是如果在一架两万英尺高空的波音707飞机里出问题就……

当小粉扮演的女人把前舱门关上的时候,机上已经差不多满员。飞机滑行到跑道的尽头,然后起飞。头等舱里,我开始给乘客们准备饮料。

在1979年,牺牲品和往常一样,很肥、很时髦,每个人都一样。他们都不知道自己生活在天堂里,就像鱼不知道自己生活在海里。女士们,先生们,你们觉得前往未来的旅程会怎样?没有想法?我不能说我很惊讶。如果我告诉你们,这架飞机是飞往……

当我们到达巡航高度时,我的手臂发出嘟嘟声。我看了下那块女式宝路华腕表下方的指示器,瞥了一眼其中一间厕所的门。我感到震动顺着机体传过来。该死,不会这么快吧?

大门在那里面。我很快走出来,并示意戴安娜·格里森到前面来,她是戴夫的鸽子。

"看看这个。"我带着厌恶的表情说。她走进厕所,看到绿色的闪光时停下来。我把一只靴子踩在她的屁股上，用力一蹬。戴夫进来之前，应该可以听到她的声音。尽管只要她看看周围就知道，自己除了尖叫什么也做不了……

戴夫从大门进来，调整了一下那顶可笑的小帽子。戴安娜一定很纠结。

"恶心。"我低声说。

"真是一团糟。"他从洗手间出来时说道。戴安娜的声音，他模仿得不错，甚至不用加上口音。过一会儿就完全没问题了。

"这是什么？"经济舱里的一位空姐问道。我们闪到一边，好让她看一眼，戴夫把她推了进去。小粉很快蹦了出来。

"我们的时间缩短了，"小粉说道，"在另一边已经浪费了五分钟。"

"五分钟！"戴夫版的戴安娜尖叫道。我也想尖叫。我们有一百零三名乘客需要处理。

"是的。你把我的鸽子推进去之后，他们就失控了。我花了很长时间重新调整。"

你会习惯的。虽说时间是连续的，但它在门的两边以不同的速度运行，从过去到未来。我一旦进入桑德加德的房间开始抓捕之后，两边就都没有办法回到以前了。这里是在1979年，我们只有九十四分钟来完成所有的任务。在另一边，门敞开的时间从来不会超过三小时。

"你离开的时候，闹钟提示过了多久？"

"二十八分钟。"

听起来不妙。光是定制替代品传送就需要至少两个小时。如果七十九秒之后还没有下降，我们可能就得重新定制。但总会出现下降的。一想到要骑着那东西进来，我就有点儿不寒而栗。

空袭 135

"没时间再玩游戏了,"我说,"小粉,你回去找乘客,把上面的两个女孩都叫来。叫她们一个个地来,告诉她们,我们有麻烦了。你知道的。"

"别哭,我看到了。"她向机舱尾部跑去。很快,第一个人出现了。她脸上带着阳光地带航空公司的友好微笑,但她马上就要反胃了。天啊,就是这样!

我抓住她的肘部,把她拉到前舱的窗帘后面。她大口地呼吸。

"欢迎来到暮光地带。"我说着,把枪对准了她的头。她摔倒在地,我抓住了她。小粉和戴夫帮我把她推了出去。

"去他的,那腐烂的玩意儿开始闪了。"

小粉是对的。这是一个不祥的征兆。但当我们看到的时候,绿色的闪光稳定了下来。而在另一边,谁都不知道会出现多大程度的下降。克莱斯塔贝尔穿了过来。

"我们超时三十三秒。"她说。说出我们都知道的事情毫无意义,问题很严重。

"回经济舱去,"我说,"勇敢一点儿,对每个乘客微笑,但要让一切变得更好一点儿。明白吗?"

"收到。"克莱斯塔贝尔说。

我们迅速处理了另一位空姐,没有发生任何意外,然后就没有时间谈论任何事了。在八十九分钟内,128号班机将在一座山上撞个粉碎,无论我们是否完成工作。

戴夫进了驾驶舱,不让机组人员接近他。我和小粉负责头等舱,也在经济舱里协助克莱斯塔贝尔和丽莎。我们采用了标准的"咖啡、茶或牛奶"策略,依靠我们的速度,利用乘客的惰性。

我向左边的前两个座位俯下身。

"对这次飞行还满意吗?"噗,噗。连扣两下扳机,紧贴他们的脑袋，正好在其他山羊的视线之外。

"嗨，大家好，我是曼蒂。跟我一起飞吧。"噗，噗。

走回厨房的路上，几个人好奇地看着我们。没什么大事，人们一般不会大惊小怪。后排的一头山羊站了起来，我让他吃了颗子弹。到现在为止，只有八个人醒着。我收起笑容，快速开了四枪。剩下的由小粉来解决。我们匆匆穿过窗帘，正好赶上。

经济舱后部发生了一点儿骚动，大约百分之六十的山羊都被处理了。克莱斯塔贝尔看了我一眼，我点点头。

"好了，伙计们，"她大吼一声，"给我安静、冷静、仔细听。你，胖子，坐下！要不要我把你的屁股踢成两半？"

无论如何，她的喊声带来的震撼足以为我们赢得一点儿时间。我们充分利用机舱的宽度，形成了一条兵力不多的战线，每个人举着枪稳稳地靠在椅背上，瞄准那四处乱转、稀里糊涂、余下的三十头山羊。

枪，足以震慑一切，除了最鲁莽的。从本质上讲，标配的电击枪只是一根塑料棍，内置两个相距六英寸的电极板，里面的金属含量极少，所以不会触发劫机警报。从石器时代到2190年，对所有人来说，圆珠笔都比这东西更像武器，所以装备部用一个塑料壳把他们装进真正的巴克·罗杰斯玩具枪里，再装上十几个旋钮和闪光灯，还有一根猪鼻子状的枪管。几乎没有人对这种武器说三道四。

"我们的处境很危险，时间很紧迫。你们必须完全按照我告诉你们的去做，这样你们就安全了。"

不能给他们思考的时间，必须利用我方暂时的权威。不管怎么解释，他们都无法理解目前的状况。

"等一下，我想你需要向我们……"

是机上的一位律师。我仓促作了决定，扣动火力开关，向他开了枪。

那支枪发出的声音像一个长了痔疮的飞碟,喷出火星和小股火焰,一根绿色的激光指到他的前额上。他倒下来。

当然,彻底死亡,确实令人印象深刻。

风险太高了。我必须在两种情况中作出选择,一种是导致所有人恐慌(如果那个蠢货让他们开始思考),另一种是导致所有人可能出现恐慌(因为枪火的闪光)。但是当第二十个人开始提出自己的权利,声称什么"你们需要怎样"时,事情就会失控了。提出权利是有传染性的。

果然如此。人们开始大声喊叫,纷纷往座位后面躲,但没有很着急。我们本可以应付的,但我们若想完成抓捕,就需要让他们中的一些人保持清醒。

"起来,起来,你们这些鼻涕虫!"克莱斯塔贝尔喊道,"他被吓到了,没有比这更糟糕的了。但我要杀了下一个不守规矩的人。现在站起来,照我的话去做。儿童优先!赶快!能有多快就跑多快,到飞机前面去,照空姐说的去做。来吧,孩子们,快走!"

我赶在孩子们前面跑回头等舱,在敞开的厕所门口转过身,跪下来。

他们吓呆了。他们一共有五个人,其中一些人的哭声总是让我紧张得做不成工作。我左顾右盼地望着在头等舱座位上死去的人,几近恐慌,结结巴巴。

"来吧,孩子们,"我对他们喊道,脸上露出特别的微笑,"你们的父母马上就会过来了。一切都会好起来的,我向你保证。来吧。"

三个孩子过去了。第四个犹豫了一下,她决定不从那扇门进去。她四肢伸开,我没办法把她推过去。我不会打孩子,永远不会。她用指甲刮我的脸。我的假发掉了,她瞪着我光秃秃的脑袋,我把她推了过去。

第五个坐在过道里,号啕大哭。他大约七岁。我跑回去抱起他、拥抱他、亲吻他,把他扔了过去。天啊,我需要休息,但经济舱需要我。

"你,你,你,还有你。好的,你也是。帮帮他,好吗?"小粉目光犀利,能看出有些人对任何人来说都毫无用处,甚至对他们自己也一样。我们把他们赶向机舱前部,然后在左侧展开,掩护雇员。没过多久,雇员们就采取了行动。我们让他们尽快拖着这些软弱无力的尸体向前走。我和克莱斯塔贝尔在经济舱,其他人在前面。

肾上腺素在我的体内被分解,行动的冲动消退了,我开始感到疲累。游戏进行到这个阶段,我对那些可怜的愚蠢山羊产生了不可避免的同情。当然,他们的结局比原来的要好些,如果我们不把他们弄下飞机,他们肯定会死。但当他们看到另一边的情形时,恐怕要花很长时间才能相信。

第一批折返,打算再来一次时,被眼前的一幕惊呆了:几十个人被挤在一个小隔间里。一名大学生看起来像是肚子挨打了,他在我旁边停下,以恳求的眼神看着我。

"听着,我想帮忙,只是……发生了什么?这是一种新的救援方式?我是说,我们会坠机?"

我把枪转过来,戳他的脸颊,在他脸上划过。他喘着粗气,向后倒去。

然后,真的出现了、开始了。第一个替代品从另一边过来了,穿着从乘客身上脱下的衣服。

克莱斯塔贝尔宣布:"两百三十五秒,上方时间。"

"愿神保佑。"

这是乏味的例行公事。抓住绕在替代品肩膀上的缰绳，看看涂在他额头上的座位号，把他拖出通道。涂痕只保持三分钟。让他坐在座位上，系好安全带，解开缰绳，抓住下一个的时候把缰绳抛进门。必须承认他们在另一边做得不错：补好的牙、指纹、身高、体重和发色都正确匹配。这些事情大多不重要，特别是在128号航班上，那将是一次爆炸式的坠机，将有碎片，都是烧成灰的碎片。但还是不能冒险，搜救人员将会仔细比对最终找到的残骸，尤其是牙齿和指纹。

我讨厌替代品。我真的很讨厌他们。每次我抓住其中一个的缰绳时，如果那是个孩子，我就会想到那会不会是爱丽丝。你是我的孩子吗？你是蔬菜、鼻涕虫和黏虫吗？我的孩子被那些脑臭虫吃光脑袋之后，我加入了搜捕队。我无法相信她是最后一代人。世界上最后的人类活着的时候脑袋里空空如也。即使以1979年医学上的死亡标准来看，电脑也应该能使他们的肌肉和头脑保持一致。你长大了，却仍处于青春期——在发情期的第一波高潮就急于怀孕，然后发现从父母那里遗传了一种与基因有关的慢性疾病，而你的孩子没有一个免疫。我知道准麻风病。我是在脚趾烂掉的情况下长大的。够了，你到底是干什么的？

只有十分之一的替代品拥有定制脸。捏一张新的面孔需要时间和众多技术，要经得起医生的尸检。其他都是残缺不全的脸，有几百万个，找到一个对应的身体不算太难。他们中的大多数还会继续呼吸，蠢得停不下来，直到他们登上飞机。

飞机颠簸得厉害。我看了看表，离撞击还有五分钟。我们应该来得及。我在等最后一个替代品，这时，我听到戴夫疯狂地呼叫地面控制。一颗炸弹从门的那一边飞了过来，我把它丢进了驾驶舱。小粉打开了炸弹上的压力传感器，跑出来，后面跟着戴夫。丽莎已经过去了另一边。我抓起穿着空姐服装的柔软娃娃们扔到地上。引擎掉了下来,一块碎片从机舱里飞了出来。我们开始减压。炸弹炸毁了驾驶舱的一部分(坠机分析人员会解读成——我们希望被如此解读——引擎的一部分撞穿驾驶舱并杀死了机组人员,飞行记录仪没有记录飞行员的留言),我们慢慢地转向,左转俯冲。我被推向飞机一侧的洞口,但我想办法抓住了一个座位。克莱斯塔贝尔就没那么幸运了,她被向后吹去。

我们稍微上升了一点儿,减速。突然,克莱斯塔贝尔在躺倒的过道上浮起,血从她的太阳穴渗出。我回头瞄了一眼,大家都不见了,地上躺着三个穿粉红色衣服的替代品。飞机熄火了,机头朝下,我的脚已经离开了地面。

"快点儿,贝尔!"我尖叫起来。传送门离我只有三英尺远,但我努力把自己拉向她浮起的地方。飞机颠簸了一下,她撞到了地板上。令人难以置信的是,她似乎被唤醒了,开始向我游过来,我抓住她的手,这时地板又朝我们猛击。在飞机经历最后的垂死挣扎时,我们匍匐前进着来到了门口。传送门消失了。

没有什么可说的了,我们即将进入。要在垂直下降的飞机上保持舱门位置稳定是非常困难的。当一架飞机开始旋转并解体,将是一道可怕的算术题,有人这样告诉过我。

我抱住克莱斯塔贝尔,扶起她满是血迹的头。她奄奄一息,但仍努力对我微笑、耸肩。给什么就拿什么吧。我赶紧进入厕所,设法让我俩都倒在了地板上,回到前面的舱壁,用双腿夹着克莱斯塔贝尔。回到前面,就像在训练中做的那样。我们把脚抵在墙上,我紧紧地抱着她,趴在她的肩膀上哭。

就在那里。我的左边出现一道绿光。我拖着克莱斯塔贝尔挪过去,当两个替代品头朝下从我们头顶被扔出大门的时候,我低头闪过。传送门中伸出一双手,抓住我们,把我们拉了过去。我在地板上足足爬了五码。有的人可以在另一边留下一条腿,而我没有多余的。

他们把克莱斯塔贝尔抬去医院时,我坐了起来。她躺在担架上经过我时,我拍了拍她的胳膊,但她昏过去了。我倒是不介意自己也昏过去。

有一阵子,我无法相信一切真的发生过。有时,它并没有真的发生,等我回来,会发现所有的山羊都在围栏里突然悄悄地消失了,因为这个统一的整体无法容忍因你而引发的变化和悖论。你辛辛苦苦救出来的人就像番茄那样散布在卡罗莱纳某个该死的山坡上,而你所拥有的只是一群被毁坏的替代品和一支精疲力竭的抓捕队。但这次不是,我看到山羊们在围栏里乱转,一丝不挂,比以前更显困惑。我害怕了。

我经过埃尔弗丽达时,她碰了碰我,点了点头,在她那有限的身体动作中,这代表"干得好"。我耸了耸肩,不知道自己是否介意,但我血管里多余的肾上腺素仍在,我发现自己在对她露齿而笑。我也点了点头。

吉恩站在围栏旁边。我走向他,拥抱他。我感到燃料开始流出来了。该死的,让我们浪费一点儿口粮,好好享受一下吧。

有人在敲打着围栏的无菌玻璃墙。她大声嚷嚷,对我们发出怒吼。为什么?你对我们做了什么?是玛丽·桑德加德,她恳求她的秃顶独腿双胞胎姐妹对她解释一切。她以为是自己出了问题。天哪,她真美。我恨死她了。

吉恩把我从墙上拽下来,我的手受伤了。玻璃墙没有被刮花,我的假指甲却折断了。她正坐在地板上哭泣,我听到外面有人在发表演讲:

"半人马座三星的环境很友好,气候状况类似地球。我指的是你们的地球，而不是它现在所变成的样子。以后你们会更明白。这趟旅行将历时五年。登陆后，每个人将分得一匹马、一张犁、三把斧头、两百公斤谷粒……"

我靠着吉恩的肩膀。他们在最倒霉的时候，也就是此刻，都比我们强。十年来，我在大约半数时间里都处于独腿瘫痪状态。他们是我们最好、最光明的希望。一切都由他们决定。

"没有人会被强迫离开。我们再次指出，也不会是最后一次指出，如果没有我们的介入，你们都将死去。然而，有些事情你应该知道。你们不能呼吸我们的空气。如果你们留在地球上，就永远不能离开这座建筑。我们和你们不一样。我们是基因筛选、突变的胜者。我们是幸存者，但我们的敌人与我们一起进化了。他们也算是赢了。无论如何，你们对困扰过我们的疾病也是免疫的……"

我瑟缩了一下，转过身。

"另一方面，如果你们移民，将有机会开始新的生活。这并不容易，但你们应该为祖先的传统而感到自豪。你的祖先还活着，你们也活着。这是一次有益的经历，我奉劝你们……"

当然。吉恩和我面面相觑，笑了起来。听着，各位，你们之中，百分之五的人将在接下来的几天里精神崩溃，永不离开；数量相抵的人将在此地或路上自杀；当抵达终点时，百分之六十至七十的人将在头三年里死去；你们将死于难产、被动物吞噬、埋葬你们所有新生婴儿中的三分之二，在旱灾中被慢慢饿死。如果你们活着，就将从日出犁地到黄昏。各位，新的地球是一座天堂！

天哪，我多么希望能和他们一起去。

你们被放行了

乔·希尔

大约二十年前，乔·希尔以短篇小说《比家更好》开始了职业生涯，并于2007年出版了第一部畅销小说《心形盒子》。他后来还写了三篇更受推崇的短篇小说、一篇中篇小说《奇怪的天气》、其他几十篇短篇小说（其中很多发表于《20世纪的幽灵》）以及获奖连环漫画小说《洛克与基，锁与钥匙》。他是本书谦卑的编辑的孩子，他为这一血缘关系而感到无比自豪。这是他最恐怖的故事之一，是他专门为这本小说集创作的。愿我们都祈祷这个故事永远不会成真。

商务舱里的格雷戈·霍尔德

霍尔德正在喝第三杯苏格兰威士忌时，机舱里所有的屏幕都转黑了，出现了白色方框里的一条文字信息。他依然可以对坐在身边的那个名女人表现得很冷静。机舱广播正在播报。

广播系统发出静电的嘶嘶声。飞行员的声音很年轻，像一个迷惘少年在葬礼上对着人群讲话——

"各位，我是沃特斯机长。我从地面工作人员那里得知了一个消息，经过审慎考虑，觉得应该告知各位。关岛的安德森空军基地发生了一起事件，而且……"

广播暂停，接下来是一段长时间的、充满悬念的沉默。

"他们告诉我……"沃特斯继续说,"战略司令部无法与我们驻扎在那里的部队或当地的政府办公室取得联系。据报告,海面上出现了闪光,某种闪光。"

霍尔德下意识地坐回座位,似乎是那阵颠簸所致。到底是什么意思?出现闪光?闪现什么?在这个世界上,有太多东西会闪现。女孩可以闪现一点儿大腿,赌徒可以闪现他的钞票,闪电也会闪现,整个人生都可以在眼前闪现——关岛能闪现什么?一座岛?

"快说吧,他们是不是遭受了核打击?"他左边那个名女人用带有上流社会口音的甜蜜嗓音低声说道。

沃特斯机长继续说道:"对不起,我没有获知更多信息,据我所知,非常……"他的声音中断了。

"可怕?"名女人猜测着他可能要说什么,"令人心碎?令人沮丧?令人肝肠寸断?"

"令人担忧。"沃特斯机长把话说完。

"好吧。"名女人不满地说。

"我目前所知道的只有这些。"沃特斯机长说,"我们将在获得更多消息时和各位分享。现在,我们正在三万七千英尺的高空飞行,航程已过半。我们应该比原计划略微提前抵达波士顿。"

随着一阵刮擦声和一声尖锐的"咔哒"声,屏幕上又开始播放电影。商务舱里大约有一半的乘客都在观看同一部超级英雄电影——美国队长把他的盾牌像扔钢边飞盘那样扔出去,把看起来好像刚从床底爬出来的怪物都打败了。

一个十岁左右的黑人女孩坐在霍尔德对面的过道上,她看着母亲,问道:"精确地说,关岛到底在哪儿?"她对"精确"一词的使用让霍尔德觉得很好笑,因为这个词太像老师的用词,而不像出

你们被放行了 145

自孩子之口。

女孩的母亲说:"我不知道,宝贝,感觉是在夏威夷附近。"她没有看女儿。她东张西望,一脸困惑,好像在看一篇看不见的课文:如何与你的孩子讨论核话题?

"在韩国的南面。"名女人补充道。

"我想知道有多少人居住在那里。"霍尔德说。

名女人扬起眉毛:"你是说现在?根据我们刚刚听到的播报,我认为应该很少。"

经济舱里的阿诺德·菲德尔曼

小提琴家菲德尔曼认为,坐在自己旁边的那个非常漂亮、看起来病快快的少女是韩国人。每次她摘下耳机——无论是与空管人员交谈还是听机舱广播——他都能听到从她的三星手机里传出类似韩国流行音乐的声响。菲德尔曼曾与一个比他小十岁的韩国人相恋多年,那位恋人喜欢看漫画书,拉一手好琴,却站在一列驶来的红线列车①前自杀了。恋人的名字叫于是②,"于是他走了"或"于是我们来了"或"于是我该怎么办?"里的那个"于是"。于是的呼吸总是甜的,像杏仁奶,眼睛总是害羞的,总为自己内心的喜悦而感到尴尬。菲德尔曼一直以为自己很幸福,直到有一天,恋人像芭蕾舞演员那样跳向重达五十二吨的火车头驶来的轨道。

菲德尔曼想给女孩以安慰,但又不想增加她的焦虑。他苦苦地思索着该说些什么,最后轻轻地碰了碰她。当她取出耳塞时,他问

---

① 原文为"Red Line train",车身涂有红色粗线,一般指地铁。
② 此处原文为"So"。

道:"你想喝点儿什么吗?我还有半罐可乐没碰过。没有细菌,我是倒出来在杯子里喝的。"

她一脸紧张地对他笑了一下,说:"谢谢你,我觉得肚子里的东西都打结了。"

她拿起可乐罐喝了一大口。

"如果你的胃不舒服,喝点儿汽水会好一些,"他说,"我总是说,当我弥留之际,在我离开这个世界之前,我最不想要的东西就是冰可乐。"他以前总是多次对别人说这句话,但每次一说出口就想收回来。在这种情况下,这句话更是令他感到自身的不幸。

"我的家人在那里。"她说。

"在关岛?"

"在韩国。"她说着,又对他紧张地笑了一下。

"在哪一边?"过道另一边的大个子男人问道,"好的还是不好的?"

大个子男人穿着一件惹人反感的红色高领毛衣,令他那蜜瓜般的脸似乎都被染红了。他的体形非常壮硕,整个人塞在座位里。坐在他旁边的女人身材矮小、黑头发,紧张得像一条混种的灵提犬,被挤到了靠窗处。男人的西装外套翻领上有一枚珐琅制美国国旗别针。于是,菲德尔曼知道自己永远不会跟这个人成为朋友。

女孩吃惊地看了大个子男人一眼,把腿上的裙子抚平。

"在韩国,"她说道,拒绝玩他的所谓善恶游戏,"我刚刚在济州岛参加完哥哥的婚礼,正要回学校。"

"哪所学校?"菲德尔曼问道。

"麻省理工学院。"

"你能被录取?我很吃惊!"大个子男人说道,"他们必须先从限定数量的本土学生中优先选拔,成绩不合格的也能被录取,学

你们被放行了 147

校要完成配额。这意味着像你这样的人机会很少。"

"像我这样的人?"菲德尔曼缓缓地、从容不迫地问道。像我、这样、的人?近五十年来的单身生活教会了菲德尔曼不能随随便便地放过某些言论。

大个子男人毫不脸红地说道:"也就是符合学校录取标准的人,那些努力去争取的人、那些擅长数学的人……我说的数学可不是买一包十美分的大麻之后算找零这么简单。许多模范移民社区都是因为这些配额而倒霉的,尤其是在东方人社区。"

菲德尔曼笑了,不信任的笑声尖锐而又紧张。来自麻省理工学院的韩国女孩闭上了眼睛,一动也不动。菲德尔曼张开嘴,想说些什么让那个混蛋滚一边去,却又闭上了嘴。在女孩面前大吵大闹不太好。

"是关岛,不是首尔,"菲德尔曼告诉她,"我们不知道那里发生了什么,可能是任何事,诸如电厂爆炸或一般事故,而不是……某种灾难。"他想到的第一个词是大屠杀。

"核弹,"大个子说,"我跟你赌一百美元。"

"没有人会那么蠢,"菲德尔曼隔着韩国女孩对大个子男人说,"想想那样会发生什么。"

看到那个瘦小、结实、黑头发的女人一脸臣服,骄傲地盯着坐在她旁边的大个子男人,菲德尔曼突然明白她为什么要容忍他的大肚子挤占她的私人空间。他们是一对儿。她爱他,甚至崇拜他。

大个子男人平静地回答:"我跟你赌一百美元。"

驾驶舱里的莱纳德·沃特斯

北达科他州就在下方的某处,在所有水域的上方都能看到延伸至地平线的起伏的云朵。沃特斯从未去过北达科他州,当他试图想象那里时，就想象生锈的古董农具、比利·鲍勃·桑顿[1]和粮仓里鬼鬼祟祟的鸡毛交易。

"去过关岛吗？"他的副驾驶员的语气中有一种不真实的、强装的愉悦。

沃特斯以前从未和女性副驾驶员一起飞行过，几乎不忍心看向她。她有着如此令人心折的美丽面孔，应该出现在时尚杂志封面上。他直到在洛杉矶国际机场的会议室见到她的那一刻——那时距离他们起飞还有两个小时——仍对她一无所知，只知道她叫布朗森。他一直以为自己的副驾驶员应该是《猛龙怪客》[2]里的那类角色。

"去过香港。"沃特斯回答，希望她看起来不要如此可爱。

沃特斯四十多岁了，看起来却好像只有十九岁。他身材瘦削，红色的头发剪得很短，脸上布满雀斑。他刚刚结婚，很快就要当爸爸了：仪表板上夹了张照片，那是他的妻子，穿着背心裙，成熟丰腴。他对其他人没有兴趣，甚至连看一眼漂亮女人都感到羞愧。与此同时，他又不想显得过于一本正经，对人冷漠疏远。他为自己任职的航空公司雇用了更多女性飞行员而感到自豪，对此予以认可和支持，但所有美丽的女人都会折磨他的灵魂。

"我和朋友们过去常在费费海滩[3]自由潜水。有一次，我在一条黑鳍鲨旁边游着，几乎能碰到它。裸体自由潜水是唯一比飞行更棒的体验。"

"裸体"这个词在他心里像一阵刺耳的嗡嗡声，这是他的第一反应。他的第二反应是，她知道关岛。她以前加入过海军，在军队里学

---

[1] 美国歌手、鼓手。
[2] 原文为 *Death Wish*，美国动作电影系列。
[3] 原文为 "Fai Fai beach"，位于关岛。此处为音译。

会了驾驶飞机。他瞟了她一眼，惊讶地发现她的睫毛上有泪水。

凯特·布朗森觉察到了他的视线，朝他咧嘴一笑，扭曲的双唇间露出了两颗门牙之间的小缝隙。他努力想象着她剃光头、戴身份识别牌的样子。这并不难想象。她虽然有着封面女郎的外貌，但骨子里有一股野性，有一些刚毅和鲁莽。

"我不知道为什么哭。我已经十年没去过那儿了。我在那儿又没什么朋友。"

沃特斯考虑了几种可能的安抚方式，然后一一付诸行动。如果告诉她事情可能不像她想得那么糟，是没用的，实际上可能会更糟。

有人敲门。布朗森跳了起来，用手背擦了擦脸颊，从窥视孔往外看了一眼，转动门闩。是沃斯坦博斯，乘务长，一个总是无精打采的胖男人。他有一头卷曲的金发，为人挑剔，一双小眼睛藏在厚厚的金框眼镜后面。他在清醒的时候冷静、专业，甚至迂腐，但在喝醉的时候，嘴巴很碎，显露出一种自以为是的愉快。

"关岛被丢了核弹？"他问道，开门见山。

沃特斯回答："失去联络，收不到地面消息。"

"什么意思？"沃斯坦博斯问道，"机上的乘客都很惊恐，我却没有什么可以告诉他们的。"

布朗森重重地撞到了脑袋，在控制面板前缩起身子坐下来。沃特斯假装没看见，也假装没看到她的手在发抖。

"这意味着……"沃特斯说道，突然，响起了警报声，每个人都听到了来自指挥塔的声音——来自明尼苏达州的声音略带沙哑，但平稳，听上去没有任何情绪波动。他说可能只是遇到了局部地区的高压态势。受到的训练使他这样说话：

"这里是明尼阿波利斯中心，向处于这一频率的所有航班发送优先级指令。请注意，我们收到了战略司令部的指示，要求我们为即将在埃尔斯沃思机场采取的行动清理这一空域。我们将指挥所有航班前往最近的、适宜的机场。重复一遍，所有商业性和消遣性航班都将在该空域禁飞，请保持警惕，准备好对我们的指示作出迅速反应。"一阵短暂的嘘声。随后，明尼阿波利斯方面又作了补充说明，听上去有些遗憾："女士们，先生们，对不起，今天下午将在空中应对一场临时的世界大战。"

"埃尔斯沃思机场？"沃斯坦博斯问道，"埃尔斯沃思机场有什么？"

"第二十八轰炸联队。"布朗森揉着脑袋说。

商务舱里的维罗妮卡·达西

机体陡然倾斜，维罗妮卡·达西直视着下方皱巴巴的云层。一缕缕刺眼的阳光透过另一侧的窗户射了进来。她觉得自己旁边的那个英俊醉汉——他的额头有一缕松垂的黑发，有点儿像加里·格兰特或克拉克·肯特——不自觉地挤压了一下座椅扶手。她寻思，他是害怕坐飞机才把自己灌醉还是本来就是酒鬼？三个小时前，也就是刚过上午十点，飞机一到达巡航高度，他就喝了杯苏格兰威士忌。

屏幕转黑，机舱广播正在播报。维罗妮卡闭上眼睛聆听，就像在第一次台词朗读会上听其他演员朗读台词那样听着——

沃特斯机长广播

乘客们，大家好，我是沃特斯机长。我们接到了来自空中交通管制中心的意外请求，要求我们改变航线，转向法戈，然后在赫克托尔国际机场降落。我们被要求协助清理这一空域，即刻有效地……

（不安的停顿）

为军事演习作准备。显然，关岛的局势给今天在空中的每个人都带来了麻烦。没有必要惊慌，但我们不得不降落。我们预计在四十分钟后到达法戈。随后，我将为大家提供更多的信息。

（停顿）

各位，很抱歉。我们没想到今天下午会变成这样。

如果这是一部电影，那么影片中的机长听起来就不会如此像一个正在经历最糟糕青春期的少年，制片方会选一个嗓音粗哑、更具威严的男人来扮演机长，比如休·杰克曼，或者，如果制片方欲图打造一位博学多识的主角，还可以选一位英国演员，暗示其从牛津大学所获取的智慧，德里克·雅各比①或许可以胜任。

维罗妮卡与德里克断断续续地合作了近三十年。她母亲去世的那天晚上，他把她抱到后台，以一种温柔的、让人安心的低语把她安慰一番。一个小时后，他俩在四百八十位观众面前打扮成罗马人。他那天晚上演得极好，她也演得很好。从那晚开始，她发现自己可以借助表演解决一切问题，那么，她也可以借助表演解决当下的问题。她的内心越来越平静，放下了所有牵挂。她已经有好几年没去考虑内心的感受了。

"我本来觉得你喝酒喝得早了点儿，"她对身边的男人说，"原来是我开始得太晚了。"她举起午餐时配送的塑料小酒杯，说了声"干杯"，一饮而尽。

他对她露出可爱而轻松的微笑。"我从没去过法戈，虽然我看过

---

① 英国演员，曾就读于剑桥大学，出演过舞台剧《哈姆雷特》等剧目。

电视剧《冰血暴》。"他眯起眼睛,"你是不是在《冰血暴》里演过什么?我觉得你演过。你好像和法医一起做了什么,然后伊万·麦格雷戈①把你勒死了。"

"不,亲爱的,你想到的应该是《契约:谋杀》,詹姆斯·麦卡沃伊②在片中掐我的脖子。"

"是啊,我就知道你死过一次。你经常死吗?"

"哦,一直如此。我和理查德·哈里斯③一起拍过一部电影,他花了一整天用烛台把我打死。拍了五组,四十条。可怜的家伙,最后累坏了。"

她的邻座的眼睛瞪了出来,于是她知道他看过这部电影,而且记得她出演的角色。那时她二十二岁,在每个场景中都是裸体的,是真裸。维罗妮卡的女儿曾经问她:"妈妈,你到底是什么时候知道可以穿衣服的?"维罗妮卡回答:"在你出生之后,亲爱的。"

维罗妮卡的女儿很漂亮,漂亮得可以去拍电影,但她选择了成为一名帽子设计师。每当维罗妮卡想起她,都会快活得胸口发痛。她实在不配拥有这样一个理智、快乐、脚踏实地的女儿。当维罗妮卡想到自己——自私又自恋、对母亲冷漠、沉湎于名利场——的生活中出现了一个这么好的人,总觉得似乎是不太可能的事。

"我叫格雷戈,"她的邻座说,"格雷戈·霍尔德。"

"维罗妮卡·达西。"

"什么风把你吹到洛杉矶来了?有新角色?还是你住在这儿?"

"我必须在末日来临时出现。我来扮演荒原上一位睿智的老妇

---

① 英国演员,曾出演电影《猜火车》等。
② 英国演员,曾出演电影《X战警》等。
③ 爱尔兰演员,曾出演电影《哈利·波特》系列等。

你们被放行了 153

人。我以为外景会是一片荒地,但我看到的只是绿幕。我希望真正的末日时刻能推迟到电影上映。你认为有可能吗?"

过道对面的女孩在座椅上扭动身子,和她的妈妈低声耳语。

"我女儿跟她差不多年纪。"格雷戈说道。

"我女儿跟你差不多年纪。"维罗妮卡对他说,"她是我在这个世界上最珍视的。"

"是的,我也是。我是指我的女儿,不是指你的。我相信你的女儿一样优秀。"

"你此行是回家见她吗?"

"是的。我妻子打电话问我是否可以缩短出差行程。我妻子爱上了她在脸书上认识的男人,她希望我回来照顾孩子,这样她就能开车去多伦多约会了。"

"天哪,你不是认真的吧?你事前没有觉察?"

"我觉察到她花了太多时间上网,但公平地说,她觉得我花了太多时间饮酒。我想我是个酒鬼。我想我现在得做点儿什么了,第一步就是解决这件事。"他咽下了最后一口苏格兰威士忌。

维罗妮卡结过两次婚,她敏锐地意识到自己是婚姻破裂的罪魁祸首。每当她想到自己的行为有多糟糕、对罗伯特和弗朗哥有多不好时,她就为自己感到羞愧和愤怒,所以她很自然地乐于向身边受了委屈的男人表示同情和支持——不错过任何赎罪的机会,无论是多么微小的机会。

"我很抱歉,落在你身上的是一颗多么可怕的炸弹。"

"你说什么?"过道对面的黑人女孩问道,向他们靠过来,眼镜后面的那双深棕色眼睛似乎从不眨眼,"是我们要向他们扔原子弹吗?"

她的声音听起来与其说是害怕,不如说是好奇。

格雷戈向孩子俯下身，带着一副既亲切又苦涩的微笑。维罗妮卡突然希望自己年轻二十岁。对这样的男人来说，自己也许还算是一个好人。

"我不知道有哪些军事选项，所以我不能肯定地说，但……"

没等他说完，机舱里就充满了令人神经紧张的声音。

一架飞机疾驰而过，接着又有两架飞机一前一后地飞过。其中一架飞机离客机的左机翼很近，维罗妮卡瞥见了驾驶舱里的那名男子，他戴着头盔，脸上戴着呼吸面罩。这些飞机与向东飞行的波音777飞机没有多少相似之处。它们像巨大的铁隼，有着铅灰色的鼻尖。它们驶过的力道使整架客机往下一沉。乘客们尖叫着互相抓住对方。轰炸机飞过他们的航道时所发出的声音连肚肠都能感受到。随后，它们消失了，在明亮的蓝色带中拖着长长的尾迹。

震惊之后是沉默。

维罗妮卡·达西看着格雷戈·霍尔德，发现他捏碎了自己的塑料杯——手攥成拳头，把杯子捏成了碎片。与此同时，他也发现自己干了些什么，笑着把杯子的碎片放在扶手上。

然后他转向黑人女孩，把话说完，好像没有人打断过他："但我想说，所有的迹象表明：是的。"

经济舱里的珍妮·斯雷特

"B-1S，"她的那位亲爱的用一种放松的、接近愉快的语气对她说道，"枪骑兵，这种飞机曾经装备有完整的核负载，但是'黑耶稣'把这些都去掉了。"

"对不起，"坐在中间过道边的犹太人——他的邻座是一位东方女孩——说道，如果他留起胡子，烫起卷发，再披上祈祷披巾，就是百分百的犹太人了,"你能小声点儿吗?我的邻座很生气。"

鲍勃已经压低了声音,但就算他想安静下来,他的声音听起来也很吵,因为他的声音里有一股发火的意味:"她不该生气。炸弹不长眼,对士兵和平民一视同仁。"

他说话时带着一种很随意的笃定。他曾为一家广播电视公司工作了二十年,这家公司拥有大约七十家地方电视台,专门传播不受主流媒体偏见影响的内容。他去过伊拉克和阿富汗。埃博拉爆发期间,他去了利比里亚,作了一篇调查病毒被武器化的相关阴谋的报道。没有什么能吓倒鲍勃,没有什么可以让他担心。

珍妮是一位未婚先孕的母亲,她被自己的父母赶出了家。下班之后,她只能睡在一家加油站的仓库里。有一天,鲍勃给她买了一份超值套餐,说他不在乎这孩子是谁的,说他会像爱自己的孩子一样爱这个孩子。珍妮原本已经预约了堕胎手术。鲍勃冷静地对她说,如果她和他在一起,他会让她和孩子过上快乐的幸福生活;但如果她开车去诊所做手术,就会谋杀一个孩子,迷失自己的灵魂。于是,她跟他走了,一切就像他说的那样,他很爱她,从第一眼就爱上了她。他是她的神迹。她不需要靠面包和鱼来相信,有鲍勃就足够了。珍妮有时会幻想,一个自由主义者——也许是某个反战主义女性或某个姓伯尼[①]的人——可能会试图暗杀他,而她会设法站在鲍勃和枪口之间,为他挡子弹。她一直想为他而死,吻他,用自己满是鲜血的嘴吻他。

"我希望机上有电话,"漂亮的东方女孩突然说,"有些飞机上有电话。我希望有办法打电话。轰炸机还要多久才能飞到那里?"

"即使我们能在这架飞机上打电话,"鲍勃说,"也很难打通。

---

① 原文为"Bernie",有"好斗"之意。

美国不想让南方的特工冒这个风险,这就像是试图在9·11那天打电话到曼哈顿。总有人想输出'摧毁美国'嘛。"

珍妮用肩膀顶了顶鲍勃,说:"可能过去是这样的,现在可能被'黑命贵'取代了。"她其实是在重复鲍勃几天前对朋友们说过的话。她认为这是一句妙语,而且她知道鲍勃喜欢听到自己的妙语被引用。

"哇!哇!"犹太人说道,"如果数以百万计的人即将死去,那是因为数以百万计像你们这样的人让不合格的、充满仇恨的白痴来管理我们的政府。"

东方女孩闭上眼睛,靠在椅子上。

"你在说我妻子是这样的人?"鲍勃挑起一条眉毛质问道。

"鲍勃,"珍妮提醒他道,"没事,我不介意。"

"我没有问你是不是介意。我是在问这位先生,他以为自己在说谁?"

犹太人涨红了脸:"那些残忍、自以为是而又无知的人。"

他浑身颤抖着转过身。

驾驶舱里的马克·沃斯坦博斯

沃斯坦博斯花了十分钟来安抚经济舱里的乘客,另外五分钟则用来帮阿诺德·菲德尔曼擦去头上的啤酒,帮他换毛衣。他告诉菲德尔曼和罗伯特·斯雷特,如果他在飞机降落前再次看到他们中的任何一位离开座位,那么他们都将在机场被逮捕。斯雷特坦然接受了这一警告,他系紧安全带,双手放在膝盖上,安详地注视前方。菲德尔曼似乎想抗议,他无助地颤抖着,脸色很差。沃斯坦博斯用毯子裹住了他的腿,他才平静下来。沃斯坦博斯向菲德尔曼的座位弯下身子，低声说，当飞机着陆时，他们将共同作一份报告，在报告里写明斯雷特刚才做出的口头攻击和身体攻击。菲德尔曼给了他一个惊喜而又感激的眼神。

乘务长自己也感到恶心，于是在前舱花了很长时间平复心情。机舱里满是呕吐物的味道和恐惧的气息，孩子们哭得伤心欲绝。沃斯坦博斯看到两个女人在祈祷。

他摸了摸头发，洗了洗手，然后深吸了一口气。沃斯坦博斯视为榜样的角色一直是《告别有情天》①中的安东尼·霍普金斯，他从不视这部电影为悲剧，而视之为对纪律生活的赞美。他有时希望自己是英国人。他立刻在商务舱认出了维罗妮卡·达西，但职业操守要求他不能以任何公开方式指出她的名人身份。

他镇定下来之后，离开了前舱，向驾驶舱走去，打算告诉沃特斯机长，将在飞机着陆时请求机场进行安检。他经过商务舱时停顿了一下，走向一位喘不过来气的女士。沃斯坦博斯牵起她的手时，想起了自己最后一次牵起祖母的手，当她躺在棺材里的时候，手指冰冷，毫无生气。当沃斯坦博斯想到那些炸弹——那些愚蠢的热狗——离客机那么近距离地爆炸时，就愤怒得颤抖。连基本的人性关怀都缺失了，这让他感到恶心。他协助那位女士进行深呼吸，向她保证，飞机很快就会降落。

平静的驾驶舱里洒满了阳光。他并不感到意外，这份工作的本质就是把一场危机——这的确是一场危机，虽然他们从未在日常模拟中演练过——转化为一次例行公事、一份清单和一个正确应对的流程。

副驾驶员是个节俭的女孩，她自备午餐上了飞机。当她卷起左

---

① 原文为"The Remains of the Day"，安东尼·霍普金斯在影片中出演一位管家，与艾玛·汤普森出演的另一位管家有一段无果的爱情。

袖管,沃斯坦博斯瞥见她手腕上方有一处白狮子文身。他看着她,似乎能看到她曾住在拖车公园,有个沉迷于阿片类药物①的哥哥,父母离异;第一份工作是在沃尔玛打工,绝望之后加入军队,逃避人生。他非常喜欢她。他怎能不喜欢她?他自己的童年也大同小异,只不过他没有去参军,而是去了纽约。她上一次允许他进入驾驶舱时,曾试图隐藏眼泪,这让沃斯坦博斯的心碎了。没有比别人的不幸使他更痛苦的了。

"发生了什么?"沃斯坦博斯问道。

"十分钟后落地。"布朗森说。

"或许吧,"沃特斯说,"有六架飞机排在我们前面。"

"有来自世界另一端的消息吗?"沃斯坦博斯问道。

一时间,机长和副驾驶员都没有回答。然后,沃特斯用不自然的、心不在焉的声音说:"地质调查局报告说,关岛发生了一次里氏六点三级的地震。"

"相当于两百五十千吨……"布朗森说。

"是一枚导弹。"沃斯坦博斯说道,这不太像是个问题。

"需要我们帮忙吗,沃斯坦博斯?"沃特斯问道。

"经济舱里有人打起来了,一位乘客把啤酒倒在了另一位乘客的身上……"

"哦,去他的。"沃特斯说。

"我已经警告过他们了,但我们或许也应该让法戈当地警察局在我们降落时派人在场,我觉得受害者会提出指控。"

"我会用无线电联系法戈的,但不能保证什么。我有一种感觉,机场将变成一座疯人院。安全部门可能已经忙得不可开交了。"

---

① 通常含有罂粟碱、吗啡等成分的药物,有止痛、麻醉等作用,也可导致上瘾。

你们被放行了 159

"还有一位女性患上了恐慌症。她不想吓到她的女儿,但是她呼吸困难。我让她对着呕吐袋吹气了,但还想让紧急服务人员在我们降落的时候给她一个氧气罐。"

"可以。还有别的事吗?"

"还有一些其他的小危机,但我们的团队已经控制住了。还有一件事:你们谁想违反规定,来一杯啤酒或葡萄酒?"

两位飞行员回头看了他一眼。布朗森笑了。

"我想和你生孩子,沃斯坦博斯,"她说,"我们会生一个可爱的孩子。"

沃特斯说:"我也想。"

"所以,是同意了?"

沃特斯和布朗森看了看对方。

"最好不要。"布朗森说道。沃特斯点了点头。

随后,机长补充道:"等飞机停稳之后,你帮我找一瓶最冰的多瑟瑰琥珀啤酒。"

"你知道我飞行时最喜欢什么吗?"布朗森问道,"在这种高度,总是阳光明媚。如此晴朗的日子似乎不可能发生糟糕的事情。"

他们都在欣赏着高空云景,此时,下方蓬松的白色云层被穿透了一百下,一百根白烟直冲云霄,从四面八方升起,像变魔术一样,像云层里藏好的羽毛笔突然全冒出来了。过了一会儿,霹雳击中了他们,随之产生的气流把飞机弹开,歪向一侧。十几个红灯在仪表板上不停地闪烁,警报声立刻响起。在这一瞬间,沃斯坦博斯目睹了一切,他整个人飞起来,像降落伞一样飘浮着,像一个充了气的、丝绸制作的假人。他的头撞在墙上,随后沉重地、飞快地落下。感觉好像是驾驶舱地板上的活板门敞开了,使他陷入了门后明亮的深渊中。

商务舱里的珍妮丝·芒福德

"妈妈!"珍妮丝喊道,"妈妈,快看!那是什么?"

空中发生的一切都不如机舱内的情况更令人警觉。有人在尖叫,那声音像一条明亮的银线穿过珍妮丝的脑袋。大人们的呻吟声让珍妮丝想到了幽灵。

波音777向左侧倾斜,又突然向右侧翻滚。飞机好像在一座无比恢弘的教堂的回廊上,在迷宫般的巨柱间曲折穿行。珍妮丝在恩格尔伍德社区学校时不得不学会了拼写"回廊",这个单词算是简单的。

她的母亲米莉没有回答。她正对着一只白色纸袋平稳地呼吸。米莉从没坐过飞机,从没离开过加利福尼亚。珍妮丝也没有,但她不像母亲,她对这两件事都很期待。珍妮丝一直想乘大飞机上天,她还想着有一天能乘潜水艇去海底遨游,虽说坐在透明底的皮划艇上玩一趟也能使她心满意足。

绝望和恐惧谱写的交响乐渐弱(珍妮丝在拼写比赛的州决赛第一轮中拼过"渐弱"这个单词,就差那么一点点就拼对了,结果却可耻地输掉了比赛)。珍妮丝向那个在飞行中一直喝冰茶[①]的英俊男子侧过身子。

"这些都是火箭?"珍妮丝问道。

拍电影的女士用可爱的英国口音回答了她。珍妮丝只在电影里听过英国口音,她很喜欢。

"是ICBM,"电影明星说道,"它们正飞向世界的另一端。"

珍妮丝注意到电影明星和一直喝冰茶的年轻人手牵着手。女明星的脸上显露出近乎冰冷的平静,可她旁边的男人看上去快吐了。

---

① 此处的格雷戈一直在喝酒而非冰茶,本节是以珍妮丝的视角所作的观察。

他紧紧地握着女明星的手,指关节发白。

"你们是亲戚?"珍妮丝问道,想不通他们为什么会手牵手。

"不。"英俊的男人回答。

"那你们为什么手牵手?"

"因为我们吓坏了,"电影明星说,尽管她看起来并不害怕,"这让我们感觉好一点儿。"

"哦。"珍妮丝说道,赶紧牵起母亲空出来的那只手。她的母亲感激地看着她,袋子像纸做的肺,不停地膨胀、缩小。珍妮丝回头看看那个英俊的男人:"你愿意牵我的手吗?"

"好。"男人说,于是他们隔着过道牵起了手。

"ICBM是什么?"

"洲际弹道导弹。"他说。

"这个单词在我的单词表里!我在地区比赛中拼过'洲际'这个单词。"

"真的?我一时竟想不起来这个单词该怎么拼。"

"哦,这很简单。"珍妮丝说,拼出来给他听,印证了这一点。

"我相信你。你是专家。"

"我即将去波士顿参加拼字比赛,这次是国际半决赛。如果我这次表现出色,就能去华盛顿,还能上电视。我从没想过能去这两个地方,但我也从没想过会去法戈。我们仍将在法戈着陆?"

"我不知道我们还能有什么办法。"英俊的男人说道。

"那里有多少枚洲际弹道导弹?"珍妮丝问道,她伸长脖子望着那一堆堆烟雾。

"所有的。"这位电影明星说。

珍妮丝说:"我不知道会不会错过拼字比赛。"

这次是她的母亲作出了回应。她的嗓音嘶哑,好像喉咙痛或是一直在啜泣:"亲爱的,恐怕我们要错过了。"

"哦,"珍妮丝说,"哦,不要。"她感觉有点儿像是去年当神秘的圣诞老人出现时只有她没有得到礼物,因为她的神秘圣诞老人是马丁·科哈斯,而马丁因患有单核细胞增多症已经退出了比赛。

"你会赢的,"她的母亲闭上眼睛说,"不光是半决赛。"

"要到明晚才比赛,"珍妮丝说,"也许明天早上我们可以再乘一架飞机。"

"明天早上不知道还有没有可以乘坐的飞机。"英俊的男人抱歉地说。

"因为今天的事?"

"不,"她在过道那头的朋友说,"不是因为这件事。"

米莉睁开眼睛说道:"嘘——你会吓到她。"

但珍妮丝并不怕,她只是不明白。过道那头的男人把她的手来回摇晃着。

"你拼过的最难的单词是哪个?"他问。

"人类世[1],"珍妮丝迅速回答,"这是导致我去年在半决赛中输掉的单词,我以为里面有个i。这个单词的意思是'在人类的时代'。它可以这样造句:与其他地质时期相比,人类世显得非常短暂。"

这个男人盯了她一会儿,然后大笑着吼道:"你说得对,孩子!"

电影明星凝视着窗外庞大的白色云层:"没有人见过这样的天空、这样的云柱。阳光普照的日子被一道道烟雾笼罩着,它们看起来就像是撑起了天堂。多么美好的下午。你可能很快就会看到我表演的

---

[1] 原文为"Anthropocene",地质学分期概念,指人类活动影响自然环境的地质时期,一般指工业革命以来的地质时期。

另一场死亡,霍尔德先生。我不确定我能否在这个角色上展示我一贯的才华。"她闭上眼睛,"我想念我的女儿。我想我不会……"她睁开眼睛看着珍妮丝,然后安静下来。

霍尔德说:"我也在想同样的事情。"他转过头,往珍妮丝旁边瞥了一眼她的母亲,"你知道自己有多幸运吗?"他看了看米莉,再看了看珍妮丝,又看了看米莉。于是珍妮丝看了看他,她的母亲也点了点头,表示感谢。

"你为什么幸运,妈妈?"珍妮丝问她。

米莉紧紧地抱住她,在她的太阳穴上亲了亲:"因为我们今天在一起,傻孩子。"

"哦。"珍妮丝说。很难看出哪里幸运,她们每天都在一起。

过了一会儿,珍妮丝发现英俊男人松开了自己的手。她看见他抱住了电影明星,她也抱着他,两个人温柔地互相亲吻。珍妮丝震惊了。只是震惊而已,因为电影明星比她的邻座年长很多。他们像电影结尾处的情侣那样吻着,就在演职员表浮起之前、所有观众不得不起身回家的时候。太过分了,珍妮丝忍不住笑出来。

经济舱里的李雅娜

雅娜以为自己在哥哥于济州岛举办的婚礼上看到了七年前过世的父亲。婚礼仪式和招待会在一座巨大、可爱的私家花园里举行,一条又深又清澈的人造河把花园一分为二。孩子们往河里一把把地丢鹅卵石,看着涟漪里的七彩鲤鱼。河里有一百来条色彩斑斓、瑰丽的鱼,有玫瑰金、白金和亮铜色。雅娜的目光从孩子们身上转到横跨小溪的装饰性石桥上,只见她的父亲穿着一件廉价西装,倚在墙上对她咧嘴笑着,那张丑陋的大脸上布满了深深的皱纹。看到他，她吓了一大跳，只好把目光移开，一时间吓得喘不过气来。当她回头看时，他已经走了。她坐到座位上准备参加婚礼时得出结论：她看到的只是父亲的弟弟俊，他的发型也是这样的。在这样一个情绪激动的日子里，很容易一时分不清谁是谁……况且她为了参加婚礼没戴眼镜。

在实践中，这位麻省理工学院进化语言学专业的学生将信念寄托于能被证明、记录、了解和研究的事物。但现在她飞在空中，想法便开阔了。这架777型飞机——重达三百多吨——被看不见的巨大力量托起，冲上天空。没有什么东西能背负一切。死人与活人，过去与现在，都是如此。现在是一双翅膀，下面有人文历史支撑着。雅娜的父亲喜欢玩乐，曾花费四十年经营一家创新型企业，真正的业务就是玩乐。在此刻的天空中，她愿意相信，他不会让死亡阻止他享受一个快乐的夜晚。

"我现在真的害怕。"阿诺德·菲德尔曼说。

她点了点头。她也是。

"而且太生气了，真叫人生气。"

她不再点头。她不生气，也不想生气。在这一刻，生气是她最不想做的事情。

菲德尔曼说："那个混蛋，那位'让美国变得伟大'先生是个混蛋。我希望股票还能涨回来，涨一天也好，这样人们就可以用泥巴和卷心菜丢他了。你认为如果奥巴马在任，这种情况会发生吗？这些……这些……疯狂的事情会发生吗？听我说，降落之后……如果还能降落，你愿意在登机桥上和我一起向警察报告发生过什么吗？你在这件事上是中立的，警察会听你的证词。他们会因为那个胖子把啤酒倒在我身上而把他抓起来，然后他就得待在一间阴湿的小牢房里，挤在一群胡言乱语的酒鬼中间享受世界末日的乐趣了。"

她闭上眼睛，让自己回到婚礼的花园里。她想站在人工河边，转过头，再看一眼桥上的父亲。这次，她不会害怕他了。她想以眼神交流，以微笑回应。

但她无法沉浸于头脑中的花园婚礼。菲德尔曼越发歇斯底里了，声调越发高亢了。过道对面的大个子男人鲍勃抓住了菲德尔曼说的最后一句话。

"在你向警方告状的时候，"鲍勃说，"我希望你不要漏掉你诋毁我妻子自以为是又无知的那部分。"

"鲍勃，"大个子男人的妻子，那个有着一双敏锐眼睛的小个子女人说，"不要。"

雅娜慢慢地、长长地舒了一口气，说："没有人会在法戈向警察报告任何事情。"

"你错了。"菲德尔曼说，声音颤抖，他的腿也在发抖。

"没错，"雅娜说，"就是这样。我敢肯定。"

"你为什么这么肯定？"鲍勃的妻子问道，她有着鸟儿般明亮的眼睛和鸟儿般敏捷的动作。

"因为我们不会在法戈降落了。导弹发射几分钟后，飞机就停止在机场上空盘旋了。你没注意到吗？我们早就放弃了等待降落模式，现在正向北飞。"

"你怎么知道？"小妇人问。

"太阳在飞机的左侧，因此我们在向北飞。"

鲍勃和妻子向窗外望去。妻子赞赏地低哼了一声。

"法戈以北是什么地方？"妻子问，"我们为什么要去那儿？"

鲍勃慢慢地把一只手举到嘴边，这个动作好像表示他正在考虑这件事，但雅娜像弗洛伊德那样看穿了他——他已经知道他们为什么不降落在法戈了，但不打算说。

雅娜只需闭上眼睛,就能在脑海中准确地看到弹头现在的位置——远在地球大气层之外,越过了致命抛物线的顶端,落回重力井。也许不到十分钟,它们就会撞上地球的另一端。雅娜大概估算出至少发射了三十枚导弹,而摧毁一个比新英格兰[①]小一点儿的国家只需要十枚。他们所看见的三十枚飞向天空的导弹当然只是被打开的武器库中的一小部分,这样的攻击只能得到对等的报复。毫无疑问,地球另一端的洲际弹道导弹已经与数百枚反方向飞行的导弹相遇。某种非常可怕的事情发生了,这是不可避免的。这条地缘政治鞭炮的导火索被点燃了。

但雅娜并没有闭上眼睛去想象这种互攻。她宁愿回到济州岛。河里鲤鱼无数,整个傍晚都弥漫着怒放的鲜花和新割青草的芳香。她的父亲把胳膊肘支在桥身的石墙上,调皮地笑着。

"这家伙……"菲德尔曼说,"这家伙和他该死的妻子……她管亚洲人叫东方人,说你们是蚂蚁,向别人扔啤酒,横行霸道。然后我们落得这般下场:导弹满天飞。"他的声音因紧张而嘶哑,雅娜感觉他快要哭了。

她再次睁开眼睛。

"这家伙和他那该死的妻子跟我们在同一架飞机上。我们都在这架飞机上……"

她看着鲍勃和他的妻子,他们正看着她。

"不管我们是怎么来到这里的,我们现在都在这架飞机上,在空中。碰到大麻烦了,快想办法逃跑吧。"她笑了,看上去很像她父亲的笑。

[①] 美国本土东北部地区,含6个州,约18万平方公里,耶鲁大学、哈佛大学、麻省理工学院等都在此地区。

"下次你想扔啤酒时,就把它给我吧。我正好想喝点儿。"

鲍勃思索着,入迷地看了她一会儿,然后笑了。

鲍勃的妻子抬头看着他:"我们为什么要往北逃跑?你真的认为法戈会被炸掉?你真的认为我们会被击中?这里是美国中部。"她的丈夫没有回答,于是她回头看了看雅娜。

雅娜在心中权衡着:说出真相到底是仁慈还是会造成更沉重的打击?不过,她的沉默足以说明问题了。

女人的嘴唇绷紧了,看着丈夫,说道:"如果我们不得不死,我想让你知道,我很高兴能在你生命的最后一刻和你在一起。你对我很好,罗伯特·杰里米·斯雷特。"

他转向妻子,吻了吻她,然后后仰一点儿说:"你在跟我开玩笑?我真不敢相信像我这样的胖子竟然娶了你这样漂亮的女人。和这件事相比,中彩一百万美元反而会更容易吧!"

菲德尔曼盯着他们,转过身。

"哦,去他的,别在这个时候开始变得像个人。"他把一张吸满啤酒的纸巾揉成一团,扔向鲍勃·斯雷特。

纸团在鲍勃的太阳穴上反弹了一下。大个子男人转头看着菲德尔曼,笑了,温暖地笑了。

雅娜闭上眼睛,头靠在椅背上。

她父亲看着她穿过柔滑的春夜,向石桥走去。

当她走上石阶时,他伸出手,牵着她的手,带她走向一座果园,人们正在园中翩翩起舞。

驾驶舱里的凯特·布朗森

凯特为沃斯坦博斯的受伤头部包扎完毕时,高级空乘正躺在驾驶舱的地板上呻吟着。她把他的眼镜塞进衬衫兜里——左边的镜片已摔裂。

"我从没有站不住过，"沃斯坦博斯说，"在二十年的职业生涯中，我是天空中的弗雷德·去他的·阿斯泰尔，不对，是格蕾丝·去他的·凯利①。我能胜任所有其他空乘人员的工作，除了穿高跟鞋倒着走。"

凯特说："我从没看过弗雷德·阿斯泰尔的电影。我是个爱看史泰龙电影的女孩。"

"农奴。"沃斯坦博斯说。

"骨子里是的，"凯特表示同意，紧握着他的手，"别想站起来，现在还不行。"

凯特轻盈地站起来，坐到了沃特斯的边上。当导弹发射时，成像系统被飞行的导弹点亮，一百多个小红点布满了屏幕。但是现在，除了附近的其他飞机，什么都没有了。大部分飞机都在他们后方，都仍在法戈上空盘旋。就在凯特照顾沃斯坦博斯的当口，沃特斯机长改变了航向。

"发生了什么？"她问道。

他的脸色吓了她一跳，面无人色，宛如蜡像。

"都发生了。"他说。

"为什么？"她问道，似乎这很重要。

他无可奈何地耸了耸肩，回答道："南太平洋的一艘潜艇攻击了一艘俄罗斯航空母舰，然后……然后……"

"所以呢？"凯特说。

---

① 弗雷德·阿斯泰尔和格蕾丝·凯利都是好莱坞黄金时代的电影明星，前者被誉为歌舞片之王，后者以美貌著称。

你们被放行了　169

"法戈没了。"

"哪里没了？"凯特似乎一次只能记住一个词，她感到胸口有透不过气的紧绷感。

"我们一定可以降落在北方的某个地方，远离……远离我们身后的东西。一定有个地方不对任何人构成威胁。努纳武特①可以吗？去年在那边的伊卡卢伊特市降落了一架波音777。那是位于世界尽头的一条短跑道，但在技术上是可行的。我们或许还有足够的燃料。"

"我真蠢，"凯特说，"没想到带一件冬天的外套。"

他说："你一定是第一次飞长途。你永远不知道飞机会把你送去哪里，一定要确保包里有泳衣和厚手套。"

她确实是长途飞行的新手，六个月前才拿到执飞777的资格，但她认为沃特斯的建议不值得放在心上。凯特认为自己再也不会飞商用飞机了。沃特斯也不会了。无处可飞了。

凯特再也不会去看望住在宾州乡下的母亲了，但这没什么大不了的。凯特十四岁时，继父趁她母亲做烘焙时，曾试图把手伸进她的牛仔裤。当凯特告知母亲他欲行不轨时，母亲却说那是凯特的错，因为她穿得像个荡妇。

凯特再也见不到同母异父的十二岁弟弟了，这让她很伤心。利亚姆是个可爱而又安静的自闭症孩子，凯特给他买了一架无人机作为圣诞礼物，他最喜欢做的事就是遥控它飞上高空进行航拍。她理解那份吸引力。当房屋缩小至火车模型般小巧的时候，也是她在空中飞行时最喜欢的部分——瓢虫般的卡车在高速公路上滑行，似乎毫无摩擦阻力地闪着光；海拔高度使得湖泊缩小至银光闪闪的小镜子那样小；一英里以外，整座城镇都小得可以放在手中的杯子里。

---

① 位于加拿大东部北极地带的因纽特人自治区，于1999年宣告成立。

同母异父的弟弟利亚姆说,他想变得小一点儿,像他用无人机航拍的照片里的人儿一样小。他说如果他像他们那样小,凯特就可以把他放在兜里,带着他一起走。

他们翱翔在北达科他州的边缘地带,像她曾经穿过费费海滩附近的温热海水、穿过太平洋明亮的绿色玻璃那样,感觉真好,似乎正轻轻地航行在下方的海洋世界里。她认为,摆脱地心引力就是为了去体验成为纯洁的灵魂,去抽离肉体本身的感觉。

明尼阿波利斯呼叫他们了:"德尔塔236,你已偏离航线。你将离开我们的空域,准备去哪里?""明尼阿波利斯,"沃特斯回复,"我们的航向是060,请求允许转向,备降伊卡卢伊特机场。"

"德尔塔236,你们为什么不在法戈降落?"

沃特斯在控制杆上按压了很久。一滴汗水落在仪表板上,他的视线短暂地移开了一会儿,凯特看到他正在看妻子的照片。

"明尼阿波利斯,法戈是第一袭击点。如果在北方降落,我们生还的概率会更大。机上有两百四十七位乘客。"

无线电"噼里啪啦"地响着,明尼阿波利斯在考虑。

突然,飞机后方的天空中出现了一道令人目眩的强光,空中好像出现了一盏与太阳等大的闪光灯。凯特把脑袋从窗边移开,闭上了眼睛。传来低沉的重击声,但身体感受到的震动比听到的更可怕,这种震动似乎来自机舱的内部。凯特再次抬起头时,众多绿色斑点从她眼前飘过,就像在费费海滩潜水时那样,她被霓虹般的树叶和蠕动的荧光水母包围着。

凯特身体前倾,伸长了脖子。云层下方有什么东西在发光,可能是在他们后方一百英里远的地方。云层本身开始变形、膨胀,向上突起。

她坐回座位,又传来一阵深沉、刺耳而又沉闷的嘎吱声,随后又是一道亮光。驾驶舱内部一瞬间变成了反色底片。这一次，她感觉到一股热力从右脸颊闪过，好像有人快速开关了一盏太阳灯。

明尼阿波利斯回复："收到，德尔塔236，现在联络温尼伯中心127.3。"空中交通管制员近乎漫不经心地说。

沃斯坦博斯坐起来："我看到了闪光。"

"我们也看到了。"凯特说。

"哦，天哪，"沃特斯说，他的声音哑了，"我应该给妻子打个电话。我为什么没给她打电话？她怀孕六个月了，一个人在家。"

"你没办法打电话，"凯特说，"之前也没办法打。"

"我为什么没打电话告诉她？"沃特斯继续说着，好像没听到凯特的话。

"她会知道的，"凯特对他说，"她已经知道了。"

他们是在谈论爱情还是世界末日？凯特说不上来。

又一道闪光。又一次深沉、有回声、意味深长的重击。

"现在可以呼叫温尼伯中心了，"明尼阿波利斯回复，"现在呼叫加拿大方面引导。德尔塔236，你们被放行了。"

"收到，明尼阿波利斯，"凯特答道，因为沃特斯机长此刻正双手捂着脸发出痛苦的呻吟，说不出话来，"谢谢。照顾好自己，小伙子们。这里是236。我们走了。"

乔·希尔

2017年12月3日，于新罕布什尔州埃克塞特市

感谢已退休的航空公司飞行员布鲁斯·布莱克在驾驶舱内为我讲解了正确的操作流程。本文如果出现任何技术性错误，都是我的责任，是我一个人的责任。——作者注

战鸟

大卫·J.舒

大卫·舒可能以他在血腥朋克子流派（据说是他发明了这个词）中的工作而闻名，但他也写过小说、犯罪故事和电影剧本，包括《乌鸦》和《得州电锯杀人狂》（如果有读者一直在追，还有《得州电锯杀人狂前传》）。《战鸟》是对第二次世界大战中轰炸德国一幕令人震撼而又惊人详细的再现，有力刻画了人类自有战争以来所释放出的暴力。"我觉得我们唤醒了那时候的某种东西，通过所有的矛盾冲突，"老乔根森说，"所有的仇恨、所有的生命……"这可能（或者没有）解释了隐身美女号的机组成员在子弹横飞、爆炸满天的空中所看到的怪物。

"战鸟是真实存在的，"坐在我对面的老人说，"我见过它们，比小妖精更真实，但没有你手上这把手枪的分量真实。"

为了听他讲述我已故父亲的故事，我跋涉了数百英里。他给我讲了一个会飞的怪物的故事，他细长的白眉毛在衡量我可能会买多少垃圾产品。我们素未谋面。我们之间所有的信任都被假定为仅仅是礼貌性的——在被某种更基本的东西取代之前，我们都很放松。

我应该多注意一下他说的关于手枪的部分。

"你爸爸，是好样的。"炮塔手乔根森说，他负责的应该是B-24D上的马丁炮塔。我还是做了些功课的，知道每个机组成员的位置。我的很多估计都是基于一张拍摄于1943年的照片，这是整个核心团队聚在一起的少数几次之一，那次聚会的时间足够拍一张合影。我给每个人都加上了姓。我的花名册上没有全名或外号，而那时每个人都有外号，通常是他们的名字的缩写：鲍勃（Bobby）、威利（Willy）、弗兰基（Frankie）……和附近黑帮的孩子没什么区别。这些人都是孩子。当我坐在那里喝着乔根森的姐姐凯蒂端来的咖啡时，那张黑白照片已经有六十五年的历史了，大部分的新面孔当年才十几岁，至少有两个人为了加入机组而谎报了年龄——乔根森今天还不满八十岁，他硬给自己虚报了几岁，更背负了负担。他患有关节炎，两只手并拢时好像爪子。他不愿承认自己有点儿耳聋，尽管他的助听器装得很显眼（其中一个较大的旧助听器是在耳后装置的，有一根所谓的肉色编织线，蜿蜒连接至衬衫兜里的盒子上）。他的眼睛是蓝色的，因虹膜泛黄而发白。他擦亮眼镜片，弯下腰，却不是因为岁月而驼背，而是为了让我相信他说的话，因为他毕竟是我的长辈。孩子们懂什么？

布雷特·乔根森和二战期间轰炸机组的大多数成员一样，是作为一名中士在结束训练后抵达欧洲的。他开玩笑地说，在诺曼底登陆前，德国的战俘营里挤满了数千名被击落的中士。他以透露这种消息来探我的底，看看我到底是真的知道自己在谈论什么还是仅在地面上忙活，仅靠死读历史书和他人的讲述才了解上一场伟大的战争？

"不仅有中士，还有中尉。"我边说边往微温的咖啡里倒入化学粉末。乔根森喝的是黑咖啡。通常说来，如果重复别人说过的话，就会获得启发。

他往后靠，然后继续说下去。他的手已经退化得只剩下基本抓握功能，很难找到适合的工作了。我对他心生同情，但这已不是第一次了。

"你爸爸也是一名中士,从芝加哥来的。他想在AT-6S轰炸机上进行训练,但他不是一位好飞行员,而是好像上了一辆装有两挺五〇口径①机枪的公共汽车。"他哼了一声,咯咯地笑起来,然后找了张餐巾,"他的屁股被一枚穿过机身的高射炮击中,撕毁了他的飞行服,使他的屁股发出嗖嗖的响声。"

"是的,他告诉过我那件事。伯恩堡机场在柏林保护基地外圈,他第三次执行任务是在1944年3月。"

"你已经知道了,"乔根森说,"好吧,那么,也许你不会觉得这个故事像你看过的战争片那么奇怪。见过真正的战斗吗?"

"没有,先生。"我上高中的时候正好轮上征兵抽签制,我在第一轮抽到了高位数。

"哦,不一样,空战完全不同。在大多数情况下,空战总是充满了噪声,充满了恐慌。如果你经历过空战,你就会想弄清楚为什么自己居然没有死。一时间,肾上腺素飙升,这种恐惧能让人拉在裤子上。飞机来到你身边炸成碎片,机舱里的炸弹喷涌而出,十几架巨大的战斗机同时袭来。从敌人的战斗机上,二〇口径机炮向你密集轰炸。你看到其他飞机在坠落,拉着尾烟,凌空爆炸。你想找降落伞,但没时间了。你听重金属音乐吗?"

他描述的画面栩栩如生,我一时沉浸其中,对他的问题有点儿发懵。"什么?哦,对,听过一些,你知道的。"

"我从没喜欢过。"乔根森说道。对话停顿了一下,我在脑海中想象着乔根森的另一副样子:舒适地坐着,听着黑色安息日乐队的精选集,欣赏着重金属音乐。也许是挪威的速度金属乐队关于灾难的音乐。

---

① 子弹或炮弹的口径有特殊的算法。本书中均不加长度单位,按原文直译。

"知道为什么吗？因为这种音乐听起来像打仗。"

B-24解放者号因机鼻上的喷漆又被称为突厥号。突厥号"咔嚓"一声掉在地上，燃烧着的部分从跑道的路肩上喷出，机组成员坠落一地。两名仍穿着保温服的机组成员被炸扁了，还有一个没能站起来。消防队员从一座熄了一半的火场赶到这座新的火场，其他半残伤员试图躲避碎片。解放者号空载时即重达十九吨，况且在执行任务时总是满载，所以几乎是从天上砸下来的。一名塔台观测员正忙着清点返航的飞机数量和死亡人数。

当下的天气是英国典型的令人压抑、雾气蒙蒙的阴天。燃烧着的飞机在雾中灼伤。烟雾中，明亮的观察孔令人痛苦。黑烟在热气的作用下，以螺旋状升上天空。

惠特罗是刚从俄克拉荷马城来的一名机腹炮手，人如其名，金发碧眼，身强体壮。他冲向隐身美女号的副驾驶员哈里·马尔斯。马尔斯双手插在背后的裤兜里站着，当他不知道首先要解决什么问题时，就会做出这种姿势。

"天哪！"惠特罗说，"被什么击中了？"

马尔斯说："她是翘着前轮进来的，我猜可能是没看过车祸教育片。"

"欢迎来到希普德汉姆，小伙子。"

希普德汉姆是位于诺福克郡的一个教区，诺福克郡位于伦敦东北部，是英国第四十四轰炸军团所在地，也是盟军在欧洲执行任务的沿海集结点之一。在某张英国明信片上，酒吧和别墅已被尼森式桶形掩体和停机坪占据，四周围满了高射炮。之后又挤满了要求了解现场情况、鲁莽的美国飞行员——这些人总是大声说话，明显缺乏智慧，充分演绎了文明的冲突。

看着一架机腹被击中的B-24轰炸机以滑翔方式飞回来，令人产生戏剧般的极度恐惧。解放者号看上去像一只大肚鸟，只在飞行时才不那么难看。它们在壕沟上往往会被"压扁"，这使得它们的存活概率比空中堡垒坠机时小十倍。这架突厥号的机长用他那只被治疗过的、残损的手按照说明书进行着操作。他调整两个工作引擎，利用侧翼阻力，尽可能久地让机头远离停机坪。被锁住的右舷车轮在碰撞时突然折断，将他卷入泥中，切断了两台巨大的普拉特–惠特尼发动机之间的右翼。然后，有什么东西着火了。机上没有装炸弹，弹药也很少，燃料更少，但机上有什么东西触发了爆炸，把机身腰部炸得粉碎，像在啤酒瓶里放鞭炮。

无论如何，这类飞机上的几乎所有物品都是可燃的，这种大火是不会被英国无处不在的寒冷、灰蒙蒙的雾气和潮湿的空气扑灭的。

每个人都在食堂兼简报室里从马德森那里得知了更多坏消息。惠特罗检查了隐身美女号的任务板，还是空白。马德森扎着笔挺的英式武装带，拿着一根时髦的手杖作为教鞭，也用来敲地图，对着狭小、简陋的棚屋里一群坐立不安的军官和外来人员讲话。

"炸弹共计一百零九点二吨，分为五百磅和一千磅两种，引信分别为头部的十分之一秒和尾部的四分之一秒，从一万八千英尺到两万英尺的高度进行投放。除了雷根斯堡的梅塞施密特战斗机工厂……"

马德森那根时髦手杖把地图敲了个稀巴烂，大伙儿欢呼起来。

"是的，是的。"马德森等大家安静下来，"附近的另外两个目标被击中，成功切断了输送空气和水的管道以及电线，摧毁了一间螺丝工厂和一间橡胶工厂。当然，有些机器零件是可以回收利用的，但需要进行大量的测试和维修。"

将近九百支点燃的香烟在小屋圆顶上形成了一层翻转的烟雾。惠特罗认出了几个在怀俄明州卡斯珀的训练中认识的人，是和他一起来的，名字都不好记。但现在，他和新的机组成员们在一起了，像盘子里盛上了新鲜的肉。他坐在乔根森中士的旁边，后者坐在折叠椅上摇晃着。

"英国佬说过的所有这些话，"乔根森说，"都是鬼话。"

来自加州的牛仔阿尔文·图克斯从乔根森的一侧探过身，对隐身美女号的领航员竖起大拇指："老麦克斯中尉刚到海滩就和英国女人结婚了，砰！"

在投弹手兼机头枪手基思·斯塔克波尔中尉的审视下，图克斯立刻退缩了——他毕竟是在谈论一名军官。"去他的，"他说，"对不起，先生。"

斯塔克波尔是他们之中的成年人，二十二岁。他平伸出一只手。管好你的舌根子。当盟军袭击轴心国时，一支由英国女性组成的同样激进的小分队也在向思乡心切的美国人发起了进攻。当时，物资极度匮乏，死亡迫在眉睫，到处弥漫着一股易受感染的氛围。他们的绿眼领航员麦克斯·詹特利却对此表达了不同看法，因为他坠入了爱河，这是理所当然的。他还给自己招来了两卡车的嘲讽和唠叨。但斯塔克波尔很欣赏他的风度，因为他的态度平静而顺从，这说明他已经迅速适应了当地人上唇僵硬式的做派①。只要詹特利不戴飞行围巾，说话不带鼻音，斯塔克波尔就可以接受这位机上地图员。

斯塔克波尔递给报务员琼斯军士一支香烟，琼斯军士把这支烟掰成两半，分给他最好的伙伴、工程师兼右侧机枪手史密斯军士。说到史密斯和琼斯，总让人笑中带泪。

"该死的数字，"琼斯抱怨道，"多少？"

"四十、五十，差不多是这样。"史密斯说，两个人用同一根

---

① 此处是以英式发音方式喻指英式做派。

火柴点了烟。

惠特罗的话让气氛凝固了:"总共多少?"

"两百,差不多是这样。"吉米·贝克站在他们的后方,因为没有多余的座位了。机尾机枪手戴着护目镜,把手上的香烟换一只手拿着,侧身让马尔斯中尉和飞行员考金斯中尉也挤进来了。每一个事实和数据,不管有多清楚,都成了"差不多是这样"。

惠特罗喘不过气来:"两百……"

"总共有一百七十七架B-24,"马德森在前方的简陋小舞台上大声说,"少则一百二十七架、多则一百三十三架已经抵达并炸毁了目标,四十二架在路上被击落或坠毁……"

"路上?"图克斯问道,作为新来的,他对英国人不讲英语①的癖好仍觉得很好奇。

"据我们估计,其中有十五架没能抵达预定目标。"

"再说一次,我们不在任务板上。"考金斯对斯塔克波尔说。

"此外,"马德森说,"八架飞机降落在中立国土耳其,被扣留了。一百零四架返回基地,二十三架返回其他友军基地,总共损失了五十架次。目前的伤亡人数是在行动中死亡或失踪的四百四十人。我们被告知,轴心国扣押了二十名失踪的机组成员。"

惠特罗感到有点儿反胃。一次任务,近四百五十名士兵阵亡,四十五架战斗机的机组人员阵亡。差不多是这样。

"该死的德国佬。"乔根森咕哝道。

马德森作出简短的安慰:"共有五十一名敌方人员被击落。"

"太棒了,"图克斯说道,"几乎一架轰炸机换一名飞行员。"

还有人鼓起掌来。

---

① 此处马德森所讲的是"en route",图克斯复述的是"N-root"。

战鸟　179

马尔斯中尉无视掌声，嘲笑贝克道："嘿，吉米，你知道一名机枪手在战时的平均寿命是多少吗？"

对这些年轻人来说，这是一个古老的笑话，至少有三个人齐声回答："九秒钟！"

"谢谢，伙计们。"贝克说着，吐了一口烟，"我感觉好多了，很温暖。"

考金斯默默地观察着其他机组成员的反应。很好。巨大的阵亡数字将会让他们对元首[①]的憎恨日益累积，也许这种憎恨能帮助他们活着回来，而不像那些在突厥号轰炸机上被烤熟的可怜的狗杂种，他们的机长目前正躺在医院里，左臂被烤到五分熟，腿上有四个部位被炸折了。

这就是战争。这一点非常重要。1941年，"珍珠港事件"爆发前六个月，美国陆军航空兵团在哈普·阿诺德将军的领导下更名为美国陆军航空部队，很多东西需要这批好战的美国人来保卫，他们也急需证明自己。而现在，他们的自豪感每天都在受到挫伤。这些云端的战士同样是合法而独立的存在，和海军或坦克兵没有区别。美国参战后，战争部将陆军地面部队和陆军航空部队重组为平行指挥部，但这种重组直到战后才产生了所谓的美国空军。许多经验丰富的飞行员仍然怀着可以理解的自尊心佩戴着陆军航空兵团的徽章，尽管他们现在都是美国空军的一部分了。

凌晨一点被人从床铺上叫起来的时候，那种自豪感毫无意义。屋子里一半的人甚至在那些人打开手电筒之前就知道有人闯进来了，那是指挥长卡莱尔。卡莱尔的手电筒光束在寒冷的黑暗中从考金斯光秃秃的脑袋上反射出了光线。

---

① 此处原文为德文"Fuehrer"。

"考金斯，"卡莱尔低声说，"醒醒，醒醒。"

"我醒了。"考金斯翻了个身，沙哑地回答道。

卡莱尔在床沿坐下来："听着，我不想这样对你，但是……"

"几点了？"现在除了图克斯，大家都醒了。

"一点十五分。听着……那个任务，你们能完成吗？"

"当然。"考金斯说，他似乎对一切都很有把握。

"今天上午，我们将领航第八军，需要整个团队全力以赴。"

"他说什么？"惠特罗揉着脸，想让自己清醒过来。

"嘘——"贝克说，"这是一个惊喜。"

"这可是个大行动，"卡莱尔说，为了让大家都听见，他提高了声调，"先是重型高射炮，然后是战斗机。目标是炼油厂。我知道你的机组成员还没有作好战斗准备，但我们找不到更有经验的人做你的副驾驶员了，因为……"

"机组成员已经作好了战斗准备，先生。"考金斯回答道，没有人反驳。

随后，就是那里了，就是考金斯后来所说的"大屠杀"。

考金斯在北非航行期间，曾在机身喷上"隐身美女"的字样。这个绿色团队目前睡在一间小屋里。几天前，这里还住着别的团队，现在轮到他们。谁知道明天会怎样？从技术上讲，他们在二十五次飞行任务中起飞了四次，但总是被召回或取消任务。他们还得设法越过英吉利海峡。当飞上一万二千英尺的高空时，一个增压器坏了，不得不掉头把炸弹扔进北大西洋——曾被他们大肆吹嘘的第一次任务就这样彻底失败了。他们的右侧炮手是一个得州人，名叫麦卡德尔，在第十二次行动中，他被临时调到了家乡女孩号上，留出的空位刚好被惠特罗填上。

来自双钻号轰炸机的炮手向考金斯讲述了这次任务："我看到

拉特帕克拿了八八口径的炮弹来到驾驶舱,后来机舱满载着炸弹倾覆了,把家乡女孩号炸成两半。没看到有人跳伞。"麦卡德尔是死是活?没有人知道,也没有人关心。显露出过分关心并不是好事。

于是他们就成了现在这样:喝着滚烫的咖啡,关节在可恶的英国湿气中开裂,挣扎着穿上装备,睡眼迷蒙,一个个成了圆滚滚的空中小子——电子服、防弹衣、飞行员的降落伞背包、给其他机组成员准备的胸前降落伞、救生马甲、头盔、护目镜、氧气面罩……这些东西都有一股湿漉漉的羊皮味或牛皮味。

"该死的雾,"图克斯坐在开往前线的卡车上说道,"吃也不能吃,喝也不能喝,"

能见度为零。"我们得跟着一辆吉普车才能找到跑道,"斯塔克波尔说,"我们在队列里的位置是哪里?"

"棺材角。"考金斯说,尽量使这个名字听起来正常些。

"哦,太棒了。"坐在后面的贝克抱怨道。

"什么?"惠特罗说,潮湿的金发贴在他的飞行帽里。

马尔斯中尉作了说明:"就是方队外部靠后的位置。"

贝克说:"这样高射炮干掉我们就更方便了。"

乔根森用包裹严实的胳膊轻轻地拍了拍惠特罗:"新来的都是这个位置,第一次都是这样的。"

"在任务取消前,我们不能掉队,"考金斯说,"这样我们就能补位了。"他们至少能坚持到任务取消。考金斯戴上耳机,他已经用钳子从军帽檐上扯掉了电线,准备好"被任务碾压"。

斯塔克波尔用口哨吹起了《今晚你的样子》这首歌。

隐身美女号突然出现在他们的眼前,占据了他们的视野,是墨绿色的——母狗的母亲,天空的情人,也是他们所处的子宫,是他们的命运。

第四十四轰炸大队被称为"飞行的八号球",但并没有第一个进入欧洲——这一荣誉属于第九空军的金字塔号。

"大肚子婊子。"马尔斯说,作为对一名叫做基思·斯凯勒的机长的回应。

"我喜欢块头大的女人,"图克斯说,"身上可以抓的地方比较多。"

考金斯说:"以块头来说,她算是速度快的。"乔根森心想,他说的可能是自己留在美国的妻子,也可能是他的飞机。好像其间的差别很重要,也许他老婆的翼展比他的机身还长。

机组成员已经把五百磅规格的炸弹吊进了轰炸机的弹舱,十把五〇口径的机枪配上一万一千发子弹,子弹装在单独的子弹带上。考金斯的人开始爬进飞机的底部。在接下来的十二小时里,他们将在几乎无法忍受的震动中度过,通过排泄管撒尿,吸入人造空气,与死神搏斗。要是想在行动中拉屎,那就祝你好运吧。

马尔斯爬进了考金斯右侧的副驾驶座,注意到机长像往常一样把座位固定在了前倾位置。你可能会认为矮个子男人是制造轰炸机的理想人选,但圣迭戈或沃斯堡的制造业小丑总喜欢把踏板装在普通人的脚够不到的地方。

"这次可能会轻松。"马尔斯说着,舒舒服服地坐了进去。

"这次可能是噩梦,如果战斗机组选中我们执行轰炸任务。"考金斯说话时没有看他。他把帽子压扁了,以便戴耳机(现在都是无线的了)。

他们和飞行工程师进行了飞行前的检查。马尔斯把头顶的控制闸锁好(这样就不会打到他的脸了),然后打开舱门检查侧翼、升降舵和方向舵的运转情况。他们将通过电池车启动,所以他关掉了点火开关。工程师用手转动螺旋桨,每次转六圈或六片桨叶,从三号开始，从内舱到外舱。整个过程是枯燥而又流程化的，很机械。但是在这个阶段，从一个关闭的中继冷却器到一个被忽视的增压器开关，任何一个小小的失误都可能导致爆炸。准备正式启动引擎时，飞行工程师放置了轮挡，并拿了个手持灭火器在边上待命。首先是三号驱动液压装置，当转速达到一千时，刻度盘仍显示正确。

四十五至五十磅力①的油压，四点五英寸的真空泵，制动力累计压力大约可达九百七十五磅力。考金斯把油门加到最大功率的三分之一，马尔斯则加大了燃油混合比，达到了自动调节稀化的目的。飞机开始滑行之后，马尔斯将发动所有的四个引擎，让螺旋桨练习起来。

考金斯播报："检查机舱内通话。"

"天哪，我连机头都看不见了。"当机组成员在各自的位置上开始检查时，马尔斯转过头。像往常一样，只有当他们冲破云层时，雾才会消散。

传来斯塔克波尔的声音："投弹手，收到。"他就在他们脚下，在负责电台的琼斯附近，"广播员，检查完毕。"

琼斯总是坐在史密斯的后面："收到，左侧。"

"收到，你这个老坏蛋。"是图克斯，他是史密斯对面的右侧机枪手。

"机顶炮塔手乔根森在此。"如果马尔斯或考金斯转过身，会看到乔根森的靴子踩在炮塔的脚踏板上。

"惠特罗报告球塔没有问题。"这个可怜的孩子必须像钻狗洞那样爬到下面，还不能带降落伞，因为没有地方存放。万一需要使用降落伞，他必须在别人的帮助下爬出去，然后在飞机像火球般冲

---

① 1磅力约合4.45牛顿。

向地面坠落前，牢牢地把降落伞包在身上绑好。但这对他来说轻而易举。

詹特利从自己所处的小盒子里探出身子，站起来，竖起大拇指。在每道程序中，他的声音都必须被听见。他做到了。

"小心，吉米。"考金斯说。

"机尾准备好了，机长。"贝克在乔根森所说的"巴士后部"说道。

在那一刻，考金斯似乎被意念中的枷锁压得喘不过来气。马尔斯扬起了眉毛。考金斯终于挤出一丝微笑，说道："这该死的座位太短了。"

虽然武器装备臃肿，座位也不容打盹，但当轰炸机直上云霄时，他们还是感觉自己是坐在一辆豪华轿车里，终于看到了阳光和蓝天。每个小小的奖赏都是极其重要的。

在三千英尺的高空，他们都点上了香烟，因为到了一万英尺的高度，他们就需要在飞机上启用氧气了。之后，在掉头坠落的前一刻，陪伴他们的就只有滚滚汗珠了。

"我们被福克·武尔夫战斗机包围了，"乔根森说，"到处都是它们。高射炮之后总会出现战斗机，接下去就能听到马尔斯对着对讲机大喊'瓦格斯娃娃着火了'，就在我们的左边翼。我从炮塔上看不到。高射炮击中了老琼斯头部附近的氧气瓶，把电台炸了。惠特罗的电子装备短路，烧了起来。所有人都在叫喊，枪炮齐鸣。福克·武尔夫从近旁呼啸而过，向我们开火。图克斯抓着枪，想打落那狗娘养的，但不小心打中了我们的右稳定器，于是我们像喝醉了的老妓女那样摇晃起来。那时，我第一次看到了它。"

"战鸟。"我说道。凯蒂周到地给我们续了咖啡。乔根森的姐姐也八十多岁了。上一位乔根森夫人十年前去世了。

乔根森说:"一开始,我以为是对方的一架斯图卡轰炸机,它们俯冲的时候会发出这种奇怪的叫声。随后我看到它扇动着翅膀,心想,这不是飞机。它几乎和战斗机一样大,翅膀像蝙蝠,鼻子像针尖,眼睛像缟玛瑙和锡镴。"他清了清嗓子,"现在你可能会想,天哪,这老东西疯了,对吧?"他那羽毛状的弯眉毛似乎在指责我。

"事实上,并没有,先生。我从未有机会听我父亲谈论战争,但在我寻找隐身美女号机组成员的过程中,听他们说了些故事。我听过更古怪的。"

他似乎在内心作出了一个重大决定:"好吧,那么,只要凯蒂还在厨房里看肥皂剧或者随便做其他事情。"屋后没有传来抗议声,所以我们的对话很机密,乔根森很满意。

"我想的可能和你一样,"他继续说,"曾以为那是一种幻觉,后来我觉得并不是。我刚刚看到一个巨大的、不可能存在的东西直冲我而来,伸出爪子;接着,玻璃罩飞了,我整个人躺在了地板上,脑袋被撕开——现在那条伤疤还在。"他把头发往后捋了捋,一条白色的线从左眉延伸到头顶,看起来像一处刀伤,"我差点儿没了眼睛。当我们回到基地的时候,我因失血过多昏了过去,几乎不记得是怎么回去的。后来他们告诉我,我们着陆时,机腹炮塔不见了,新来的惠特罗也不见了。"

"整个炮塔从飞机上消失了?"

"是的,炮火和机枪子弹是没办法让整个炮塔消失的。如果是它们干的,那么机上所有人都能直接感受到高射炮的打击,吉米能用一二八口径机枪来对付高射炮。所以,如果惠特罗是被炸飞的,我们早就应该知道,因为如果是那样,机身有一半会被烧掉。机上有七千磅的燃烧弹,机翼上满是汽油。"

"你觉得……"

他没等我说完，就接着说下去："我不是觉得，我是在怀疑。有些事我是知道的，我怀疑可怜的老惠特罗遭遇了什么事。但是我要告诉你的是，我认为这么大的一场战争不会是因为握握手、签署几份文件就结束的。"

"我们还用原子弹摧毁了一两座日本城市呢。"我并不想说得这么轻浮，但乔根森没有被我带偏，或许是他对我所说的充耳不闻，或许是对我比较客气。

"你想想，整个世界每时每刻都处于战争状态。在每个人的生日，在每个圣诞节，战争一直在持续。然后我们突然变得文明起来，假装没有过战争。有时我想……有时……"他的声音弱下去了。何苦呢？他几乎不认识我，我只是他过去的组员吉米·贝克乳臭未干的孩子。吉米五年前去世了，他从没给我寄过一张节日贺卡，从来没有。

"这与英雄主义或荣耀无关，"他换了个角度，"你在空中到处开枪。有人流血，有人喊叫，到处在爆炸，你只想保命，纯粹为了求生。如果你相信神，你会不断地对自己默默祈祷：神啊，请不要让我在这次任务中死去。如果你相信幸运符，你就带上它。斯塔克波尔让他的妻子为他做了一个小基尔罗伊袜子娃娃。你最好相信，我们把基尔罗伊当成了我们中的一员，确保它每次执行任务都有人照顾。詹特利有一枚圣克里斯托弗勋章。惠特罗带了只兔脚，虽然这无论对他还是对这只兔子来说都很不幸。你父亲在检查他的枪之前会有个仪式，他会从弹链上拿出第一个弹头，在上面写上日期，然后把它放在紧挨着心脏的兜里。"

一枚五〇口径的子弹接近六英寸长，重量超过一枚二十五美分的硬币。我父亲曾在敌占区上空至少成功地执行过八次飞行任务。我想知道这些子弹藏品的去向。

"每个人都做这种事，"我说，尽管父亲的怪癖对我来说是新鲜事,"就算不曾参加过战斗,也会相信那些小小的仪式和行为模式。与人无害。"

"你没明白我的意思。"他轻蔑地挥了挥手。

我似乎是一幅更大的画面中的一部分,那幅画就在我身后,那是乔根森所能看到的远景中的一部分。但我看不见,而他正在看。

"那种感觉,那种战斗的感觉,如今又回来了,"他说,"每天都是这样。刚开始只是一点点,每次都变得多一些。不是闪回,不是连续跳动。我还没有老糊涂,该死的,这就和你头发底下的那部分一样真实。现在我来告诉你我所相信的东西。如果你告诉别人,你就是个骗子;但我告诉你,是出于对你父亲的尊重。"

他递给我一个东西,比我想象的要重得多。我所能做的就是不用所谓明智的现代意识打断他。

"我觉得我们唤醒了那时候的某种东西,通过所有的矛盾冲突。所有的仇恨、所有的生命,都在滋养着战争。这么大的事情不可能就这么结束:头一天还在打仗,第二天就结束了?我想它可能被喂养得又肥又胖,于是瞌睡了一会儿。我们还有其他的战争,到处都有,但都不一样了。这场战争生下了一个孩子,生出来一个坏东西,一个从午睡中醒来的坏东西。它想,怎么又饿了?它没有把我们所有人从空中拉出来,因为那是它进食的地方。"

"战鸟。但你为什么?为什么现在?过去了这么久之后……"

"你想听我讲其中的逻辑?并没有。我唯一的想法是,也许我们中的一些人应该在那个时候死去,却没有死。它知道我们是谁,它有小清单,像它的菜单。我们很容易被选中,因为它在等着,而且现在我们不再精力充沛了,我们跑不掉了。我们也没办法反击,那只鸟又飞起来了,要吃光剩下的一切,而且这件事一点儿都不重要了,谁会相信我这样一个脾气暴躁的老家伙?"

"乔根森先生，我父亲是死于心脏病，严格意义上来说，是血栓。他在最终离开人世之前已经技术性地死亡了四次，他做了四次心脏搭桥手术，加上血管成形术。当他最终倒下的时候，他的胸腔里埋了两个心脏起搏器。在对待死亡这件事上，没有人比他更固执了。他不是在恐惧或痛苦中死去的。他接受了死亡。他表现得不像是……"我厌恶要去找一个合适的词来形容，"受到精神折磨。"

"是的。"乔根森说，他的眼睛里有一丝狡黠，还有强忍着的泪水，他这一代的男人是不应该哭的，"可你刚才说，他从没跟你谈论过战争，不是吗？"

"可是你跟我说过战鸟。"他的语气不像是个滑稽老头在跟我开玩笑。他是极为严肃的，不带丝毫情感。不管我是否值得信任，我都已经陷入了一种奇怪的陌生感之中——人们可以向陌生人吐露那些永远不会向最亲密的人吐露的秘密。我觉得可以这么解释。如今追溯性地强加先决条件，似乎是不公平的。

"我说了，是不是？"他回过神来，说道，"我真傻。对不起，年轻人。我为你父亲而感到难过，我也为把这件事推给你而感到难过，你看起来像个正直的人。我很荣幸能和你一起面对，但是请不要让这种愚蠢的行为影响到你。我已经快完了。我已经到了人生的结尾处，每隔一段时间就会听到一些事，但可笑的是，我的耳力其实不怎么好。衰老能让人得到解脱。你一定以为我不知道衰老这个单词[①]吧？我是从字典上查到的。"

那天晚上的某个时候，布雷特·乔根森用一支古董鲁格手枪顶在下巴上，用九口径的子弹轰开了自己的后脑勺。

我让他一个人去做那件事。我找了个借口，道了别，真诚说了

[①] 此处作者使用的单词是"senescence"，意为"衰老、老朽"。

句"保持联系"。我意识到,我其实是抛弃了他。

从我后来拼凑得来的资料看,他持有这支手枪已经长达半个多世纪。

以上这位与我谈话的布雷特·乔根森,他的父母是来自挪威奥斯陆的移民。他的中间名是埃里克。战争结束后,托《退伍军人权利法》的福,他从密苏里大学毕业,获得政治学学位,有过两次婚姻,生了三个孩子。他的讣告很简略。他曾在一家证券公司干过一段时间,退休时腰缠万贯。他那朴实无华的讲话方式多半是假装出来的。没有人在乎他曾经每天冒着生命危险与轴心国的战争机器交火。自1939年以来,他每天抽两包好运牌香烟,从未得癌症。

显然,他曾屡屡试图写下遗书自杀,并把它们都烧毁在一只潘趣酒碗①大小的烟灰缸里,视为自怨自艾的废话。在烟灰缸和那些烟头旁摆着一只锡制相框,里面的照片是特蕾莎,他的第一任妻子,是他战时的挚爱,也是他的同乡。1981年,病理学家从她体内取出了一个排球大小的肿瘤。她病逝后不久,他就不顾众人的反对,再次坠入爱河。后来,他的第二任妻子米莉森特也过世了,他将她安葬在新泽西州,与特蕾莎埋在同一片墓地。

鲁格手枪并非从敌人那里缴获的战利品。乔根森只是抽象地与德军战斗过,从未真正见过一个纳粹。除了有一次,他发誓说他看到过一张脸,戴着护目镜和飞行头盔,还朝他扮了个鬼脸。他在一万英尺的高空用机炮打中了对方的脑袋,机身周围飘浮着异乡的云。那是他第六次执行任务,在不来梅火车站或汉堡的军工厂——也可能是其他什么工厂的上空,反正差不多。

他从未想过自己能寿终正寝。他们一直以来讨论的都是:留

---

① 一种盛装甜味鸡尾酒的酒钵。

在希普德汉姆，执行飞行任务，娶个好女孩回家，组建家庭，切开红、白、蓝三色馅饼……活下来完成这一切。

自肯尼迪之后，他再也没有信任过一个政治家。他还记得那起暗杀事件在全世界引发的愤怒，还记得当时自己在哪里以及听到这个消息时在做什么。他看过一部漫画，上面写着："我们已经遇到了敌人，敌人就是我们自身。"他想过：但愿我能发现自己是在什么时候遇见敌人的，因为我无知地错过了。他的祖国的国旗依然如故，但他见过的太多男男女女都是伪君子，一个个站在国旗前撒谎，甚至连他的政治学学位似乎也是一个恶意的把戏，使他洞悉了太多的骗局。他不再怀有为祖国而战的念头了，因为在这个国家里，他再也找不到任何合法的地位。

他是在凌晨三点半给手枪装上子弹的，独自待在他的小屋里，距离我们一起喝咖啡的地方约十五英尺。他听得见战斗机在空中发出的声音，还能分出敌我。当时他听到的既不是警用直升机，也不是能在州际公路上匍匐行进的那款。为了确认到底是哪一种，他摘下了助听器，却只听见了刺耳的噪声，那并非来自任何一款飞机，更不是一架斯图卡轰炸机。

我知道，以上都是我的猜测，但如今的我能清晰地看见这一幕了，清晰得像是透过价值不菲的高脚玻璃杯看见的：一位老人扯下了助听器，于是整个世界陷入了沉默：座钟停止了嘀嗒声，外部世界消失了，家中嘎吱作响、劫后余生的旧家具都在那个夜晚选择了安静，留下他孤独一人，陪伴他的只有那只战鸟所发出的声响。他喝完波旁威士忌①，掐灭好运牌香烟，闭上干涸无泪的双眼，扣动扳机，只希望能获得姐姐的谅解。只听一声巨响，那场战争自他的头

---

① 名称源自法国波旁王朝（Bourbon），实际是一款美国威士忌。

颅中喷涌而出。

又一个老匹夫自我毁灭了。

如今我依然能听见那些声响，那些绝不会混淆于其他任何声音的声响。如今我依然能在夜空中看见那些奇怪的、黑色的幽灵，它们依然饥肠辘辘，不知餍足，折返回来攫取更多。

飞行机器
雷·布拉德伯里

雷·布拉德伯里很早就开始写一些令人印象深刻（有时甚至令人毛骨悚然）的短篇惊悚小说，比如《小刺客》和《密使》。之后，他逐渐成为20世纪奇幻小说巨匠之一。他写出了经典小说《坏东西来了》，故事背景设在伊利诺伊州的格林镇，足以匹敌舍伍德·安德森笔下那些发生在俄亥俄州温斯堡的故事。然而，在下面这个故事中，布拉德伯里带我们来到古老的中国，以一千五百字左右的篇幅清晰地描绘了关于飞行的另一面。"这个人制造了某种机器，"皇帝说，"却来问我们他做了什么。他对自己一无所知。"安布罗斯·比尔斯的《飞行机器》固然颇具讽刺意味，而布拉德伯里的《飞行机器》更是寓言式的，它提出了一个貌似简单的问题：我们是否理解我们所创造之物究竟意味着什么？另一个潜在的问题是：一旦被创造了，还能回到未被创造时的状态吗？

公元400年，元皇帝登基于万里长城。雨后，大地碧绿如茵，丰收在望。人民安居乐业，不悲不喜。

次年二月第一周第一天的清晨，在和煦的微风中，元皇帝正在品茶、摇扇子。这时，一个太监跑过红蓝相间的花砖，喊道："皇上，皇上，有祥瑞！"

"嗯，"皇帝说，"今天清晨的空气确实甘甜。"

"不，不，是祥瑞！"太监说着，飞快地鞠了一躬。

"这茶也甘甜,果然是祥瑞。"

"不,不,陛下。"

"让我猜猜。是太阳已经升起,新的一天开始了?或者,是海水依旧蔚蓝?这些都是所有祥瑞之中最好的。"

"陛下,有人在飞!"

"什么?"皇帝不再摇扇子。

"我看见他在空中,一个男人在用翅膀飞。我听见天上传来声音,举目一看,就看见了他。当时天上飞着一条龙,龙嘴里有个人,那龙是用纸和竹子所造,涂着太阳和青草般的颜色。"

"时辰尚早,"皇帝说,"你做梦刚醒?"

"时辰尚早,但我的确看见了!来吧,您也会看见的。"

"跟我在这儿坐一会儿吧,"皇帝说,"喝口茶。如果这是真的,你真的看见有人在飞,那么其中必有古怪。你必须花时间想一想,朕也需要花时间准备应对。"

二人喝了口茶。

"请您去看看吧,"太监终于说道,"否则他就要飞走了。"

皇帝若有所思地站起来:"现在,带我去看看吧。"

他们走进一座花园,穿过一片草坪,跨过一座小桥,行过一片树林,登上一座小山。

"在那儿!"太监说。

皇帝仰望天空。

天上有个人在笑,但他飞得太高了,笑声几不可闻。这个人穿着以浅色的纸做的衣服,背着以芦苇做的翅膀,还有一条漂亮的黄尾巴。他四处翱翔,像群鸟之王,又像古老龙兴之地的一条新生之龙。

那个人在清晨的习习凉风中,从高处向他们喊道:"我飞了,我飞了!"

太监向他挥手道:"对!对!"

元皇帝一动也不动。他凝望着长城,城墙的轮廓正从远方绿色群山之间的晨霭中慢慢地显现出来。这是一道壮丽逶迤的石墙,庄严地蜿蜒在大地上。这道神奇的城墙曾使得他们在漫长的岁月里免受敌人的侵扰,带来了持久的和平。他看到了依偎着河流、公路和山坡的城镇,城镇上的一切正在醒来。

"告诉朕,"他对太监说,"还有谁见过这个会飞的人?"

"只有我,陛下。"太监微笑着向天空挥手。

皇帝又看了一会儿,说道:"叫他下来见我。"

"喂,下来,下来!陛下要召见你!"太监叫道,双手拢在嘴边大喊。

那个人在晨风中滑翔降落时,皇帝环顾四周,看见一位早起下地的农夫正站在田地里仰望天空。他记下了农夫所在的方位。

那个人落地时,身上的纸发出沙沙声,芦苇翅膀发出嘎吱声。他骄傲地向皇帝走来,动作因身上的全副装备而显得笨拙。他走到老皇帝面前鞠了一躬。

"你做了什么?"皇帝问道。

"我飞上了天,陛下。"那个人回答。

"你做了什么?"皇帝又问了一次。

"我刚才回答过了!"那个人叫道。

"你什么都没回答。"皇帝伸出一只瘦弱的手,去触摸那装置上美丽的纸和鸟形龙骨。闻起来很清爽,像风的味道。

"这不漂亮吗,陛下?"

"是的,太漂亮了。"

"这是世界上独一无二的!"男人笑了,"是我发明的。"

"世界上独一无二的?"

"我发誓!"

"还有谁知道?"

"没有了,连我的妻子都不知道,她以为我迷恋太阳,以为我在做风筝。我在夜里起床,走到远处的悬崖边。当清晨的风吹起,太阳升起时,我鼓起勇气,陛下,从悬崖上跳下来。我飞了!而我的妻子对此还一无所知。"

"那救了她。"皇帝说,"过来。"

他们走回宫殿。此时,艳阳已高照,青草的香气沁人心脾。皇帝、太监和那个人在大花园里站定。

皇帝拍手说道:"来人!"

侍卫们跑过来。

"抓住这个人。"侍卫擒住那个人。

"把刽子手找来。"皇帝又说道。

"怎么回事?"那个人不解,喊道,"我做了什么?"他哭了,美丽的纸制飞行装备沙沙作响。

"这个人制造了某种机器,"皇帝说,"却来问我们他做了什么。他对自己一无所知。他只顾埋头发明,既不知道自己为何而发明,也不知道那发明将带来何等后果。"

刽子手扛着锋利的银斧头跑过来,立定,裸露出肌肉发达的双臂,准备着。他的脸上戴了一副表情平和的白色面具。

"稍等。"皇帝说道。他走向旁边的一张桌子,桌上摆着一台由他亲自发明的机器。皇帝从自己的颈链上取下一把小小的金钥匙,把钥匙插进那台精巧的机器,上好发条,开动了机器。

这台机器是一座由贵金属和宝石打造的花园。小小的鸟儿在小小的金银树上歌唱,小小的狼在小小的森林里走来走去,小小的人儿在阳光下和阴影里进进出出,他们摇着小小的扇子,听着绿色小鸟的歌声,站在小得不可思议的喷泉旁。

"这不漂亮吗?"皇帝说道,"如果你问我,我做了什么,我完全可以回答你:我让鸟儿歌唱,我让森林低语,我让人们在林中漫步,感受树林、绿荫和歌声。我做了这些。"

"但是,哦,陛下!"那个人跪下恳求,泪水涔涔而落,"我也做过类似的事!我发现了美。我乘着晨风飞翔,俯瞰沉睡的房屋和花园。我闻到了大海的味道。我像鸟儿那样飞翔。哦,我难以描述那种美——在空中,风围绕着我,把我像一片羽毛那样吹到了这里,像摇扇子那样扇到了那里,我闻到了清晨的天空的味道!多么自由!太美了,陛下,太美了!"

"是的,"皇帝悲伤地说道,"我知道这些一定是真的,因为我感到我的心和你一起在空中跳动着。我也好奇:在天上飞是怎么一回事?感觉如何?从高空俯瞰远处的水潭会是什么模样?我的宫殿和太监看上去会如何?是不是像蚂蚁一样?远方还没有醒来的城镇看上去会是什么模样?"

"那就放了我!"

"但有时候,"皇帝说道,神情越发悲伤了,"要守护原本之美,就必须舍弃某些美。我怕的并不是你,而是另一个人。"

"什么人?"

"一个看见了你的人,他能像你一样用浅色的纸和芦苇做出同样的东西。但那或将是一个貌丑心邪之人,将使美荡然无存。我怕那个人。"

"为什么?为什么?"

"谁能保证没有那一天——有人用同样的纸和芦苇制作的装置一飞冲天,往长城抛下巨石?"皇帝说道。

没有人动,也没有人说话。

飞行机器

"斩首！"皇帝说。

刽子手挥动了银斧头。

"把这只风筝和这位发明家的尸首一并烧毁，把它们的骨灰埋在一起。"皇帝说。

侍卫们退下，奉命执行。

皇帝转身对那个看到了会飞之人的太监说："把嘴闭牢。这都是一场梦，一场最凄美的梦。远处田地里的那位农夫也看见了，去告诉他，如果他以为这只是一场幻觉，就会得到赏赐；如果消息传开，你和那位农夫就会在半个时辰内死去。"

"陛下，您太仁慈了。"

"不，一点儿都不仁慈，"老皇帝说道，他看见侍卫们在花园围墙外焚烧着以纸和散发出清新晨风气息的芦苇制造的美丽机器，看见黑色的烟升上了天空，"不，只是深感困惑与恐惧。"他看见侍卫们在挖一个小坑，把灰烬埋在其中，"与一百万人的性命相比，一条命算什么？我必须从这种想法中得到安慰。"

他从挂在颈间的钥匙链上取下钥匙，又一次旋动了美丽的、小小的花园。他站在那里遥望远方的长城，宁静的城镇，绿色的田野、河流和小溪。他叹息着。小小的花园旋起隐蔽而精巧的机关，自动运转着。小小的人儿在森林里走着，一张张小小的脸沐浴在美丽、耀眼的阳光下，在洒满光斑的林中空地阔步前行。小小的树林中响起高亢的歌声，明亮的蓝点和黄点在小小的天空里飞呀，飞呀，飞呀。

"噢，"皇帝闭上眼睛说道，"看看这些鸟儿，看看这些鸟儿！"

飞机上的僵尸

贝夫·文森特

本次航班的副驾驶员贝夫·文森特迄今已发表了八十多篇短篇小说和几部非虚构作品,但下面这篇是他迄今为止唯一一篇涉及飞行的小说。篇名的灵感来自塞缪尔·L.杰克逊[①]主演的一部电影,但在下面的故事中根本不会出现这个名字。高手来了!

那个穿钓鱼乐队T恤的家伙告诉马尔斯,他什么飞机都能开。如果他撒谎,那么他们都会死。就是这么简单。那家伙叫巴里,看上去不到三十岁,他说他"在那里"受训成为一名飞行员并以此为起点。但马尔斯对细节不太了解,听起来像是无聊的吹嘘,很像是为了跟女人搭讪而在深夜酒吧里吹嘘的那种台词。我的意思是,如果这年头还有女人深夜不归地泡酒吧。

"很多人都说这场战争很糟糕,但一开始我是支持的,"巴里耸耸肩说,"没想到事情会变成这样。"这是马尔斯听过的最保守的说法。

马尔斯在贫民区一所学校的礼堂里遇到了这群幸存者,包括他自己在内,一共十九人。这所学校有坚固的大门和结实的门锁,提供了暂时的避难所。当巴里宣称他可以让飞机升空时,马尔斯提出了一个粗略的计划,就这样成了这群人的头儿。

---

① 美国演员,曾出演《侏罗纪公园》《复仇者联盟》等影片。

"我们将去往一个遥远的地方。"他对聚集在周围的人说,这些人显然被他在推销员生涯和三十年中层管理经验中培养出来的自信谈吐吸引了,"一个在一切结束之前我们都觉得安全的地方。"没有人问如果"一切"永不结束该怎么办。

前往机场似乎是他们的最佳选择。这个城市已经人满为患,很多地方着火了,人们在街头被杀。那些没有被攻击者吃掉的死尸,几秒钟后会重新站起来,加入贪婪的亡灵大军。马尔斯真希望自己的计划无需依赖于一个看起来一辈子没工作过的人,无需依赖于对方宣称拥有却无法证明的技能。

但既然其他人推举他当头儿,他就愿意扛起来。该死的。在他的指挥下,他们突袭了自助餐厅以获取食物,突袭了工作棚以获取工具和武器。巴里还说,如果找不到钥匙,他可以开动停在装货码头附近的校车。马尔斯没有问他是否也是"在那里"学会了这一技能,但巴里证明了自己有能力完成这个任务。也许有戏。

老旧的校车上,油表显示油箱里的燃料只剩下不到四分之一。县里最后一个还在运营的加油站六天前就没油了,承诺会赶来的油罐车也没来。也许他们永远都不会有足够的汽油使得他们得以抵达机场了——但是如果巴里无法让一架飞机起飞,他们就彻底完蛋了。十七个人跟随着他和巴里上了校车,像追随花衣魔笛手的老鼠。

这辆校车就是一堆垃圾,但还是能跑的,只要他们放松心态。每当巴里把车速开到超过每小时五十公里时,引擎灯就开始闪,于是他每次都放松油门。但绝不能抛锚。他们从未在哈利法克斯[①]以外见过这么多令人憎恶的东西。没有一个地方是安全的。这些恶魔可以在任何时间出现在任何地方,而马尔斯的团队只有刀和斧头作为

---

① 位于大西洋沿岸的加拿大港口城市。

武器，子弹像汽油一样珍贵、稀有。

不过，每小时五十公里已经够快了。如果还有一架加满了燃油的飞机可以把他们送到他们打算去的任何地方，那么在高速公路上开得稍微慢点儿也无所谓。在被迫坐进办公室之前，马尔斯曾从事现场销售，他以前非常痛恨长途跋涉前往斯坦菲尔德国际机场，但今天他很高兴能离开这座城市。

目之所及，道路上的前后方都没有任何车辆。虽然他们超过了路边抛锚的那些车辆，但当他们放慢速度，打算检查车上是否有人需要帮助时，校车发出了"呼哧呼哧"的声响，还打了个嗝，似乎即将抛锚。巴里赶紧把车速提高至每小时五十英里，这是唯一能让这辆车满意的速度。马尔斯在他们又超过一辆车之后看到了那车上有人，方向盘后面有个脑袋，但他不能确定。可能是那些东西，而不是真正的人。

他把那稍纵即逝的一瞥从脑海中删除，毕竟有可能是光线导致的错觉，即使不是，他们也不可能拯救所有人，他甚至无法确定能否拯救自己。然而，永不放弃是他的座右铭。他最有价值的销售成就是成功售出客户们原本打算从他的竞争对手那里购买的产品。马尔斯一向靠坚持和热情赢得了客户。

他不知道等僵尸杀死大部分人类之后会发生什么事。它们将在地球上四处流浪，徒劳地寻找食物，直至变成碎片，还是会就地倒下，像儿童玩具电池没电了那样完蛋？七十亿僵尸会不会继续寻找仅存的人类幸存者？

还有一个事实是，他们这群人即使逃脱了，也不会永远活下去。他们最终都将会死去。濒死之际，病毒——或者别的什么——会把他们变成那些怪物中的一个。他们能做的只是先发制人地采取行动，来拖延那无可避免的末日的到来，并指望人们能在某个地方找到解决方案。人类已经存在了数千年，马尔斯认为，这场灾难不会将人类灭绝。

一定会有人找到解决这场瘟疫的方法，他们总能找到的。这份信念是他的动力，否则他还不如自焚，就此了断。

当他们到达机场时，马尔斯告诉每个人要抓紧时间，并命令巴里用校车撞穿设在停车场和跑道之间的栅栏。铁丝网栅栏如锁甲般缠绕在保险杠和挡风玻璃上，校车踉踉跄跄地闯了进去，但毕竟通过了，停在了停机坪上。

航站楼里停着几架空中客车和波音，但巴里选择了一架喷气式飞机，足够大，能容纳他们所有人；也足够小，可以降落在任何地方，即使降落在为私人飞机设计的偏远跑道上也毫无问题。巴里说，这是一架至少能飞行四千公里的巴西航空ERJ-145型飞机。也许它还能飞得更远，因为他们都是轻装登机。这架飞机足以带他们远离此地。

但问题是：去哪里？巴里打开喷气式飞机的舱门，门翻下来，出现了一道舷梯。他登上舷梯钻了进去，几分钟后拿着一套导航地图出来。马尔斯把地图摊在校车座位上，巴里和一位名叫吉尔伯特·霍特维尔的前出租车司机前去把一辆油罐车停在巴西航空喷气机的机翼旁。

曾经担任过金融分析师的阿尔菲斜靠在椅背上："去阿拉斯加怎么样？"

"我们飞不了那么远。可以去拉布拉多半岛或安大略北部。"

"太冷了。"前瑜伽教练特莉抱着双臂说道。马尔斯对此并不感到意外。自从她加入以来，对什么都抱怨。

一位名叫菲尔的理发师说道："它们在雪地上的速度会慢下来。"

即使这是真的，他们也得去一个适宜生存的地方啊，也许最好还可以种点儿作物；而且得是一个可以使他们与世界其他地方保持联系的地方，这样他们才能了解到情况何时会好转。不过马尔斯并没有和其他人分享他的思考过程，他不想让队员们知道：头儿和他们一样没方向。

"看！"艾米丽喊道。她是这群人里最年轻的一个，自从离开了城市，她几乎一个字都没说过，而是专注于试图通过苹果手机和某个人——或者任何一个人——联系上。

马尔斯看向她所指的方向。几个僵尸正从机场候机楼里冒出来，在某种原始本能的指引下，迈着蹒跚的步子，穿过机场跑道，向他们走来。

巴里和吉尔伯特正在把管子安装在油罐车上，他们必须完成任务。马尔斯抓起那摞地图冲上了飞机跑道："我们得走了，"他大声喊道，"现在！"

正在忙活的两个人抬头看到僵尸朝他们走来。吉尔伯特发动了油罐车，使它离开了机翼附近。

"所有人，快上飞机！"马尔斯喊道。其他人从他身边拥了过去，无需任何多余的鼓动。他们肩上背着装满食物的背包，手里攥着武器。僵尸的速度虽然缓慢，但它们残忍、无情，况且它们已经在校车和航站楼之间走完了将近一半的路程，再过几分钟，它们就会冲上来，扯落、撕碎人类最后的生存希望

马尔斯是最后一个登机的，他"呼哧呼哧"地喘着气，尽量无视左臂上的剧痛。两个男人——马尔斯记得他们的名字分别是马特和切特——关上了舱门。巴里则进入了驾驶舱。吉尔伯特自告奋勇当副驾驶员，尽管他以前从未开过飞机。现在，到了关键时刻——如果巴里不能让这个玩意儿启动并离开地面，他们就完了，就会像沙丁鱼罐头里的沙丁鱼那样被捉住。

马尔斯向后靠在椅背上,想喘口气。当他闭上眼睛集中精神时,胸口的疼痛就会减轻。他只剩下三颗药丸了,放在前裤兜的小塑料盒中。重新填满药盒的希望已非常渺茫,所以他一颗也不打算浪费。会过去的,会过去的。这是他的另一句座右铭。

他望向窗外。僵尸已经爬到了校车上,正在敲开的车门附近嗅来嗅去。过了一会儿,它们又蹒跚地向喷气式飞机走来。它们知道我们在这里,马尔斯想。他远离椭圆形小窗口,不想倒在它们锐利的目光下。

其他乘客紧靠着舷窗,注视着那支缓慢而稳定的队伍。舱门是关闭着的,所以他们现在很安全。但如果这些生物在飞机开始滑行前咬掉轮胎呢?或者,如果它们足够聪明,也许能找到进入行李舱的方法?

这个想法刚进入他的脑海,他就听到了从飞机底部传来的重击声。对他来说,那听起来就像操作人员打开或关闭货舱门的声音。

"我们得走了。"他喊道,希望假设存在的飞行员能听到他的声音。他祈祷巴里坐在驾驶舱里盯着那些令人眼花缭乱的读数、刻度盘和开关时能分清楚哪个是点火钥匙。

又是一声重击,力道之大,使机身摇摆着。

"我看不到它们了,"阿尔菲说道,"它们在飞机下面。"

"有多少?"特莉问道,她的声音宛如耳语。

"八个,也许十个,"阿尔菲说道,"还有更多在赶来的路上。"

马尔斯又一次从舷窗望出去。第二群僵尸正在穿越停机坪,这群至少有四五十个。

"他怎么搞了这么久?"马尔斯嘀咕道。他深吸了一口气,估量了一下胸口的紧绷感,心想,只是稍微动一下,应该不会致命。况且,如果不尽快起飞,那么即使心脏病发作,也没什么好担心的了。

他从座位上一跃而起，朝驾驶舱走去。在舱门外，他看到巴里在扳动开关，吉尔伯特则在研究夹板上一页纸的说明。

"你到底能不能开这玩意儿？"马尔斯问道，他其实很害怕听到答案。

"当然能。"巴里说道。吉尔伯特从检查表上抬起头，耸了耸肩。

更多的重击声从马尔斯的脚下传来。

"最好现在就起飞。援军即将抵达，但不是来救我们的。"

巴里点了点头，挥手示意吉尔伯特走开，然后他打开了几个开关："让检查表见鬼去吧，"他说，"我可以。"一个引擎轰鸣着启动了，另一个引擎也轰鸣着启动了，小型喷气式飞机的机身颤抖着。马尔斯能感觉到飞机所具有的能量在增加，能感觉到足以带他们离开地面并前行的势能……去哪儿？在恐慌和困惑之中，他仍然没有择定目的地。其他人都在期待他为他们作出决定。

"快把我们弄出去。"他对巴里说。

巴里推了一下操纵杆，飞机开始向前滑行："希望那些东西不会被吸进引擎。"他嘟囔着。

飞机下方的砰砰声响个不停，他们对此无能为力。马尔斯不想为此担心。即使其中一个僵尸进入了行李舱，他们在升空之后还是可以解决它的。他们有刀和斧头。他们这群人之所以能聚在一起，就是因为他们知道该如何对付这些怪物。

飞机开始加速，重击声逐渐消失，再后来就没有声音了。马尔斯试图看向飞机后部，但小窗口的视野有限，他所能看到的只是第二群僵尸站在停机坪上盯着他们，像是在祝福他们"一路平安"。

他深深地吸了一口气。"每个人都系好安全带了吗？"他问道，"我们即将起飞了。"他希望这次是真的，希望他们不会从跑

飞机上的僵尸 205

道的尽头冲进远处的树林。如果出现这种情况,最好的结果是飞机起火,把他们都烧死算了,这至少让他们不再感到痛苦。

其他人都在座位上坐好,系上了安全带。马尔斯不知道是否应该担心重量分布的问题,巴里没有提到这一点——到目前为止,他似乎很清楚自己在做什么。马尔斯拿起航空地图。必须很快作出决定。

飞机猛地向左摆,停顿了一下。他们已经到达了跑道的尽头。引擎轰鸣着,飞机向前猛冲,很快地加速。树丛飞快地从窗外掠过。马尔斯向后仰,等待机头抬起。几秒钟过后,起飞了。重力把他压在了座位上,小型喷气式飞机腾空而起,承受着来自机翼下方无形的空气压力的冲击。世界上的所有问题都留在了他们的下方。如果他们能永远在空中飞行,那么他们就安全了。

几分钟后,飞机开始平飞。马尔斯习惯性地盯着安全带标志,但巴里机长可能并不会注意到商业航班上的这些细节。马尔斯解开安全带,把注意力转回地图。他可以闭上眼睛随便指向一个地方,没有任何资料可以证明他的决定是否正确。还有没有尚未被这场瘟疫波及的地方?或许是某个像冰岛那样的岛屿,而且正好在飞行半径内?也许巴里能从电台里听到些什么。

他只有一次选择的机会。在消耗太多燃料之前,必须确定目的地。这使他浑身紧张得发麻。为什么他们选我来作所有决定?我只想睡觉,他想,我太累了。

某种重量再次压上他的胸口,和起飞时的感觉一样,但他现在不应该感到加速飞行时的压力,因为他们正处于巡航高度,高得足以将周围空气的摩擦力减弱到最小,使飞行距离最大化。他试图吸气,但胸部反而收缩了。突然,他喘不过来气——他的肺部拒绝膨胀。

其他人都盯着窗外，像僵尸一样。其实没什么可看的，只有云朵和偶尔可以瞥见的地球。他觉得，他们可能想知道未来会发生什么事以及着陆后会发现什么东西。

马尔斯对此不再关心了。他知道自己的前方有什么，却无能为力。剧痛使他动弹不得。他够不到裤兜里的塑料盒，也发不出任何声音来吸引他人的注意。他呼吸急促，胸口的压力越来越大，像堤坝上的墙即将崩塌。

他希望当自己扑过去的时候，其他人能作好准备。他想知道成为僵尸之后还会不会感到疼痛。没有比这更悲惨的了，不是吗？

空中谋杀

彼得·特里梅恩

与飞机有关的所有故事里都会有密室（机舱本身就是一个终极密室），不过在下面这个故事里，你将看到两个密室。欢迎乘坐环球航空公司的大型喷气式飞机，一位不幸旅客的尸体即将在机上被发现。对162航班的机组成员来说，幸运的是，机上有一名乘客是犯罪学家格里·费恩，他非常关注这起案件。彼得·特里梅恩是彼得·埃利斯的笔名。埃利斯拥有凯尔特研究硕士学位，还创作了近百部小说和过百篇短篇故事。他出生于考文垂，当过记者，在20世纪70年代中期成为全职作家。这篇故事是珠玉之作。

这里是环球航空公司的波音747，航班号是GA162。空姐莎莉·比奇进入头等舱的厨房时，乘务长杰夫·莱德注意到她脸上焦虑的表情。他吃惊了一下，因为他从没见过这位资深空姐如此不安。

"怎么了，莎儿？"他打了个招呼，想看到她恢复平时的顽皮笑容，"是不是我们头等舱的客人里有匹狼难为你了？"

她摇了摇头，但依然是一副心事重重的表情。

"我觉得有个乘客被锁在厕所里了。"她说。

杰夫·莱德的笑意加深了，他正打算爆粗话——

"打住。"她制止了他，好像猜到了他想说什么，"我说真的。感觉可能出了什么事，他在厕所里待了好长一段时间。他的旅伴让我去看看。我敲了门，但没有人回应。"

莱德在心中发出一声叹息。被锁在厕所里的乘客虽然很少见,但也不是没有。有一次,他从机上厕所里救出一个重达两百五十磅的得克萨斯人。他很不希望再次留下这样的记忆。

"这位不幸的乘客是谁?"

"登记在名单上的名字是哈利·金洛克·格雷。"

莱德发出一声呻吟:"如果这架飞机上的厕所门真的被卡住了,那么一定是被金洛克·格雷卡住的。你知道他是谁吗?他是大型跨国媒体金洛克·格雷和布罗迪公司的董事长,名声在外的大人物,能把公司总监生吞活剥。相比之下,你和我就好像生活在大海洋中不起眼的小鱼小虾……"他意味深长地翻了翻白眼,"哦,神啊!我最好还是去看看吧。"

莎莉跟在他后面。莱德朝头等舱的厕所走去,门口都没人等着,他一眼看见哪扇门上显示着"有人"。他走近那扇门,轻声呼唤:"金洛克·格雷先生,您还好吗?"他等了一会儿,再恭恭敬敬地敲了敲门。

仍然没有回应。

莱德瞥了一眼莎莉。

"知道他在里面大概待了多久吗?"

"他的旅伴说他是半个小时前上厕所的。"

莱德扬了扬眉毛,再次转身向厕所门口走去。他的声音提高了八度:"先生,金洛克·格雷先生,我们认为您在里面遇到了麻烦,现在我要破门了。如果您能做到,就请不要站在门口。"

他向后一仰身,一脚踹在门锁上。脆弱的隔间门锁上的固定螺丝飞出,门朝里打开了一些。

"先生?"莱德紧紧地靠在门上。他无法推开门,有东西顶在门后。他费了好大劲儿才终于顶开门,把头探进隔间。片刻后,他迅速

空中谋杀 209

把头缩回来，一脸苍白、双眼发直地望着莎莉，好一会儿没吭声，最后终于挤出几个字："我觉得他挨枪子儿了。"声音似在耳语。

厕所被围起了帘子。本次航班的机长、环球航空公司资深飞行员莫斯·埃文斯负责前去查看情况。他听取了关于事故的简要报告，这位满头银发、体格健壮的飞行员从驾驶舱走到头等舱的时候，一直隐藏着自己的担忧，他微笑着，亲切地向乘客们点头致意。他觉得恼怒，因为飞机刚刚飞过航程中点——"航线临界点"[①]。本次航班距离终点还有四个小时，他不希望改道备降另一座机场，那样一来，会延误多久就只有天知道了。一个重要的约会还在等着他。

莱德刚刚向头等舱的乘客们发布了一份通告，理由很简单：头等舱前排的厕所出现机械故障，为了保障安全和舒适，请乘客们前往客舱中间的厕所。这是典型的航空术语。现在，莱德正和莎莉·比奇一起等待着机长。埃文斯了解莱德，和他一起飞行了两年。显然，莱德平时的好脾气不见了。空姐也面色苍白，浑身颤抖。

埃文斯同情地瞥了她一眼，然后转身面朝隔间门上碎裂的门锁。

"就是这间厕所？"

"是的。"

埃文斯必须用力推门，才好不容易把头探进了小隔间。

尸体伸开四肢躺在马桶盖上，衣服穿得一丝不苟，双臂荡在两侧，两腿向外伸出，导致门无法完全打开。这具尸体似乎很难保持平衡了，从嘴巴到胸口都是血淋淋的一团，脸颊上被撕下来几块肉，就那样垂着。隔间的墙上满是血迹。埃文斯感到一阵恶心，但毕竟忍住了。莱德警告过他，那人看上去就像挨了枪子儿似的。埃文斯下意识

---

① 燃油不足以返航的临界点。

地往下看,不知道自己在寻找什么,随后才意识到自己应该是在寻找那把枪。然而他吃惊地发现,自己并没有看到任何枪。他又环顾四周,悬在尸体两侧的双手什么都没拿,房间的地板上没有任何枪械掉下来的痕迹。埃文斯皱起眉头,退了出去。他的脑海里有个东西在告诉他:他所看到的这一切有问题。但他不知道问题是什么。

"公司的空中应急手册上要增加新案例了。"莱德嘟囔着,试图在这种情况下幽默一下。

"我看到你把这一区域的客人都安排到后面去了。"

"是的,我把头等舱的乘客从这一区域移走了,要装窗帘。我想接下来就是把尸体弄出来吧?"

"有人告诉他的旅伴了吗?就是和他一起坐飞机的那个人?"

"有人告诉他发生了意外,没说细节。"

"很好。我想这位是大公司的老板吧?"

"金洛克·格雷公司,他是哈利·金洛克·格雷。"

埃文斯噘嘴吹了个无声的口哨:"这么说来,我们在聊超级富豪可能产生的影响力?"

"他们富得不能更富了。"

"乘客名单上有医生吗?看来我们的客人选择了非常糟糕的时间和地点来进行自杀。但我想,在我们移动他之前,得找个人来看看。我将按照公司的医疗急救流程来执行,还要通知总部。"

莱德点头表示同意:"我让莎莉查看过机上是否有医生。好运气的是,头等舱有两位医生,而且他们是邻座,C1和C2。"

"好,叫莎莉带其中一位过来。对了,格雷先生的旅伴呢?"

"在B3座位,叫弗兰克·蒂利。据我所知,他是格雷的私人秘书。"莱德说,"恐怕他要作好准备进行正式的身份确认了。我们必须按照公司的规章手册严格执行。"他又补充了一句,似乎是为

空中谋杀 211

了安心。

莎莉·比奇走向坐在C1和C2座位上的两位乘客。这两个人差不多年纪，四十五六岁的样子，其中一位穿着随意，一头乱蓬蓬的火红色头发，看起来很不符合人们对于医生的刻板印象；另一位则着装整洁。她停下脚步，弯下腰。

"费恩医生？"这是她记住的两个名字中的第一个。

衣着讲究的男人带着询问的微笑抬头看了她一眼。

"我是格里·费恩。能为你做点儿什么吗，小姐？"

"医生，有一位乘客出现了紧急医疗状况。机长向您致意，说如果您能去看看，他将不胜感激。"

听起来像是某种可以反复使用的套路。事实上，这是公司手册里教授的套路之一。莎莉不知道这套说辞还能派上什么其他用场，只知道公司一直训练自己面无表情地说出这些话。

那人苦笑着做了个鬼脸："小姐，我的博士学位[①]是犯罪学，恐怕帮不了你多少忙。我想你需要的是我的同伴赫克托·罗斯，他才是医生。"

空姐抱歉地瞥了一眼邻座的红头发男人，很高兴地看到他已经站起来了，这样就不需要自己再重复说一次了。

"别担心，小姑娘，我去看看，但我没带医疗包。实际上，我是刚参加完会议飞回来的病理学家，明白吗？不是全科医生。"

"机上有急救设备，医生，但我觉得您用不上了。"

罗斯困惑地皱着眉头，瞥了她一眼，但她已经转过身走在前面带路。

[①] 医生和博士的头衔都是Dr./Doctor。

赫克托尔·罗斯从厕所的隔间里退出来，面朝埃文斯机长和杰夫·莱德，看了看手表："十三点十五分，我宣布此人死亡，机长。"

埃文斯不安地问："死因是？"

罗斯咬着嘴唇："我想把尸体搬出来做全面检查。"他又犹豫了一下，"在此之前，我想请我的同事费恩博士看一下。费恩博士是犯罪心理学家，我非常重视他的意见。"

埃文斯盯着医生，试图从他的话语里读出言外之意："一位犯罪心理学家如何在这件事上帮忙，除非……"

"我同样会很感激您，机长，能不能请他看一眼？"罗斯的嗓门令人无法拒绝地提高了。

过了一会儿，格里·费恩从同一间厕所的门里退出来，严肃地看着同伴。

"有意思。"他说。这句话说得很慢、很慎重。

"怎么说？"埃文斯机长不耐烦地问，"什么意思？"

费恩在狭窄的空间里耸耸肩，侃侃而谈："意思是，机长，情况一点儿都不好，"他语带讥讽，"我看我们应该把尸体搬出来，这样我的同事才能确定死因，之后，我们才可以判断这个人的死是怎么一回事。"

埃文斯吸了吸鼻子，试图掩饰恼怒："我们公司的董事长在电台那头等着我回复呢，博士。我希望能汇报一些更乐观的消息。如果我告诉你，他碰巧在同一家高尔夫俱乐部或其他什么地方曾经认识了格雷先生，你就会懂我在说什么了。"

费恩嘲讽道："曾经认识是过去时。这样，你可以报告贵董事长，说他的高尔夫球友貌似被谋杀了。"

埃文斯显然震惊了："不可能。他一定是自杀。"

赫克托尔·罗斯清了清嗓子，不安地看着朋友："需要这样说吗，老哥？"他低声说，"毕竟……"

费恩泰然自若，果断地打断他："无论那致命的伤口是以怎样的方式造成的，我想你都会同意那看起来是瞬间造成的。头的前部、眼睛和鼻子的下部，几乎像是被轰掉的。很糟糕，看起来好像是对着嘴巴造成的枪伤。"

埃文斯恢复了运用语言的能力。当下，他想到了，意识到了那个一时困扰过他的问题。该轮到他阴阳怪气了——

"如果是在嘴巴里开枪，即使是小口径手枪，即使经过人体的缓冲，那力道也足以穿透飞机的舱壁，造成舱内压力下降。你知不知道当一颗子弹在三万六千英尺的高空穿透飞机的舱壁时，可能引发的后果？"

"我没说那一定是枪伤。"费恩保持温和的微笑，"我说那看起来好像是……枪伤。"

"即使是枪伤致死，为什么不可能是自杀？"乘务长插进来，"看在神的分上，他是待在一间上了锁的厕所里死去的！门是从里面上锁的。"

费恩宽容地看着他："我只是阐述了伤害产生的瞬间性。据我所知，没有一具尸体可以在自杀致死后爬起来把武器藏好。这个男人四脚朝天地躺在那里时已经死了，残忍的致命伤瞬间造成了死亡……没有任何凶器。很有意思，不是吗？"

埃文斯难以置信地盯着他："荒谬……"他看起来根本没有被说服，"你不是认真的吧？凶器肯定藏在门后或其他什么地方。"

费恩不屑于回答这个问题。

"但是……"埃文斯绝望地开口，心里明白费恩清晰地道出了自己所担心的——没有凶器，"你是说格雷被杀后被放进了厕所？"

费恩坚定地摇头："更复杂，我想。从伤口溅出的血迹和隔间墙壁上的血迹判断,他被杀死时已经在厕所里了,而且厕所的门是从里面上锁的,据乘务长所言。"

杰夫·莱德不安地挪动了一下身子:"门的确是从里面上锁的。"他辩解道。

"那么,如何……"埃文斯又问。

"这就是我们必须想办法解决的问题,机长先生。我并不希望攫取任何权力,但我能不能提个建议?"

埃文斯没有回答。他仍不愿相信费恩所言是有可能发生的。

"机长?"

"啊?对不起,你说什么?"

"我能不能提个建议?当赫克托尔做初步检查、寻找死因时,您可否允许我询问格雷的旅伴?或许我们可以发现动机和手段?"

埃文斯若有所思地抿抿嘴:"我觉得我没有这个权力。我得和我们的董事长谈谈。"

"请尽快,机长。我们在这里等着。"费恩平静地回答,"等待的时候,我和罗斯医生将把尸体从厕所里搬出来。"

没过多久,莫斯·埃文斯机长就回来了。当时,罗斯和费恩已经把金洛克·格雷的尸体从厕所里搬出来,摆在头等舱墙壁和前排座椅之间。

埃文斯尴尬地清了清嗓子:"费恩博士,我们的董事长同意按照你认为合适的方式处理……直到飞机着陆。之后,当然,你得交接给当地警方。"他耸了耸肩,似乎觉得有必要解释一下,"我们董事长似乎知道你作为……一名犯罪学家的名声,他乐于把这件事交给罗斯医生和你。"

费恩严肃地垂下视线。"你要更改航线吗?"他问道。

"董事长命令我们继续前往目的地,医生。这个人已经死了,变更航线去寻求医疗救助已经毫无意义。"

"很好,我们将有三个多小时来解决这道难题。你们的乘务员能找个角落让我和格雷的旅伴谈谈吗?她告诉我,他是格雷的私人秘书。我希望不要惊动其他乘客。"

"去办吧,杰夫。"埃文斯机长给乘务长下了指令,瞥了一眼费恩,"据说谋杀通常是熟人干的,难道这位秘书不是头号嫌疑人?还是说要检查所有乘客,看看是否与格雷有所牵连?"

费恩笑容满面地回答:"我常常觉得这种事情总是不能凭常理作出判断。"

埃文斯耸了耸肩:"如果能有所帮助,我可以广播一下,要求所有乘客回到座位上并系好安全带。我可以广播说,预计将出现颠簸。这样就能阻止那些好奇的乘客闯入这片区域。"

"太好了,机长。"赫克托尔·罗斯从尸体旁抬起头对他说。

埃文斯又犹豫了一下:"我……这就返回驾驶舱。如果有任何进展,请随时通知我。"

他刚离开几分钟,就传来了一个调门很高的声音——费恩抬头一看,只见空姐莎莉·比奇正竭力阻止一个朝他们走来的年轻人。

年轻人的语气很坚决:"我告诉你,我是为他工作的。"他提高了声音,以示抗议,"我有权利过去。"

"你是经济舱的乘客,先生,你没有权利来头等舱。"

"如果格雷先生出了什么事,那么我要求……"

费恩迅速走上前。这个年轻人的个子很高,谈吐很好。据费恩观察,他英俊的外表主要是被古铜色的皮肤衬托出来的。他的肤色不是靠晒太阳自然形成的,而是以人工烤晒的。他衣着整洁,细长的手指上戴着一枚金色的纹章戒指。费恩有个习惯，喜欢留意别人的手。他觉得可以通过一个人的手以及手的主人如何保养指甲来了解对方。这个年轻人显然注意保养，指甲修护得很好。

"这位就是格雷先生的秘书？"他问萨莉。

空姐摇摇头说："不是，博士，他是经济舱的乘客，自称为格雷先生工作。"

"你叫什么名字？"费恩快速提问，锐利的目光紧盯着年轻人英俊的五官。

"奥斯卡·艾吉，我是格雷先生的男仆。"年轻人有一副被调教过的嗓音，暴露了他曾毕业于预科学校的教育背景，"问问头等舱的弗兰克·蒂利吧，他是格雷先生的私人秘书。他会告诉你，我是谁。"

费恩以鼓励的眼神朝莎莉·比奇笑了一下："能帮我个忙吗，比奇小姐？请告诉蒂利先生，我想在他方便的时候在这儿见见他。"她匆匆离去之后，费恩又转向那个年轻人，"那么，艾吉先生，你怎么知道发生了……意外？"

艾吉说："我在经济舱里听到两位空姐说起这件事。如果格雷先生受伤……"

"格雷先生死了。"

奥斯卡·艾吉盯着他："心脏病发作？"

"不完全是。既然你来了，不妨为你的前雇主做一下正式的身份确认。我们需要为罗斯医生提供死者的身份证明。"他站到一边，让年轻人来到放置尸体的地方。罗斯正准备做检查，他挪了挪身子，让年轻人仔细看死者的脸。艾吉站在尸体边上停下来，低头盯视了一会儿。

空中谋杀　217

"Terra es, terram ibis.①"他喃喃自语,随即,脸上布满了痛苦,"怎么会发生这种事?为什么他的脸上有血?这里发生了什么意外?"

"这正是我们想知道的,"罗斯告诉他,"我想你已经正式确认了这个人是哈利·金洛克·格雷吧?"

年轻人很快地点了点头,转过身。费恩把他拦在了拉起窗帘的地方。

"你为他工作了多久,艾吉先生?"

"两年。"

"具体为他做什么工作?"

"我是他的男仆……做所有的事,司机、管家、厨师、仆从、杂工……我是他的杂役。"

"他出国旅行也带着你?"

"当然。"

"可依我看,他是严守阶层秩序的人,不是吗?"费恩笑了。

年轻人的脸红了:"我不明白。"

"你坐的是经济舱。"

"男仆坐头等舱不太合适。"

"不错。然而从你对他的死所作出的反应来看,你对你的雇主感情很深吧?"

年轻人挑衅地扬起下巴,两颊泛起红晕:"格雷先生是一位模范雇主。没错,他做生意的手段很强硬,但他是个公正的人,我们从没有争执过。他是个值得为之工作的好人,一位伟人。"

"我听懂了。你照顾他?满足他的家庭生活……需求?如果我没

---

① 意为"人也将要归于尘土"。此处及以下数处为拉丁语。

记错报纸上写的故事,哈利·格雷被描述成一个标准的单身汉。"

费恩看到年轻人脸上的表情有了微妙变化。

"如果他结了婚,就不需要我的服务了。我什么都为他做,包括为他修理音响系统和冰箱。不,他没有结婚。"

"但是,"费恩笑了,又看了一眼艾吉的手,"修理音响系统需要精细的手工操作,对一名杂役来说,能做这些事很不寻常。"

"我的爱好是制作模型,特别是手工模型。"听起来有点儿自吹自擂。

"我懂了。告诉我,既然你是最了解情况的,那么,你的老板有仇人吗?"

年轻人委实瑟缩了一下:"像哈利·格雷这样的商人,周围都是仇人。"他抬起头,看到莎莉·比奇正领着一个戴眼镜的男人走进隔间,"有些敌人还和他共事,假装成他的心腹。"他尖刻地补充道。停顿了一下,他皱起眉头,似乎有了某种想法,问道:"你的意思是说,他的死……可疑?"

费恩注意到莎莉已经示意她刚带来的男人坐下,没有上前打断自己。他转向年轻人。

"我们会查清楚的,艾吉先生,现在请回到座位上去,好吗?我们将随时向你通报情况。"

年轻人转身走了出去,不屑与后来的男人打招呼。后者似乎也垂下了视线,避免与这个讨人喜欢的年轻人视线交会。显然,男仆和秘书之间没有爱情。

费恩没有打扰赫克托尔·罗斯,让他继续以机上急救箱里的设备进行检查。他走到那个刚来的男人的座位旁。

莎莉·比奇和那个男人一起等待着,紧张地朝他笑了笑:"这位是弗兰克·蒂利先生,与格雷先生同行。"

空中谋杀 219

弗兰克·蒂利三十多岁，身材瘦削，相貌平平。他皮肤苍白，下巴上有着永久的蓝色须痕，再怎么刮也刮不掉。他戴着一副角质边框的厚眼镜，似乎很不适合他的脸型。他头发稀疏，似乎仍在脱落，嘴角有点儿神经质地抽搐着。

费恩让空姐站在门口，不要让任何人进入头等舱，然后转身面对蒂利。

"他死了，是吗？"蒂利的嗓音听起来像是用了假声，他紧张地傻笑道，"好吧，我想这种事总有一天会发生，伟人也好，好人也好，都一样。"

费恩听了他的语气，不由得皱起了眉头："你的意思是格雷先生病了？"他问道。

蒂利举起一只手，又放下，似乎想说点儿什么，又改变了主意。费恩不禁留意起那只颤抖的手——被尼古丁染黄的粗大手指不停地颤抖着，指甲剪得乱七八糟。

"他有哮喘，容易发作，完全是压力造成的。"

"哦，为什么……"

蒂利略显尴尬："是我疏忽了。"

"同事过世，你似乎不太难过？"

蒂利吸了吸鼻子，轻蔑地说："同事？他是我的老板。他从不会让任何一名员工忘记他是老板，他掌握着他们的命运。从看大门的到高级副总裁，哈利·金洛克·格雷都言传身教：他的话就是法律。如果你不讨他喜欢了，就得立刻被解雇，不管你为公司工作了多少年。他是典型的维多利亚式时代白手起家的商人，专制、卑鄙而又恶毒。他这种商人在现代商业社会是没有出路的。"

费恩往椅背一靠，从男人的语气里听出了挖苦："他是那种有很多仇人的男人吗？"

蒂利大概觉得这句话很幽默,居然笑了:"他是那种没有朋友的男人。"

"你为他工作多久了?"

"我在这家公司工作了十年。在过去的五年里,我一直是他的私人秘书。"

"花这么长时间和你不喜欢的人在一起?你肯定做对了某些事,因此他没有像你说的那样,以通常对待员工的方式厌恶你、解雇你。"

听了费恩的嘲讽,蒂利不安地转过身:"这和格雷先生的死有关系?"他突然反击。

"了解背景情况而已。"

"发生了什么?"蒂利追问,"我猜他是心脏病发作了吧?"

"他有心脏病?"

"据我所知,没有。他太胖了,吃东西像头猪。他背负了太大的压力,哪怕你告诉我那就是死因,我都不会感到惊讶。"

"这次行程是不是压力特别大?"

"和往常一样,我们只是去参加美国子公司的高层会议。"

"据你所知,格雷先生还是老样子?"

蒂利"咯咯"地笑出了声,是一种惹人讨厌的笑声:"他还是那副好斗、恃强凌弱、傲慢自大的老样子。他打算解雇六个人,还打算在公开仪式上宣布,给予他们最大程度的羞辱——那会令他兴奋。接下来……"蒂利犹豫了一下,眼神若有所思,"他正在翻看手提箱里的文件,似乎被其中一份文件吸引了,一两分钟后,就发作了……"

"发作?你不是说他没有健康问题吗?"

"我说了,他有哮喘,他确实患有容易被压力引发的哮喘。"

"你确实说了。所以他是哮喘发作了？有没有服药？"

"他随身携带哮喘呼吸器。他自负地以为我们都不知道。这位伟大的董事长不喜欢承认自己身体虚弱，所以每当他发病时，就会自行消失，偷偷地用呼吸器为自己治疗。这是众人皆知的秘密。讽刺的是，他喜欢引用《圣经·旧约·传道书》中的一句话：'Vanitas vanitatum, omnis Vanitas！'①"

"你的意思是，他去厕所使用了呼吸器？"

"我就是这个意思。他去了很久，所以我开始担心。"

"担心？"费恩淡淡一笑，"以你迄今为止告诉我的情况来看，担心老板的健康并非你的优先工作。"

蒂利抿嘴冷笑一声："我工作时不会夹带私人情绪。我可不像艾吉，全身心地献身于工作。我领薪水上班，工作独立、专业。我不必喜欢哈利·格雷。除了他支付我薪水雇我做的工作之外，他做什么或不做什么，都与我无关。我才不关心谁是他的情人，谁又是他的仇人。"

"说得好。所以他去了厕所，再也没回来？"

"我说过了。过了一会儿，我叫了空姐，请她去看看发生了什么事。作为他的秘书，我的关心恰到好处。"

"请稍等一下，蒂利先生。"

费恩走到莎莉·比奇站立的地方，她的脸色依然苍白，也略显紧张。他轻声对她说："你觉得你能到格雷先生的座位上找找他的手提箱吗？我想请你把它拿到这儿来。"

过了一会儿，她提着一只棕色的手提箱回来了。

费恩拿给弗兰克·蒂利看："这是格雷的手提箱吗？"

---

① 出自《圣经·旧约·传道书》第一章，通译为"虚空的虚空，凡事都是虚空"。

男人不情愿地点了点头："我认为你不应该这么做。"看到费恩打开锁扣，他抗议道。

"为什么？"

"这是公司的机密财产。"

"我认为对一桩疑似凶杀案展开的调查将使这一反对无效。"

弗兰克·蒂利吃了一惊："凶杀案……但这意味着……谋杀。没有人提及谋杀。"

费恩忙着翻看文件，无暇回答。他抽出一页纸给蒂利："这就是他呼吸困难之前看到的那份吗？"

"不知道，也许吧，是一页类似的纸……我只能说这么多。"

这页纸是用电脑打印出来后撕下的纸，上面是两句简短的话：

你将在飞机降落之前死去。
Memento, "homo", quiapulvis es et in pulverem revertis.①

费恩靠在椅背上，轻松地笑了笑。他把那页纸递给秘书："你是拉丁语学者，蒂利先生，你将如何翻译这句话？"

蒂利皱起眉头："你凭什么说我是拉丁语学者？"

"因为你刚才说了一个拉丁语短语，我以为你懂它的意思。"

"我懂的拉丁语近乎零。格雷先生喜欢拉丁语短语和词汇，所以我努力记住一些他经常使用的短语。"

"我明白了。所以，你不知道这是什么意思？"

蒂利看了看那页打印的纸，摇了摇头。"'Memento'的意思是'记住了'，对吗？"

---

① 这页纸上分别以英文和拉丁文各写下了一句话。英文在前，拉丁语在后。

空中谋杀　223

"你听过'memento mori'①这句短语吗？可能是纸上这句话的流行版本。"

蒂利摇摇头："我还以为是要记住什么东西。"

"依你看，表示'人'的这个拉丁语单词为什么打引号？"

"我不知道。我不懂拉丁语。"

"这句话的大意是：'谨记，'凡人'，你本是尘土，仍要归于尘土。'②这显然是用电脑的文字处理软件打出来的。你认得出电脑型号吗？"

蒂利摇摇头："可能是公司数百种标准电脑中的任何一款。我希望你不是在暗示是我给格雷先生写了死亡威胁信吧？"

"它是怎么进入他的手提箱的？"费恩无视他的提问。

"我想是有人把它放进去的。"

"谁有这样的权限？"

"我想你是在指控我？我厌恶他，但不会为此自寻死路。他既是个狗杂种，也是会下金蛋的鹅。杀死他对我没好处。"

"正是如此。"费恩若有所思地嘟囔着。他瞥见了手提箱里的一本记事本，拿起来飞快地翻看着。弗兰克·蒂利则不安地坐在那里看着他。费恩发现了一份标有"立即解雇"字样并附日期的姓名首字母列表。

"这就是他打算解雇的六人名单？"费恩判断道。

"我告诉过你，他打算享受一场针对管理层的公开清洗，并向我提到了一些名字。"

"这张名单只列出了首字母，而且打头的是O.T.E.，"他扬起眉

---

① 意为"记住，你终有一死"。
② 后半句出自《圣经·旧约·创世记》第三章。

毛瞥了一眼蒂利，"是奥斯卡·艾吉？"

"不是，"蒂利居高临下地微笑着答道，"是奥蒂斯·T.艾略特，美国数据库子公司的总经理。"

"我明白了。我们看看能不能认出其他人。"

他飞快地念了一遍缩写字母，蒂利则报上全名。接下来的四个人都是格雷公司的高管。排在最后一位的是F.T.。

"F.T.的边上被强调了三次'不发遣散费！'。F.T.是谁？"

"你知道，F.T.是我名字的首字母。"蒂利语气平静，脸色苍白，突然神情严肃，"我发誓，他从没对我说过要解雇我。他从没提过。"

"那么，贵公司还有其他人可以用缩写F.T.来称呼吗？"

蒂利皱起眉头，努力回忆，最终还是摇了摇头，无可奈何地耸了耸肩："没有，只有我。这个婊子养的！他从未告诉过我。我想这就是他所设计的公开羞辱吧。"

赫克托尔·罗斯从挂了窗帘的座位上走出来，示意费恩跟他过去。"我想，我可以告诉你这是怎么回事儿了。"他满意地说道。

费恩对老朋友咧嘴笑道："我也是。如果我说错了，请纠正我。格雷走进厕所，打算用呼吸器缓解哮喘。他把呼吸器放进嘴里，用正常的方法压下去，然而……"他耸耸肩。

罗斯看起来很震惊："你是怎么……"他越过费恩的肩膀瞥了一眼弗兰克·蒂利，他仍坐在那里，紧张地哆嗦着。

"是他招供做了手脚？"

费恩摇了摇头："不是。我说得对不对？"

"这是一个优秀的假设，但仍需要实验室证明。我在他的嘴里发现了铝微粒，还有塑料。肯定是有什么东西在他嘴里猛烈地爆炸了，某个微小的钢制品大力射入上颚后部，进入大脑，导致瞬间死

空中谋杀 225

亡——正如你最初所猜测的。无论是什么引起了这次射击，最终都在这一击之后结束了，因此只有微小的碎片残留在他的嘴巴和脸颊上。我仔细地搜索了厕所隔间，几乎找不到什么碎片。真可怕。"

"有人安排好的，有人知道格雷的弱点，于是加以利用。格雷不喜欢在公共场合使用呼吸器，而是会找一个安静的角落。这个计划实施得很巧妙，差点儿完成了一次不可能完成的犯罪、一次几乎不可能被破解的犯罪。起初，受害者看起来是在上锁的厕所里被射中了嘴巴呢。"

赫克托尔·罗斯对同事宠溺地一笑："你的意思是破案了？"

"啊，是的。还记得以前我们在学校里唱的那首歌吗？

> 人生是真的！人生是诚实的！
> 人生的归宿，绝不是坟墓；
> 你本是尘土，仍要归于尘土。
> 此处所指的，绝不是灵魂。①

赫克托尔·罗斯点了点头："老伙计，我很久没唱这首歌了。出自朗费罗，对吧？"

费恩咧嘴一笑："的确如此，他是基于《创世记》中的几句话——'你本是尘土，仍要归于尘土。'——创作了这首诗。"他向一直等待着协助罗斯的乘务长杰夫·莱德要求道，"请把埃文斯机长找来。"

杰夫走后，费恩回头看了一眼他的朋友："说来话长，这跟拉丁语大有关系呢。"

---

① 出自朗费罗的诗《人生礼赞》（*A Psalm of Life*）。

"我不明白，伙计。"

"凶手太喜欢跟他的老板讲拉丁语笑话了。"

"你是指他的秘书？"罗斯瞥了一眼弗兰克·蒂利。

"蒂利声称他甚至听不懂'memento mori'。"

"意思是'记住死亡'？"

费恩不以为然地看着他的朋友："意思是'记住，你终有一死'，通常用来指人类的头骨或其他用来提醒我们必将死亡之物体。"

埃文斯机长来了，一脸期待地看看费恩，又看看罗斯："有结果了？"

"机长，为了避免机上出现任何不愉快的场面，我建议你用无线电事先作报告，请警察待命，准备以谋杀罪逮捕一名乘客。在我们着陆前不要采取任何行动，这个人跑不了的。"

"是谁？"埃文斯问道，神情严肃。

"经济舱的奥斯卡·艾吉。"

"他是怎么……"

"很简单。艾吉不仅仅是格雷的男仆，我想你可以从蒂利先生提供的诸多暗示中发现，他也是格雷的情人。艾吉似乎用一则拉丁语死亡笔记坐实了这一点，他在其中强调了'homo'这个词，意思是'凡人'。但是我们都知道，在我们这个时代，这个词在俚语中常常指同性恋。"

"你如何得知艾吉懂得拉丁语中的双关语？"罗斯问道。

"因为年轻的艾吉一看到格雷的尸体，就喃喃自语地说出了那句拉丁语。'terra es, terram ibis'，人也将要归于尘土。"

"难道是情人之间的争吵？"罗斯问道，"因爱成恨，一切就像威廉·莎士比亚精练地描述的那样？"

费恩点了点头："无论是作为情人还是雇员，格雷都在向艾吉

空中谋杀　227

施压,所以艾吉决定在飞行途中了结他的情人。这么说吧,在他的手提箱中有这样一份笔记:即刻解雇艾吉,没有遣散费。"

始终静静坐着的蒂利此时激烈地摇了摇头。

"不是这样的,"他插话,"我们看过一遍名单,我告诉过你,O.T.E.这个缩写是指奥蒂斯·艾略特。登机之前,我就把解雇通知传真给对方了。"

费恩轻轻一笑:"你忘了F.T.。"

"但那是我……"

"你不像你的老板那样对拉丁语短语充满热情吧?F.T.曾使我困惑了。我应该从一开始就相信,一个像格雷这样有声望的人,如果他指的是两个首字母F.T,就不会在大写的F后面写上小写的t。是我搞错了重点①。那根本不是你名字的缩写,蒂利先生,而是缩写词Ft。展开来说,是源自'facere'的'fac',意思是'去做';而'tatum'的意思是'所有的事'。这个词是指杂役②。格雷的杂役是谁?"

一阵沉默。

"我想,我们将会发现这起谋杀至少策划了一个星期甚至两个星期。一旦我意识到是某种装置杀死了格雷,那么我所要做的就是找出谁能设计出那个装置。这一点和找出动机与时机同样重要。伸出你的手,蒂利先生。"

秘书不情愿地照办了。

"你不会以为自己这双手能设计出精密的机械装置吧?"费恩说,"是模型玩家和手工业者艾吉改装了格雷的呼吸器,只要轻轻

---

① 前文中这两个字母都是大写,呈现费恩"搞错了重点"所看到的字样。
② 此处原文为"Factotum"。

一按,就能在格雷的嘴里爆炸,把一根针状物射进格雷的大脑。很简单,却有效。他知道格雷不喜欢在公开场合使用喷雾器。他抓住了机会,剩下的就交给运气了。这差点儿就成了一次最不可能发生的犯罪——若非我们的受害者和谋杀他的人沉迷于拉丁语笑话,这事儿或许就成了。"

湍流专家

斯蒂芬·金

斯蒂芬·金——我本人——至少写了两篇和飞行有关的惊悚故事。其中一篇名为《时间裂缝》，被拍成了电视迷你剧。另一篇是《恶夜飞魔》，讲述的是吸血鬼驾驶私人飞机而不是变成蝙蝠的故事。那个故事被拍成了故事片。下面这篇是我新写的。

1

克雷格·迪克森坐在四季酒店一间小套房的客厅里，享用着昂贵的客房美食服务，同时在看一场按次付费的电影。这时，电话铃响了。他平静的心率不再稳定，一下子心跳加速。迪克森无牵无挂。居无定所的人就是这样，只有一个人知道他此时住在波士顿公园对面的这家豪华酒店里。他想过不接这个电话，但又认为那个人作为协调员，将会持续打过来，一直打到自己接电话为止。如果拒绝接听，将会引发后果。

这里不是地狱，他想，这里的住宿条件实在太好了。但这里是炼狱，而且在今后很长一段时间里，他都没有退休的希望。

他把电视机静音，拿起电话。他没说"喂"，说的是："这不公平。我两天前刚从西雅图回来，还在恢复阶段。"

"理解，非常对不辞。但事情已然发生，而你是唯一的人选。"

"对不起"被他说成了"对不辞"。

协调员的声音很舒缓，让人昏昏欲睡，像调频音乐节目的主持人，只是偶尔轻微地口齿不清。迪克森从未见过他，想象中的他又高又瘦，有一双蓝眼睛和一张年轻、没有皱纹的脸。但实际上他很可能是个又胖又秃、脸色苍白的人。然而迪克逊自信地认为，他心目中的这个形象永远不会改变，因为他觉得自己永远不会见到这名协调员。在这家公司——如果那是一家公司的话——工作的这些年里，他结识了许多湍流专家，但没有人见过那个人。当然，为他工作的专家没有一个是娃娃脸，即使是那些二三十岁的，看起来也都像中年人。这并非这份工作所导致的衰老，虽然有时会加班，但没什么繁重的工作，是脸上的皱纹使得他们胜任这份工作。

"说吧。"迪克森说。

"联合航空公司的19号航班，从波士顿直飞萨拉索塔①，今晚八点十分出发。你有足够的时间赶上飞机。"

"没别人了？"迪克森发现自己近乎抱怨，"我累了，伙计，累了。西雅图的那趟差事简直是臭狗屎。"

"你的错位和以前一样。"协调员念出最后一个单词，挂上电话。他把座位说成了"错位"。

迪克森看着那份已令自己倒了胃口的剑鱼，看着凯特·温斯莱特主演的那部他永远都看不完的电影，至少在波士顿是看不完了。不止一次，他脑子里想的净是整理行装、租辆车，一路向北到新罕布什尔州，然后到缅因州，然后越过边境到加拿大……但是他们会抓住他的。他知道这一点。关于逃跑的专家们所落得的下场的种种传闻，诸如电击、开膛甚至活煮……迪克森原本不相信这些传闻，但还是有点儿相信了。

---

① 即下文中的西耶斯塔岛附近的小城。

湍流专家　231

他开始收拾行李。没什么好收拾的,湍流专家总是轻装出发。

2

他的机票已经留在柜台。和往常一样,他的任务是坐在经济舱靠近右机翼的后舱中间座位上。为什么那些资源总是能提前准备好?这又是一件很神秘的事情。另外,还有,比如,协调员是谁?他从哪里打来电话?他为什么样的组织工作?就像这张机票,确定好的座位总是在等着他。

迪克森把包放在头顶的行李架上,打量着今晚的同机乘客:过道上站着一位红眼睛、满口酒气的商人,窗边站着一位看模样像是图书管理员的中年女性。迪克森从商人身边侧身而过时,低声向他说了声"抱歉",对方咕哝了一句什么,听不太清楚,那家伙正在看一本平装书,标题很吸引人,叫《别让老板来搞你》。那位上了年纪的图书管理员正望着窗外,看着来来往往的各种机场装备,仿佛那是她所见过的最迷人的东西。她的腿上还搁着毛线活儿,迪克森觉得像一件毛衣。

她转过身,对他笑了笑,然后伸出手打招呼:"你好,我是玛丽·沃斯,和漫画里的那个小妞的同名。"

迪克森不认识任何名叫玛丽·沃斯的漫画小妞,但握了握她的手,回应道:"克雷格·迪克森,很高兴认识你。"

商人哼了一声,翻开了书中的一页。

"我太期待这次旅行了,"玛丽·沃斯说,"我已经长达十二年没有真正地休假了。我和几个好友在西耶斯塔岛①上合租了一栋小

---

① 位于美国西海岸的岛屿,以沙滩沙质细白而出名。

房子。"

"好友。"商人咕哝道,咕哝似乎是他的固定动作。

"是啊!"玛丽·沃斯眨了眨眼睛说,"我们暂时租了三个星期。虽然我们素未谋面,却是真正的朋友。我们都是寡妇,都是在网上聊天室认识的。互联网太棒了。在我年轻的时候,从没有过这样的经历。"

"恋童癖也认为互联网很棒。"商人说着,翻开了另一页书。

沃斯女士的笑容迟疑了一下,但仍坚强地继续说:"很高兴见到你,迪克森先生。你是出差还是旅游?"

"出差。"他说。

机舱内广播"叮咚"了一下:"晚上好,女士们,先生们,我是斯图亚特机长。我们现在正离开航站楼,滑行通往三号跑道。我们排在第三架起飞,预计飞行两小时四十分钟就能到达萨拉索塔机场。十一点前,你们就能见到棕榈树和沙滩了。目前天气晴朗,预计飞行比较平稳。请系紧安全带,收起小桌板……"

"说得好像我们能在桌板上放些什么似的。"商人咕哝着说。

"保管好您使用的个人物品。感谢您今晚乘坐联合航空公司的航班。我们知道您有很多其他选择。"

"选择个屁。"商人咕哝道。

"看你的书吧。"迪克森说。商人吃惊地看了他一眼。

迪克森的心已经在剧烈地跳动,他肚皮紧绷,喉咙因期待而发干。他可以告诉自己,一切都会好起来的,总是会好起来的。但没用。他害怕即将出现的深渊。

飞机于晚上八点十三分起飞,比预定时间晚了三分钟。

3

  飞到马里兰州上空的某个地方时,一名空姐推着食品饮料车沿着过道往前走。商人把书放在一边,不耐烦地等着她走过来。她走过来之后,他拿了一罐怡泉汤力水、两小瓶金酒和两袋芙乐多。空姐刷他的万事达卡时,刷不出来,于是他换了张运通卡给她,还怒气冲冲地盯着她,好像前面刷卡不成功是她的错。迪克森觉得,那张万事达卡大概已经被刷爆,商人原本是把运通卡留作紧急情况下的应急之用。有可能是这样的,他的发型很糟糕,而且看起来很憔悴。这些对迪克森来说都无所谓,但除了关于下坠的恐惧,也有别的事情需要考虑,那就是预判。他们正在三万四千英尺的高空平飞,如果往下掉,将有很长的一段路。

  玛丽·沃斯要了葡萄酒,利索地倒进小塑料杯。

  "你不来点儿什么,迪克森先生?"

  "不,我在飞机上不吃不喝。"

  商人先生咕哝着,他已经喝完第一杯金酒,开始喝第二杯。

  "你是容易紧张的乘客?"玛丽·沃斯同情地问。

  "是的。"没有理由不承认,"恐怕是。"

  "没必要。"商人说,他喝了酒,恢复了精神,吐字清晰,不再是咕哝了,"飞行是有史以来最安全的旅行方式。已经很多年没发生过商用航班失事了,至少在这个国家没有。"

  "我无所谓,"玛丽·沃斯说,小瓶子里的葡萄酒已经喝掉一半,她的脸颊如玫瑰般绯红,眼睛闪闪发光,"自从丈夫五年前去世,我就再也没坐过飞机,但我们过去每年都要一起坐三四次。在这里,我感觉与神离得很近。"

  这时,有婴儿开始哭泣。

"如果天堂是如此拥挤而嘈杂，"商人先生看着737的经济舱说，"我可不想去。"

"他们说这比开车出行安全五十倍，"玛丽·沃斯说，"也许不止，可能有一百倍。"

"不如说安全五百倍。"商人先生俯身越过迪克森，向玛丽·沃思伸出一只手。金酒创造了暂时的奇迹，把乖戾者变成了可亲者。"我是弗兰克·弗里曼。"她微笑着和他握手。克雷格·迪克森坐在他俩中间，垂头丧气，但当弗里曼向他伸出手时，他也握了握。

"哇，"弗里曼笑着说，"你害怕了。但是，你知道吗？他们常说，手心冰冷，内心温暖。"他把剩下的酒一饮而尽。

迪克森的信用卡总是能刷出来的。他住一流的酒店，点一流的美食。有时，他和一流的漂亮女人过夜，乱花钱来纵容自己的怪癖，但在玛丽·沃斯可能从未访问过的某些网站看来，他的怪癖尚且不算特别古怪。他在其他湍流专家中有朋友，他们是紧密团结的一群人，不仅是因为同一份职业，也是因为恐惧而团结在一起。薪水极高，还有很多额外福利……但在这种时候，这些似乎都不重要了。在这种时候，只剩下恐惧。

会没事的。总会没事的。

但是在这样一个等待可怕风暴降临的时刻，这种想法依然毫无益处。当然，这种想法也使他得以胜任这份工作。

三万四千英尺，要向下掉很长的一段路。

4

CAT代表晴空湍流。

迪克森知道，但从不为此作准备。南卡罗来纳州上空某处的联合航空19号航班这次就遇到了。一个女人正走向飞机尾部的厕所。一个穿着牛仔裤、留着时髦小胡子的年轻人正弯下腰和左侧靠过道座位上的一位女士说话，二人正在说笑着什么。玛丽·沃斯正把头靠在窗户上打瞌睡。弗兰克·弗里曼的第三杯酒喝了一半，第二袋芙乐多吃了一半。

这架喷气式飞机突然向左侧倾斜，猛地向上一弹，发出"砰"的一声巨响。那个女人在去厕所的路上被扔到了左边座位的最后一排。那个留着胡子、邋里邋遢的年轻人撞向舱壁，一只手举了起来，正好挡住那一击。有几位乘客因为解开了安全带，从椅背上站起来，仿佛在空中飘浮。四下里响起了尖叫声。

飞机像掉进井里的石头，遽然下坠，再向上爬升，现在又向另一侧倾斜。弗里曼之前举着酒杯，现在他浑身都是杯中酒。

"去他的！"他喊道。

迪克森闭上眼睛等死。他知道，如果他完成工作，就不用等死了。他来，就是为了完成工作。但其实每次都一样，他总是在等死。

"叮咚"声响起："这里是机长广播。"斯图尔特像枕头的另一侧那样清爽——这句形容出自某位体育节目主持人，后来流行开来——的声音传来，"各位，我们似乎遇到了意想不到的乱流，我已经……"

飞机又经历了一次可怕的爬升，六十吨重的金属像烟囱里一张烧焦的纸被抛起来，然后伴随着"嘎吱嘎吱"的巨响掉下去。传来更多尖叫声。那个要去上厕所的女人站起来，踉踉跄跄地退回来，挥动着双臂，跌坐在右边的座位上。小胡子蹲在过道上，抓住两边的扶手。头顶的两三个行李架"砰"地打开，行李从其中滚落。

"去他的！"弗里曼又说了一次。

"我已经打开了扣紧安全带的指示灯，"飞行员继续说道，

"很抱歉,各位,我们很快将回到平顺的气流中……"

飞机开始上下颠簸,断断续续,像在池塘上打水漂的石头。

"大概还会持续几分钟,请坚持一下。"

飞机下降,又上升。过道上的随身行李飞起来,又掉下去。迪克森的眼睛紧紧地闭上,他的心跳得非常快,似乎快连在一起了,嘴里因肾上腺素狂飙而发酸。他感到一只手向自己伸来,于是睁开眼睛,玛丽·沃斯正盯着自己,她的脸像羊皮纸一样苍白,眼睛睁得大大的。

"我们会死吗,迪克森先生?"

是的,他想,这次我们要死了。

"不,"他说,"我们完全没……"

飞机似乎撞上了一堵墙,惯性使他们向前冲,却被安全带拉住。然后倾斜向左侧:三十度,四十度,五十度……就在迪克森确信飞机将完全翻转的时候,它又恢复了平衡。迪克森听到人们在叫喊,婴儿在哭。一名男子喊道:"没事的,朱莉,这很正常,没事的!"

迪克森又闭上眼睛,让恐惧完全占据自己的身心。太可怕了。他只会这样。

他看到人们开始向后翻滚,这次没有停下来,而是一直往后翻滚。他看到神秘的热力学已经无法支撑这架巨大的喷气式客机。机头先是快速上升,然后慢下来,像过山车一样向下倾斜,开始第一次俯冲。他看到飞机开始做最后一次俯冲,那些没系好安全带的乘客如今贴在了天花板上,黄色的氧气面罩在空中疯狂起舞。他看到婴儿向前飞,消失在商务舱,哭声还在响着。他看到飞机发生了碰撞,机头和头等舱变成了一束扭曲的钢铁之花,花束一直延伸到客舱,电线、塑料和断肢都冒了出来。就在这时,大火燃起,迪克森吸进最后一口气,他的肺像纸袋被点燃。

所有这一切都发生在短短数秒钟内——也许是三十秒,也许不超过四十秒——这一切是如此真实,似乎真的已经发生了。接着,在又一次古怪的弹跳之后,飞机稳定下来。迪克森睁开了眼睛,玛丽·沃斯正盯着他,眼里噙满了泪水。

"我以为我们会死,"她说,"我知道我们会死。我看见了。"

我也是,迪克森想,

"胡说八道!"虽然弗里曼听上去仍精力充沛,但看上去快吐了,"以它们的建造方式,这些飞机碰到飓风都没问题。它们……"

一阵裹挟着液体的翻腾打断了他的发言。弗里曼从前排座椅背后的口袋里掏出一只呕吐袋,打开,盖在嘴巴上。接下来的声音让迪克森想起了一台小型、高效的咖啡研磨机。声音停顿了一会儿,又继续响起。

"叮咚"声再次响起:"对不起,朋友们,"斯图尔特机长说,声音仍像枕头的另一侧那样清爽,"这种情况时有发生,我们称之为晴空湍流,是小型天气现象。好消息是:我已经通知地面,其他飞机将知晓那个特殊的地点并规避风险。还有更好的消息:我们将在四十分钟后着陆。我向大家保证,余下的行程都将会顺利。"

玛丽·沃斯颤抖地笑了:"他刚才也是这么说的。"

弗兰克·弗里曼正把晕机呕吐袋的顶部折叠起来,看来很有经验:"我不是因为害怕,你们别搞错了,我只是单纯的晕机。我坐在汽车后座上都会感到恶心。"

"我要坐火车回波士顿,"玛丽·沃斯说,"我受够了飞机,再也不坐了。"

迪克森看到空姐首先确认了没系好安全带的乘客是否已安然无恙,然后将散落在过道上的行李清理干净。机舱里充满了闲聊和紧张的笑声。迪克森边听边看,他的心跳恢复了正常。拯救了一架载满乘客的飞机之后，他总是很疲累。

接下来的飞行是例行公事，像机长承诺的那般顺利。

5

玛丽·沃斯急急忙忙地赶去楼下的二号转盘取行李。迪克森只取了一个小袋子，他在帝王威士忌俱乐部里稍作停留，喝了一杯。他邀请商人一起，但弗里曼摇了摇头："我在南卡罗来纳—佐治亚航线上空腹喝到了吐，明天估计还会宿醉。趁着还清醒，就不喝了。祝你在萨拉索塔出差顺利，迪克森先生。"

迪克森此行的业务在同一条南卡罗来纳—佐治亚航线上已经完成。他点点头，向商人表示感谢。他喝完威士忌和汽水时收到一条短信，来自协调员，只有三个字："干得好。"

他乘自动扶梯下行。一个穿深色西装、戴司机帽的男人站在电梯下面，手里举着一块写着他名字的牌子。"就是我，"迪克森说，"我的酒店订在哪家？"

"丽思卡尔顿，"司机说，"非常棒的酒店。"

当然很棒，而且会有一间很棒的套房等着他，可能还是海景房。如果他想去附近的海滩或当地的景点游览，酒店的车库里也会备好一辆租赁车。在房间里，他会发现一只信封，里面是各种各样女人的名单。今晚，他对这些女人一点儿兴趣都没有，只想睡觉。

他和司机走至路边时，看到玛丽·沃斯一个人站在那里，显得孤苦伶仃。她的身体两边各有一只手提箱（是格子呢花纹的，当然也是成套的），手里拿着手机。

"沃斯女士。"迪克森打招呼。

她抬起头，微笑着说："你好，迪克森先生，我们活下来了，不是吗？"

"是的。有人来接你吗？你的好友？"

"应该是耶格尔-克劳德特女士，但她的车子发动不起来，我正准备叫优步。"

他想起了经历湍流时她似乎说过一句话——四十秒仿佛是四小时——还有她最后终于平静下来的那句话："我知道我们会死。我看见了。"

"你不需要叫车了，我们可以送你去西耶斯塔岛。"他指着不远处路边的一辆加长型豪华轿车，转身问司机，"可以吗？"

"当然可以，先生。"

她疑惑地看着他："你确定？已经很晚了。"

"这是我的荣幸，"他说，"来吧。"

6

"噢，这太好了，"玛丽·沃斯说着，坐上了皮椅，伸直了双腿，"不管你做的是什么生意，都一定很成功，迪克森先生。"

"请叫我克雷格。你是玛丽，我是克雷格。我们彼此应该直呼名字，因为我想和你谈一谈。"他按了一个按钮，切换为调光玻璃①。

玛丽·沃斯紧张地看着那面玻璃，然后转向迪克森："你不会像他们说的那样，要对我下手吧？"

他笑了："不会，你和我在一起很安全。你说过，要坐火车回去。你是说真的吗？"

"绝对是真的。你还记得我说过飞行让我觉得离神很近吗？"

---

① 又称魔术玻璃，外观可呈不透明状态。

"记得。"

"我们在六七英里的高空像沙拉一样被抛来抛去时，其实我觉得自己离神并不近，一点儿也不，我只是觉得自己快死了。"

"你还会再次乘坐飞机吗？"

她仔细地考虑了一下这个问题。他们正沿着塔米亚米小道向南行驶，她看着窗外的棕榈树、汽车经销点和快餐连锁店飞速掠过。

"我想我还会乘坐。比如说，要是有人躺在床上即将去世而我必须尽快赶到那个人身边。只是我不知道那个人会是谁，因为我没有多少家人。我和丈夫从没要过孩子，我的父母都去世了，只剩下很少联系的几个表兄弟姐妹，连电子邮件都不太写，更别说去看他们了。"

越来越适合了，迪克森想。

"但你会害怕。"

"是的。"她转头看着他，瞪大眼睛，"我真的以为我们会死。在空中会死，如果飞机解体了；掉在地上也会死，如果飞机没有在空中解体，我们就会变成碳化的小碎块了。"

"让我来给你提一个假设，"迪克森说，"别笑，认真想想。"

"好吧……"

"假设有一个组织的工作是保护飞机的安全。"

"的确有，"玛丽·沃斯笑着说，"我觉得是联邦航空局。"

"假设这个组织可以预测任何航班将遭遇严重而意外的湍流。"

玛丽·沃斯轻轻拍手，笑得更灿烂了。她听进去了。

"毫无疑问，这个组织里全是先知！这些人……"

"这些人能看到未来。"迪克森说。这不太可能？有可能吗？那名协调员是通过什么渠道得知那些信息的？"但我们应该这么说，他们对未来的预测能力仅限于这一件事。"

"为什么会这样？为什么他们不能预测选举……橄榄球比赛结果……肯塔基马赛……"

"我不知道。"迪克森说，心想，也许他们可以，也许他们可以预测各种各样的事情。在某个假设的房间里，有这样一群假设的先知，也许他们都可以预测。他其实无所谓。

"现在让我们更进一步。假设弗里曼是错的，今晚我们遇到的湍流是最严重的，只是那些航空公司不愿意相信或承认。假设遭遇这种湍流之后，存活的唯一希望是每架飞机上至少有一名担惊受怕的天才乘客。"迪克森停顿了一下，"假设在今晚的航班上，那个担惊受怕的天才乘客就是我。"

她发出愉快的笑声，待意识到他没有一起笑，这才清醒过来。

"万一飞机飞进了飓风呢，克雷格？我相信弗里曼先生在使用呕吐袋之前曾提及飞机遇到过这些情况。这些飞机经受住了可能比我们今晚所经历的更糟糕的湍流。"

"只有乘坐飞机的人才知道他们会遇到什么情况。"迪克森说，"他们有心理准备。许多商业航班也是如此，飞行员甚至会在起飞前说：'各位，很抱歉，今晚我们会有一段旅程很颠簸，所以请系好安全带。'"

"我明白了，"她说，"有心理准备的乘客可以利用……我猜你会称之为联合精神力量，来让飞机不掉下去。只有在意料之外的湍流中才会出现那些事先有准备的人：一个担惊受怕的……嗯……我不知道你会怎样称呼这样的人。"

"湍流专家，"迪克森平静地说道，"就这么称呼他们，就这么称呼我。"

"你不会是认真的吧？"

"我是认真的。我敢肯定你现在一定在想：我正在和一个患有严重妄想症的人同乘一辆车。你迫不及待地想下车。但事实上这是我的工作，我的工资很高……"

"谁付你工资？"

"我不知道，会有人打电话给我。我和其他湍流专家——总共几十位——称他为协调员。有时，两次电话之间隔了好几个星期，有时是两个月，但这次前后只隔了两天。我其实刚刚从西雅图来到波士顿，越过落基山脉时……"他用手擦了擦嘴，不想回忆，但还是想起来了，"我只能说情况很糟糕，有几位乘客的胳膊摔断了。"

他们转了个弯。迪克森朝窗外望去，看见一块牌子上写着："西耶斯塔岛，两英里。"

"如果这都是真的，"她说，"看在神的分上，你们为什么要这样做？"

"工资高，福利好，我又喜欢旅游……至少过去是这样的。但五年、十年之后，所有地方看起来都一样。大多数时间……"他俯身向前，双手握住她的一只手。他以为她会缩回去，但她没有。她着迷地看着他。

"这是拯救生命。今晚那架飞机上有一百五十多人。但航空公司不把他们称作人，而是把他们称作灵魂。这是正确的说法。今晚我拯救了一百五十多个灵魂。自从从事这份工作，我已经拯救了上千个灵魂。"他摇了摇头，"不对，上万个了。"

"但你每次都很害怕。我今晚看出来了，克雷格，你吓得要死。我也是。我们不像弗里曼，他只是因为晕机才吐的。"

"弗里曼先生不可能做这份工作，"迪克森说，"只有在湍流出现时坚信自己会死的人才能胜任这份工作。即使你知道，你是来确保死亡不会发生的，你也依然坚信自己会死。"

司机从对讲机里低声提示："还有五分钟到达，迪克森先生。"

湍流专家　243

"我得说,这是一场精彩的谈话,"玛丽·沃斯说,"我能问一下你是怎么得到这份独一无二的工作的吗?"

"我是被招募的,"迪克森说,"就像我现在招募你一样。"

她露出了微笑,但这次没有大笑:"好吧,我加入。假设你成功地招募了我,你能得到奖励吗?"

"能。"迪克森说。他未来两年不需要工作了,这就是奖励。他可以提前两年退休。关于利他主义的动机是真的——拯救生命,拯救灵魂——但他也说过,飞行最终会让人感到厌倦。拯救灵魂也是如此,何况付出的代价是身处高空之中的无尽恐怖。

他是不是应该告诉她一旦加入就无法退出?这是与魔鬼的协议。他应该说,但他没说。

他们拐进了一幢海滨公寓的私家环行车道。两位女士——毫无疑问,是玛丽·沃斯的好友——正在那儿等着。

"你能把电话号码给我吗?"迪克森问道。

"什么?这样你就可以打电话给我或者转给你的老板、你的协调员吗?"

"是的。"迪克森说,"虽然我们相处愉快,玛丽,但你和我可能永远不会再见面了。"

她停顿了一下,思考着。等待着她的好友兴奋得手舞足蹈。玛丽打开钱包,取出一张卡片。她把卡片交给迪克森:"这上面是我的手机号码。你也可以在波士顿公共图书馆里找到我。"

迪克森笑了:"我就猜你是图书管理员。"

"每个人都这么说,"她说,"这份工作有点儿无聊,但就像别人说的那样,赚钱付房租而已。"她打开车门。好友们看到她,像摇滚乐队的狂热歌迷那样尖叫起来。

"刺激的工作有很多。"迪克森说。

她严肃地看着他:"暂时的刺激和致命的恐惧大不相同,克雷格,我想我俩都知道。"

他对此无法反驳,但他下车和司机一起帮她拿行李。玛丽·沃斯则前去拥抱她在网上聊天室遇到的那两位寡妇。

7

一天晚上,玛丽回到波士顿,差不多忘了克雷格·迪克森,这时她的手机响了,是一个口齿不清的男人。他们谈了一会儿。

第二天,玛丽·沃斯乘坐捷径航空694航班从波士顿直飞达拉斯,坐在经济舱靠近右机翼的后舱中间座位上。她拒绝一切饮料和食物。

在俄克拉荷马州上空,飞机遭遇了湍流。

坠落
詹姆斯·迪基

在呻吟着摇头说"我不要读诗"之前，你应该记住，詹姆斯·迪基不仅仅是一位诗人，他还写出了经典的生存类小说《解救》和较少人读过的《到白海去》，后者讲述了一名B-29机枪手被迫空降到对方领地的故事。迪基的写作灵感源于自己的亲身经历，他在二战中驾驶过战斗机。《坠落》与《解救》有着相同的叙事驱动力和华丽的语言控制力，一旦读过，就无法忘怀。一个有趣的注脚是：迪基曾经在一篇自我采访中承认，这首诗的中心思想不太可信（他是这么说的：一个女人从那么高的地方掉下来，会被瞬间冻住的）。但事实上，事情确实发生了：1972年，一架DC-9可能被炸弹击中，一位名叫维斯那·武洛维奇的空姐从三万三千英尺的高空坠落……活了下来。这首诗的开头所引用的文字来自1962年10月29日《纽约时报》的一篇文章，文章所讲述的事情发生在康涅狄格州的温莎洛克斯，当时一架阿勒格尼航空公司的康维尔440双引擎飞机正备降布拉德利菲尔德。就在前一个月，另外两名空姐在类似的事件中丧生。

> 一名29岁的空姐坠落……致死
> 当时，她从一扇突然打开的
> 逃生门里冲出来……事故发生
> 三小时后……尸体……被发现。
> ——《纽约时报》

他们失去知觉 躺着打滚

在大陆之间移动 月亮在单面巨石上

反射着亮光 挂在右舷翼梢

有个睡觉的人 在飞机引擎旁边呻吟着

讨要咖啡 空中野兽吹的口哨

传进机舱后变得微弱 在厨房的架子上

她翻开托盘 想寻找一条毯子 穿着那身

剪裁得很显苗条的制服 挡住门上传来的叫声 她似乎

打开了门 肺一下子冻住 悄无声息

她失去知觉 不知身在飞机的哪个方位 被扼住

喉咙 挣扎着叫喊 从虚空中坠落 亲身经历别人

从未有过的经历 没有足够的氧气支撑尖叫

依然涂着口红 穿着丝袜 系着腰带 符合规范

她的帽子也还戴着 手臂和大腿在虚无之境 二者的

距离也很古怪 她在稀薄的空气中平静地站立

在经过的很多地方站立 现在 她似乎离死还有数千英尺

为了使动作慢下来 她开始转动具有机动性的身体

看吧 她被高高地悬挂在存在于自身之中某个无法抗拒的物体

的正中 她在黑暗中舞蹈 以一个完美的跳跃落下 延迟降临的

令人惊讶的 安逸的梦 像无尽的月光被吸引到收获的土地上

在一个人的国度 在自我的中心 无尽的温暖逐渐到来

飘浮在她的上空 她用来呼吸之物提供越来越多的呼吸

高度越发接近人类 云朵诚实地各就其位

她慢慢地向左边和右下方行进 紧紧地拥抱它们

她可以把手和脚以奇怪的方式挂在它们上面
眼睛被风吹得睁大 嘴也张大 用力吸进
来自玉米田的所有热能 这让她产生一种感觉
巨大的枕头就堆在她的身下 她依然可以像人类那样转动身体
依然可以像人类那样在床上微笑 可以在黑暗中走斜线离开
翅膀半张半展 像一只小鸟 在越来越暖和的天空中
在无穷的体操动作中疯狂旋转
麦田向丰收的月亮浮起 还有时间
以超越人类的健康体 看到凡人看不见的光 远远地俯瞰
一条终极高速公路上 一辆价值连城的豪车 前来探究
这场即将到来的抵达 在一座方形的城镇 在她的右舷臂
有闪闪发光的水流 月亮在摇晃的一侧结鳞 在银色的空中
漫步 我的神 这很好 邪恶一个接一个地躺在
为爱保留的位置上 让舞蹈犯困 云也对她说没有
雨衣 所有小镇断断续续 在云的内部越发光亮
她走在云的上面 雨突然降落 目睹一只灰狗巴士
在雨中开亮大灯 这是直行信号
像一个光荣的潜水者 先露出脚 再脱掉裙子 动作很漂亮
她的脸上覆盖着散发恐怖气息的衣服 她的腿几乎是赤裸的
伸出双臂 慢慢地翻过栅栏 等待着伟大的时刻
为了控制她在鸟羽附近的颤抖 机头朝下
鸟儿的脖颈快速转动 使她也转过头 金色的眼睛
猫头鹰的眼睛 直冲母鸡笼 一股鸡仔味扑鼻而来
远景 是鹰的视野 放大了所有人类汽车的灯光
货运列车 环形大桥 月光的领地逐渐扩大
穿过河流的所有曲线 中西部的黑暗 都在燃烧
灌木丛中的兔子呈现白色 令人窒息的鸡仔挤作一团

还有时间 可以活下去
不成形的念头汨汨不绝 一次漫长的坠落 一次急速的坠落
这是被操控的 当试图将重力状态转化为新的状态 显示
它的另一边像月亮一样发光时 就会骤然下降
新的力量仍然有时间 借助虚无的呼吸生存
但整个晚上 她都记得 整理她的裙子
像有一张蝙蝠的示意图 严格地指引着她 她有这身会飞的皮肤
以成衣制成 加上电视上的特技跳伞者
在阳光下微笑着 在护目镜下循环交换警棍
他 在没有降落伞的情况下跳下去 被一名跳水运动员救下
老兄 她到处寻找那位露齿而笑的同伴 白色的牙齿 消失了
她尖叫着 唱赞美诗 展开着单薄的 人类的翅膀
从她洁净的肩膀上空 传来野兽的低吟 也有鸟鸣
她再也看不见这个巨大世界的局部形态了
眼看着 她的国家被唤醒的主体再度消失了
再一次 回到家人和人群之中 看着它再次成长
如果她摔倒 当地的住户就会用屋顶上的灯来照亮
她如果掉进水中 可能会像一个跳水者那样存活

进入另一个沉重的银色 无法呼吸 缓慢保存着
成分：有水 有时间 能使一切趋好 完美
跳水时脚尖并拢 脚趾向右伸出
她像针扎进水里 出来的时候水淋淋的
递给他们一杯可口可乐 他们在那里 那里是生命之水
月亮盘旋在蓄水池里 让我开始吧
在堪萨斯州的夜空中 我睁开了超越人类的双眼
过于明亮的月亮 打开我夹克上的 天生的翅膀

坠落　249

唐·洛佩尔[①]像一只狩猎的猫头鹰 朝闪闪发光的水面走去
一个人不能只是跌倒 只是翻滚 尖叫 必须利用所有时间
她现在已经看透了所有的乌云 弄湿了头发
脸上最后一缕雾气 像羊毛一样被扯开
新的黑暗 新的大灯 沿着泥泞的道路 在混乱

之夜逐渐变暖 这是一个新的 绝对属于自己的世界
国家是一块巨大的发光石 在它水里等待 坚持
至于水 谁知道什么时候该让年轻女孩喝饱？
飞向中西部被囚禁的 疯狂月亮之眼
水为她积存了多年 她的胳膊在滑落
把袖子卷起来 涂满全身？最后要说的是什么
一个人在半夜 把她包裹在自己的身体里
空气像兔子 顺水而下 像生命本身
在堪萨斯州向右转？她向干涸的湖走去
裙子很整洁 手和脸越来越暖和
从大豆农场升起 在她身下 在绒线床罩下
农家姑娘感到女神因她们的奋发而若有所思
在擦得发亮的床柱上 梦见了月亮上女性的叹息
铁一般的男性之血 低沉的声音 在诉说着什么
午夜时分 从中西部上空飞过的航班
越过灌木丛 无声燃烧着的山火将会醒来
为了看到那个女人 他们将在屋顶奋力成为星星
对她来说 地面更近了 水也更近了

---

① 唐·洛佩尔（Don Loper，1906—1972），美国时装设计师。

然后 那些河岸卷起了她的袖子 以不同的方式挥动

她得朝东走 太阳就要从麦田里冒出来了

她得靠水做成某件事 飞到水上 坠入水中 饮水后 从水中上升

但在地上 什么都没有留下 都被云朵吸走

都被植物吸干 只有她独自站在那里

普普通通的死亡之地 她飞翔 坠落 归来

发出了一声强烈的哭泣 那无声的尖叫把她打倒

客机的双扇门几乎失去控制

她将所做的一切 都铭记在心

时髦的云朵打着旋儿 知道她仍有时间去死

无法解释 现在 在夏日的空气中 让她脱下帽子吧

玉米田的轮廓下 她有足够的时间 用一只脚的脚趾

踢掉另一只脚上的鞋 再脱下袜子

平静的手指感受 在半空中脱掉衣物是多么轻松

接近死亡时 身体毫不费力地假想了任何一个位置

唯独避开了那个使它能起死回生的位置

附近有九座农场 其中八座分散 一座居中

那座农场中的田地同样如法炮制

从她选中的地方后退 她脱掉了夹克

蝙蝠用银色的 悲哀的 无能为力的翅膀 卸下了掌舵的尾翼

她的裙子上 那形似闪电般抓住她的贴身上衣

那像圣灵般使她驾驭而行的衬裙

处女脱下了长袜上的风向袋

胸衣感到规定所要求的紧锁

远离了她 不再感到腰带的颤振

向上飘浮 她的衣物上升 升入云层

飞过她的头顶 最后是危险的尖头鞋
像一只哑鸟 现在 它将掉下来 现在 它将很快掉下来

这是堪萨斯州有史以来最伟大之事
美国人呼吸的所有层次 都是由体弱者的肺 构成的层次
空间的寒意 笼罩着土壤 在那里 玉米穗上密密麻麻地
沉睡着已灭绝的物种 呼吸像富有的农民在计数：他们将
紧随其后 她做了最后一个超越人类的动作 最后一次缓慢
小心地伸出手 全身没有受伤 这是每一个睡梦中的人所渴望的
男孩们第一次发现他们的腰间充满了心脏的血液
独居的农民 手在光的笼罩下飘浮 寻找自己
日出而作 鲜血诡异地奔赴云层 找到了一个绝妙的位置
当她经过时 所有人都感觉到了有物体从身边经过
她的手掌在覆在长腿和小小的乳房上 她的长发飘散在双腿之间
她的身体让她在最后一秒钟做开放式的 后背着地的降落

所有发现了她的人 都对她印象深刻
在松软的土壤里 她的身体深深地留下印刻的形状
在她的脑海里 她躺在很深的地方
她的凡人的外形 如在云里 什么都说不出来
但是她在那里 令人费解 不容置疑 使人铭记在心
也有东西闯入其中 开始活下去 但死去的更多
当他们无需理由地走进他们的田地 走向整个地球
抓住她 阻碍她的处女航 教她说谎 她无法
转身离开 无法移动 无法滑落 并假设另一个
立身之所 没有一个露齿而笑的特技跳伞者能把她抱在怀里

头饰在她头顶松开 松开了他的丝绸婚纱 她再也无法穿上了
记住那个在雨中旋转的女人 忘记那个死去的妻子
忘记挪威农场女孩眼中的那个女神 忘记威奇托[①]所有辛苦劳累
的妓女 所有能呼吸的空气还没有完全消失
都消失了 但还没有死 没有其他地方了
她静静地躺在田野里 嗅到了气味
渐升的力气试着抬起她 一只眼睛仅存的一点儿视力
看见有东西在挥舞 躺着 使她相信自己能做到
在她短暂地成为女神的状态时 一切都是最好的状态
水退去 头先露出来 微笑刀枪不入
穿着泳衣的女孩 最后躺着 像个日光浴者
月光将她在地球上半埋起来 离铁轨的栈桥不远
她看到一个水箱 如果她从朴素的洞里抬起头 穿上衣服
落入堪萨斯州的灌木丛中 落在一座高尔夫球场有露水的
第六洞的草地上 一只鞋 她的胸衣不可思议地掉下来
挂在晾衣绳上 她的衬衫挂在避雷针上

躺在田野里 在田野里仰卧着 仿佛仰卧在她无法坠穿的云上
农民们没有女人陪伴 从屋子里梦游般走出 像落向遥远的
人生之水中 月光下 朝着他们的农场所梦想的永恒意义
朝着掌握在他们手中的丰收之花 那悲剧性的代价
终于感觉走向 走出 充分呼吸 不但试一下 又少一次
试一下 试一下 啊 神哪……

[①] 位于堪萨斯州,拥有多家飞机制造商和一个空军基地,是美国飞机制造中心之一。

后记：发自驾驶舱的重要消息

虽然飞行可能很可怕，但我飞遍全球，那些可怕的经历都想不起来了。编辑这本故事集的时候，我在空中度过了超过二十四个小时，一切都很顺利（除了我无法停止思考所有可能会出错的地方，拜这本集子里的故事所赐）。雾天里的某次降落事故，对我来说成了个人空中旅行史中最糟糕的一幕。

我第一次坐飞机是在1978年3月，我于高中春假去希腊旅行。我们乘坐的意大利航空747飞机于意大利前总理阿尔多·莫罗被红色旅[①]绑架后的第二天降落在了位于罗马的达·芬奇机场。机场处于高度戒备状态，到处都是携带乌兹冲锋枪的士兵。气氛格外紧张。当我的一个同学脖子上挂着相机通过金属探测器时，差点儿引发了一场国际冲突。

还有一次，我和同事从日本出差回美国，得知被指控殴打罗德尼·金的警察被判无罪，在洛杉矶引发了骚乱。我们本来要在那里转机，但听了未经证实的报道称有人向在洛杉矶国际机场降落的飞机开枪，我们决定改变航线，从旧金山转机。

2017年7月，《黑暗塔》在班戈举行首映之前，我和理查德·奇兹马尔[②]正在一家餐厅里（恰好就在班戈国际机场对面），斯蒂芬·金向我们走来。"我有个想法，"他说，"出一本关于飞行中可能

[①] 意大利极左派恐怖组织，1978年绑架并谋杀了意大利前总理阿尔多·莫罗，后者曾五次出任意大利总理。

[②] 美国编剧，制作人。下文中的"里奇"为昵称。

发生的所有事故的故事集。我将介绍这些故事。"他转向里奇，"你来出版吧。"他建议了几个书名，然后说："得有人帮我再多找一些故事。"他转向我，"你来干吧。"

这就是选集的由来。我立刻想到了那篇《两万英尺高空的噩梦》，并开始寻找与飞机和飞行有关的其他惊悚故事。

很多小说和电影中都有可怕的飞行场景。阿瑟·黑利于1968年出版的《机场》可能是一个黄金般的标准。黑利的写作生涯始于一部叫做《飞入险境》的剧本，这标题听起来很适合收入这本选集。我十几岁的时候读了《0-8跑道》这部改编小说，我非常笃定自己也曾看过改编自《空中的恐怖》的电视电影。《机场》改编成电影之后又在20世纪70年代衍生出不少续集，恶搞版本的《飞机！》这几年开始风行。谁又能忘记《空军一号》《红眼航班》和《航班蛇患》呢？在五六英里的高空，你被困在一个金属管子里，可能发生的灾难将是无穷无尽的。

恐怖飞行短篇小说是个很小的次次分类，找到好的备选篇目需要大量工作。谷歌的搜索结果主要是关于糟糕飞行经历的真实事件，很像斯蒂芬在《导读》中提到的那种。我还试图通过蜂巢思维[①]来寻找线索：在脸书上发布一条询问，获得了众多推荐，都是我在别的地方找不到的故事。蜂巢思维，非常感谢！

为这本选集寻找故事时，我正在为诗歌基金会写文章，得知斯蒂芬最爱的一首诗的灵感来自1962年因紧急逃生门被打开而被吸出机舱的一位空姐的真实故事，他在接受采访时曾多次提及。我问斯蒂芬要不要收录，发现他已经想到了，于是我们以真实悲剧所蕴含的诗意与隐喻作为全书的尾声。

[①] 又称群体思维，强调协作带来的智慧。

在编这本选集的时候，我还读了乔·希尔的中篇小说集《奇怪的天气》。其中，《高空》是以一个忧心忡忡的年轻人试图通过高空跳伞给女人留下深刻印象开场的，他事到临头紧张起来，在最后一分钟打算放弃，但结局是，当发动机熄火时，他还是要跳。乔告诉我们，他有另一个非常令人不安的故事，那个故事与这本书的气氛完全吻合。我们听了很高兴。欧文·金使我们注意到汤姆·比塞尔的故事。

这本选集是否涵盖了飞行中可能出错的一切？绝对没有。就在我写这些笔记的时候，芝加哥的奥黑尔机场发出警报，一名患麻疹的旅客途经了该机场。所以，即使你的航班安全抵达目的地，你还会携带什么其他东西回家？可能性是无限的。当你打包准备下一次旅行时，总有些事值得深思。

尽管这本选集主要由以前出版过的故事组成，但我觉得有几篇没多少人读过。在我开始启动这个项目之前，我只读过其中四篇。这是一次发现之旅，我们对收集的故事非常满意。

当我们有了一个大致的目录之后，多年来，我第一次重读了《时间裂缝》，发现这篇中篇小说——真的是中篇小说，它的篇幅和这本书相当——和我们选择的其他故事之间有着意外的关联。当然，这是斯蒂芬·金的宇宙，里面有个叫詹金斯的角色若有所思地说过："你不可能在1963年11月22日出现在得州图书仓库并阻止肯尼迪被暗杀。"类似事件本来不足为奇，却仍令人惊奇。

如果你愿意，不妨想想，一位也叫詹金斯的作家起初用"密室"来描述困境。在我寻找到的故事中，有一个密室谜案发生在飞机上的洗手间里。詹金斯后来认为，一个真实世界的谜团并不能恰当地比喻人们所处的困境。"拉里·尼文或约翰·瓦里没有登机，真是太糟糕了。"他说。等等……什么？难道我们的目录里收入的不是瓦里先生本人吗？

还有关于如何通过虫洞返回的讨论。詹金斯认为他们的解决方案可以令人信服地"把飞机变成琼斯镇"。这本选集中的开篇故事里,"货物"来自哪里?嗯,琼斯镇。

一切都是注定会发生的。我喜欢这种偶然撞见的不约而同。

这就是你们的两位引航员从驾驶舱发来的重要消息。我们要感谢本次航班的乘客。我们知道你们完全可以选择其他航空公司,非常感谢你们同意登上我们的飞机,希望这次飞行不会太艰难,但你们应该知道登上这架飞机将会遇到什么。也许是其中一位乘客帮我们渡过了难关,要知道,这种事时有发生。

感谢旅行社安排了这趟旅程,确保所有人抵达了最终目的地。可是,这些故事中的很多乘客就没有这么幸运了。

我们还要感谢查克·威尔瑞尔带领的机组人员,感谢他们帮助我们确保了所有相关人员顺利飞行;还要感谢公墓舞蹈出版社的地勤人员,是他们维护了这架飞机,并确保它处于工作状态,特别是出版社的机组负责人里奇·奇兹马尔和业务代理布莱恩·弗里曼。

现在,如果你愿意,请根据指示灯回到座位上,收起小桌板,收好所有随身物品。飞行期间,请关闭所有电子设备。飞行中可能会有些颠簸,所以请打起精神。这是本次航班副机长的第一次飞行。请保持就坐,直至飞机停靠在登机口、安全带指示灯熄灭。打开行李架时一定要小心,因为行李在飞行过程中有可能移位,而那些沉重的行李正等着砸到你的脑袋呢。

哦,如果你看到有人在机场读这本书——在机上读更佳——请拍张照片发给我们。那可太棒了!

贝夫·文森特
2018年3月8日于林地,得克萨斯州